sur la corde raide

ERLE STANLEY GARDNER | ŒUVRES

SUR LA CORDE RAIDE	
L'AVOCAT DU DIABLE	J'ai Lu 1502***
LA JEUNE FILLE BOUDEUSE	J'ai Lu 1459***
LE MYSTÈRE DU CHAT	
L'ŒIL DE VERRE	
JEU DE JAMBES	
LE CANARD BOITEUX	
CERCLE VICIEUX	
CHANTAGE A L'ŒIL	
LES DOIGTS DE FLAMME	
CRIME EN DEUX TEMPS	
CRIMES A MARÉE HAUTE	
LA NYMPHE NÉGLIGENTE	
LA ROUSSE SE REMUE	
L'ÉVÊQUE BÈGUE	
L'HÔTESSE HÉSITANTE	
LE MARI FANTÔME	
LE MOUSTIQUE FLEMMARD	
LA NIÈCE DU SOMNAMBULE	J'ai Lu 1546*** (nov. 83)
LA ROSIÈRE ALLUMEUSE	
VISAGE DE RECHANGE	
LA DACTYLO DÉGOURDIE	
LE VISON MITÉ	
POISSON EN PÉRIL	
LA FEMME AU MASQUE	
LE PERROQUET FAUX TÉMOIN	
ÉCHEC AU MEURTRE	
LA BLONDE AU COQUARD	
L'ESCARPIN DE LA SOURIS	
LA VIERGE VAGABONDE	
L'AMANT PARESSEUX	
LA DANSEUSE ET LE CHEVAL	
LA BRUNETTE BOUCLÉE	
LA PRUDENTE PIN-UP	
RISQUE A COURIR	
CŒURS A VENDRE	
LA LANGUE AU CHAT	
L'ÉPOUSE MAL RÉVEILLÉE	
L'AMOUREUX AGRESSIF	
LA PENDULE ENTERRÉE	
GARE AU GORILLE	
POKER PARTY	
LE CADAVRE CAVALEUR	
LA FEMME FUTÉE	
FLÉCHETTE SURPRISE	
LA NUDISTE NAVRÉE	
LE FANTÔME A DU SEX-APPEAL	
LA VAMP AUX YEUX VERTS	
L'ENTÔLEUSE ÉMOTIVE	
LE GRAND-PÈRE FUTÉ	
LA SÉDUISANTE SPÉCULATRICE	
LE CHAUFFARD CHANCEUX	
LES EMPREINTES EFFACÉES	
L'HÉRITAGE HASARDEUX	
LE MARI MENTEUR	
LA BOUGIE BANCALE	
UN FIEFFÉ FILOU	
LE CHINOIS CHICANEUR	
TROIS POUPÉES PERFIDES	
DING, DONG, DROGUE	
L'HORRIBLE HYPOTHÈSE	
PIC ET PIC ET DRÔLE DE DRAME	
PREUVE PAR DEUX	
LE MODÈLE MEURTRI	
LES SINGES SUBTILS	

ERLE STANLEY GARDNER

sur la corde raide

traduit de l'américain par Monique Guilbot

Éditions J'ai Lu

Ce roman a paru sous le titre original :

THE CASE OF THE VELVET CLAWS

© Erle Stanley Gardner, 1933
© Éditions Gallimard, 1951
pour la traduction française
de Monique Guilbot

1

Le soleil d'automne donnait en plein sur la fenêtre. Perry Mason était assis devant son énorme bureau. Il avait l'air d'être à l'affût. Son visage au repos ressemblait à celui d'un joueur d'échecs en train d'observer l'échiquier. Et il changeait rarement d'expression. A part les yeux. Il donnait l'impression d'être à la fois un penseur et un lutteur, le genre d'homme infiniment patient, qui amène sournoisement son adversaire, petit à petit, exactement dans la position voulue, et l'achève alors d'un coup magistral.

Des bibliothèques, remplies de livres reliés cuir, occupaient les quatre murs de la pièce. Dans un coin, un coffre-fort et deux fauteuils, en plus du siège tournant qu'occupait Perry Mason. Le cabinet tout entier avait un air de compétence et de simplicité, comme s'il avait absorbé un peu de la personnalité de l'homme qui y vivait.

La porte de l'étude s'ouvrit et Della Street, sa secrétaire, entra lentement dans la pièce et ferma la porte derrière elle.

— Il y a ici une cliente, dit-elle, qui prétend être une certaine Mme Eva Griffin.

Perry Mason regarda fixement la jeune fille.

– Et vous en doutez? demanda-t-il.

Elle hocha la tête :

– J'ai l'impression qu'il y a quelque chose de louche, dit-elle. J'ai cherché les Griffin dans l'annuaire du téléphone : il n'y a aucun Griffin à l'adresse qu'elle m'a donnée. J'ai vérifié sur la liste alphabétique et je suis arrivée au même résultat. Il y a des quantités de Griffin, mais pas d'Eva Griffin. Et rien à son adresse.

– Quelle est cette adresse?

– 2271, Grove Street.

Perry Mason griffonna quelque chose sur un bout de papier.

– Je vais la recevoir.

– D'accord, dit Della Street. Je tenais seulement à vous prévenir qu'à votre place je n'aurais pas confiance.

Della Street avait la taille mince et le regard assuré; c'était une jeune personne d'environ vingt-sept ans, qui donnait l'impression d'apprécier l'existence à sa juste valeur et de ne pas s'arrêter à la surface des choses.

Elle restait là, debout sur le seuil de la porte, à regarder Perry Mason avec une tranquille insistance.

– J'aimerais bien, dit-elle, que vous trouviez qui elle est en réalité, avant que nous ne commencions à travailler pour elle.

– C'est un pressentiment? demanda Perry Mason.

– Si vous voulez, dit-elle en souriant.

Perry Mason hocha la tête. Son visage n'avait pas changé d'expression. Mais ses yeux étaient devenus attentifs et méfiants.

– C'est bon, envoyez-la-moi. Je vais voir moi-même ce qu'il en est.

Della Street ferma la porte en s'en allant. Quelques secondes après, la porte se rouvrit et une femme à l'allure désinvolte entra résolument dans la pièce.

Très élégante et très soignée de sa personne, elle paraissait avoir trente ans environ. Elle lança un rapide coup d'œil autour d'elle sans regarder l'homme assis derrière le bureau.

– Asseyez-vous, dit Perry Mason.

Elle eut l'air légèrement contrariée, comme si elle s'attendait à ce que les hommes se lèvent à son entrée et la traitent avec tous les honneurs dus à son sexe et à son rang.

Elle hésita un instant puis s'avança jusqu'au fauteuil et s'assit en face de Perry Mason.

– Eh bien? demanda-t-il.
– Vous êtes monsieur Mason, l'avocat?
– Oui.

Les yeux bleus qui l'étudiaient prudemment depuis un moment s'agrandirent soudain, ce qui donna à son visage une expression de parfaite innocence.

– J'ai des ennuis, annonça-t-elle.

Perry Mason hocha la tête comme si la nouvelle faisait partie des incidents normaux de la vie quotidienne.

Comme elle restait silencieuse, il ajouta :

– La plupart des gens qui viennent ici en ont.

La femme riposta :

– Vous ne me facilitez vraiment pas la tâche... La plupart des avocats que j'ai consultés...

Elle se tut soudain.

Perry Mason lui sourit. Il se leva lentement, posa les mains sur le bord du bureau et s'y appuya de tout son poids.

– Oui, je sais, fit-il en se penchant vers elle. La

plupart des avocats que vous avez consultés avaient une enfilade de bureaux luxueux et une quantité de secrétaires très affairées. Vous leur avez donné beaucoup d'argent et vous n'avez jamais obtenu grand-chose en échange. Ils vous accueillaient avec force courbettes et vous demandaient d'énormes provisions. Mais maintenant que vous êtes vraiment dans le pétrin, vous n'osez pas aller trouver ces gens-là.

L'espace de deux ou trois secondes, les deux interlocuteurs se regardèrent fixement, puis la femme baissa les yeux.

Perry Mason continua, lentement et fermement, sans élever la voix :

— D'accord, moi je suis différent. Si je me suis fait une clientèle c'est parce que je lutte pour mes clients. Personne n'est jamais venu me trouver pour constituer une société, et je n'ai jamais encore validé de testament. Je n'ai pas rédigé plus d'une douzaine de contrats dans ma vie et je ne saurais pas comment m'y prendre pour saisir un immeuble hypothéqué. Les gens ne viennent pas me trouver parce que ma tête ou mon mobilier les ont séduits, ou parce qu'ils ont fait ma connaissance à un club. Ils viennent me trouver parce qu'ils ont besoin de moi. Ils viennent me trouver parce qu'ils attendent que je fasse quelque chose pour eux.

— Et que faites-vous donc, monsieur Mason?

— Je me bagarre, répondit-il d'un ton sec.

Elle hocha vigoureusement la tête :

— C'est exactement ce que j'attends de vous.

Il se rassit sur son siège tournant et alluma une cigarette. L'air semblait rafraîchi, comme si le choc de leurs deux personnalités avait provoqué un orage maintenant dissipé.

— Bon, dit-il. Nous avons assez perdu de temps en

préliminaires. Venons-en au fait. Dites-moi ce que vous voulez et d'abord qui vous êtes et comment il se fait que vous soyez venue me trouver. Peut-être que cette entrée en matière vous aidera à vous confier à moi.

Elle se mit à parler rapidement, comme si elle récitait une leçon apprise par cœur.

– Je suis mariée. Je m'appelle Eva Griffin et j'habite au 2271, Grove Street. J'ai des ennuis que je ne peux pas confier aux avocats qui m'ont représentée jusqu'ici. Une amie, qui veut rester anonyme, m'a parlé de vous. Elle m'a dit que vous étiez plus qu'un homme de loi, que vous descendiez vous-même dans l'arène et y mettiez du vôtre.

Elle resta un moment silencieuse, puis demanda :
– Est-ce vrai ?

Perry Mason hocha la tête.

– Je pense que oui. La plupart des avocats emploient des stagiaires et des détectives pour constituer leurs dossiers et réunir des preuves. Ce n'est pas mon cas, pour la raison bien simple que je ne peux faire confiance à personne pour le genre de causes dont je m'occupe. J'accepte très peu d'affaires, pour lesquelles on me paie bien, et généralement je donne satisfaction. Lorsque j'emploie par hasard un détective, c'est pour qu'il me déniche quelque chose de précis.

Elle fit un signe de tête rapide et impatient. Maintenant que la glace était rompue, elle semblait pressée de lui raconter son histoire.

– Vous avez lu hier soir, dans le journal, le récit de l'attaque de l'auberge de Beechwood ? Il y avait du monde aussi bien dans la grande salle à manger que dans les cabinets particuliers. Un homme, qui menaçait les convives, a été abattu d'un coup de revolver.

Perry Mason hocha la tête.
– Oui, j'ai vu ça.
– J'y étais.
– Vous savez quelque chose sur le type qui a tiré ?
Elle baissa les yeux un instant.
– Non, dit-elle.
Il fronça les sourcils. Elle soutint son regard, puis baissa de nouveau les yeux.
Perry Mason attendit, comme si elle n'avait pas répondu à sa question et la jeune femme se mit à s'agiter d'un air gêné dans son fauteuil.
– Après tout, dit-elle, si vous devez être mon avocat, autant vous dire la vérité. Oui.
Mason hocha la tête avec satisfaction.
– Continuez.
– Nous avons essayé de nous échapper mais nous n'avons pas pu y arriver. Toutes les entrées étaient surveillées. Quelqu'un avait dû appeler la police avant le coup de feu, juste au début de l'attaque. Avant que nous ayons pu sortir, la police avait déjà cerné l'auberge.
– Qui ça, nous ?
Elle regarda le bout de son soulier et murmura très bas :
– Harisson Burke et moi.
Perry Mason dit lentement :
– Vous voulez parler de Harisson Burke, le candidat aux élections...
– Oui, fit-elle d'un ton sec, comme pour l'empêcher de dire quoi que ce soit sur Harisson Burke.
– Que faisiez-vous là en sa compagnie ?
– J'étais venue dîner et danser.
– Et ensuite ?
– Ensuite, nous sommes retournés dans le cabinet particulier, et nous y sommes restés jusqu'à ce

que les policiers commencent à prendre le nom des témoins. Il se trouve que le brigadier était un ami de Harisson. Il nous a donc laissés en paix et, quand tout a été terminé, il nous a fait sortir subrepticement par la porte de derrière.

– Quelqu'un d'autre vous a vus?
– Personne, à ma connaissance.
– Bon. Continuez.

Elle leva les yeux vers lui et dit brusquement:
– Vous connaissez Frank Locke?
– Vous voulez parler de l'éditeur du *Moulin à Poivre*?

Elle pinça les lèvres et approuva silencieusement.

– Qu'est-ce qu'il a à voir là-dedans?
– Il est au courant, dit-elle.
– Il va le publier?

Elle fit un signe de tête affirmatif.

Perry Mason se mit à manipuler son pressepapiers. Il avait la main bien faite, longue et effilée, mais ses doigts paraissaient aussi vigoureux qu'ils étaient habiles. On voyait que cette main pouvait, à l'occasion, vous broyer d'un seul coup.

– Vous pourriez l'acheter, suggéra-t-il.
– Non, non, je ne veux pas. Il faut que ce soit vous.
– Et Harisson Burke? Il ne peut pas le faire?
– Vous ne comprenez donc pas? Harisson Burke pourrait à la rigueur justifier sa présence à l'auberge de Beechwood en compagnie d'une femme mariée. Mais il ne pourrait jamais expliquer pourquoi il a acheté le silence d'une feuille à scandales. Il faut qu'il reste en dehors de tout cela. On pourrait lui tendre un piège.

Perry Mason tambourina sur son bureau.
– Et vous voudriez que j'arrange l'affaire?

– Oui.

– Combien pouvez-vous me donner?

Elle se pencha vers lui et se lança dans un flot d'explications tumultueuses.

– Ecoutez, je vais vous confier quelque chose. Souvenez-vous-en et ne me demandez pas comment je le sais. Je ne pense pas que vous puissiez acheter Frank Locke. Il faut aller plus haut. Frank Locke prétend posséder le *Moulin à Poivre*. Vous connaissez ce torchon : c'est une entreprise de chantage! Tout leur est bon.

» Mais Frank Locke n'est qu'un homme de paille. Il y a quelqu'un derrière lui. Quelqu'un de plus haut placé, qui est le vrai propriétaire du journal. Ils ont un bon avocat, qui fait le maximum pour leur éviter les accusations de chantage et les procès en diffamation. Mais en cas de pépin, Frank Locke est là pour endosser la responsabilité.

Elle se tut.

Il y eut une minute de silence.

– Je vous écoute, dit Perry Mason.

Elle se mordit la lèvre, et reprit du même ton rapide :

– Ils ont découvert qu'Harisson était là. Ils ignorent le nom de la femme qui l'accompagnait. Mais ils vont divulguer ce qu'ils savent et exiger que la police l'interroge en qualité de témoin. Il y a un mystère caché sous ce coup de revolver. L'attaque n'aurait été qu'un prétexte pour faire tuer cet homme sans éveiller les soupçons. La police et le procureur de la République vont cuisiner tous ceux qui étaient présents.

– Et vous, ils ne vous cuisineront pas? demanda Perry Mason.

Elle secoua la tête.

– Non, ils vont nous laisser complètement en

dehors de tout cela. Seul le brigadier sait qu'Harisson était là. Quant à moi, je lui ai donné un faux nom.

– Et alors?

– Vous ne comprenez donc pas? S'ils exercent une pression sur la police, Harisson sera questionné. Et alors il faudra bien qu'il leur donne le nom de la femme qui l'accompagnait. Ou alors, cela paraîtra bien pire que ce n'est en réalité. En fait, il n'y avait rien de mal à cela. Nous avions parfaitement le droit de nous trouver là.

Mason tambourina sur le bureau, puis la regarda fixement.

– Bon, dit-il, comprenons-nous bien. Essayez-vous de sauver la carrière politique d'Harisson Burke?

Elle lui lança un regard significatif.

– Non, je ne veux pas de malentendu. J'essaie de me sauver moi.

Il continua son manège quelques minutes encore, puis déclara :

– Cela va vous coûter cher.

Elle ouvrit son sac à main.

– J'ai prévu cela.

Perry Mason la regarda compter les coupures et les ranger en piles sur le bord du bureau.

– Qu'est-ce que c'est que ça? demanda-t-il.

– C'est une avance sur vos honoraires. Lorsque vous aurez trouvé combien cela me coûtera pour garder la chose secrète, vous me le ferez savoir.

– Comment pourrai-je communiquer avec vous?

– Vous mettrez une petite annonce dans l'*Examiner* : « E.G. Négociations près d'aboutir » et vous signerez de vos initiales. Je viendrai alors à votre cabinet.

– Je n'aime pas cela. Je déteste me soumettre à

un chantage, quel qu'il soit. Je préfère me débrouiller à ma manière.

– Comment?

Il haussa les épaules.

– Je ne sais pas. Quelquefois il y a moyen de s'en sortir autrement.

La jeune femme déclara d'un ton plein d'espoir :

– Je puis vous confier quelque chose au sujet de Frank Locke. Il y a un secret dans son passé qui lui fait peur. Je ne sais pas ce que c'est exactement. Il a peut-être été en prison ou quelque chose comme ça.

Il la regarda.

– Vous paraissez le connaître assez bien.

Elle secoua la tête.

– Je ne l'ai jamais vu de ma vie.

– Comment pouvez-vous en savoir autant sur son compte?

– Je vous ai déjà expliqué que vous ne deviez pas me le demander.

Il se remit à tapoter sur le bord de son bureau.

– Puis-je dire que je représente Harisson Burke?

Elle eut un geste catégorique.

– Vous ne pouvez pas dire que vous représentez quelqu'un ou plutôt, vous ne devez mentionner aucun nom. Vous devez savoir comment vous y prendre pour cela.

– Quand voulez-vous que je parte en campagne?

– Tout de suite.

Perry Mason appuya sur un bouton. Un moment après, la porte s'ouvrit et Della Street entra, un bloc à la main.

La femme s'enfonça dans son fauteuil d'un air

hautain, comme quelqu'un qui refuse de discuter de ses affaires devant les domestiques.

— Vous désirez? demanda Della Street.

Perry Mason fouilla dans un tiroir de son bureau et en tira une lettre.

— Il manque quelque chose à cette lettre. Je vais l'écrire à la main et vous pourrez retaper le tout. J'ai une affaire importante qui va m'occuper le reste de la journée. Je ne sais pas exactement à quelle heure je serai de retour.

Della Street demanda :

— Où pourrai-je vous joindre?

Il secoua la tête :

— C'est moi qui communiquerai avec vous.

Il prit la lettre et griffonna dans la marge. Elle hésita un moment, puis fit le tour du bureau et alla regarder par-dessus son épaule.

Perry Mason écrivait : *Retournez dans votre bureau. Téléphonez à l'agence Drake et demandez Paul Drake, le détective. Dites-lui de filer cette femme quand elle sortira de l'étude. Mais qu'elle ne s'aperçoive pas qu'on la suit. Dites que je veux savoir qui elle est et que c'est important.*

Il prit un buvard, sécha l'encre et tendit la lettre à Della Street.

— Occupez-vous de cela tout de suite, dit-il, de façon que je puisse la signer avant de m'en aller.

— Bien, dit-elle, et elle quitta le bureau.

Perry Mason se tourna vers sa cliente.

— Il faudrait que j'aie une idée de la somme que vous êtes disposée à donner, lui dit-il.

— Quel prix serait raisonnable, à votre avis?

— Rien du tout, dit-il sèchement. Je n'aime pas les maîtres chanteurs.

— Je sais, mais vous devez avoir un peu l'habitude de ces choses-là.

– Le *Moulin à Poivre* vous fera certainement casquer un maximum. Reste à savoir jusqu'où vous pouvez aller. S'ils demandent trop, j'essaierai de faire traîner les choses. S'ils veulent bien être raisonnables, je peux négocier l'affaire rapidement.

– Il faut que ce soit fait rapidement.

– Nous nous écartons du sujet. Combien pouvez-vous donner ?

– Je pourrais me procurer cinq mille dollars.

– Harisson Burke fait de la politique. D'après ce que j'ai entendu dire, ce n'est pas pour des prunes. Il est sur la liste des réformateurs et cela rend son concours d'autant plus précieux à obtenir pour le clan adverse.

– Où voulez-vous en venir ?

– A ceci : pour le *Moulin à Poivre*, cinq mille dollars, c'est une bagatelle.

– Je pourrais m'en procurer neuf ou peut-être dix, si c'est vraiment nécessaire.

– J'ai bien peur que ça le soit.

Elle se mordit la lèvre.

– S'il arrive quelque chose et que je doive communiquer avec vous sans attendre la parution de l'annonce, demanda-t-il, où puis-je vous joindre ?

Elle fit un signe de tête rapide et catégorique.

– Nulle part. Que ce soit bien entendu entre nous : vous ne devez ni essayer de m'atteindre à mon adresse, ni me téléphoner, ni chercher à savoir qui est mon mari.

– Vous habitez avec lui ?

Elle lui lança un coup d'œil rapide et cinglant.

– Naturellement. Où voudriez-vous que je trouve l'argent, autrement ?

On frappa à la porte. Della Street passa la tête par l'entrebâillement.

— C'est fait. Vous pouvez signer la lettre quand vous voudrez, monsieur Mason.

Perry Mason regarda la femme d'un air significatif.

— C'est bon, madame Griffin. Je ferai de mon mieux.

Elle se leva, fit un pas vers la porte, puis s'arrêta.

— Puis-je avoir un reçu de l'argent? demanda-t-elle.

— Si vous voulez.

— Je préférerais.

— Naturellement, dit-il d'un air plein de sous-entendus. S'il vous convient d'avoir dans votre sac un reçu, établi au nom d'Eva Griffin à titre de provision et signé Perry Mason, je suis à votre entière disposition.

Elle fronça les sourcils.

— Faites-moi simplement un reçu indiquant que le détenteur dudit reçu vous a payé cette somme à titre de provision.

Il fronça les sourcils à son tour, ramassa l'argent et fit signe à Della.

— Prenez-le. Attribuez à Mme Griffin une page de registre et établissez un reçu comme quoi le compte inscrit dans notre registre, à telle page, est crédité de cinq cents dollars. Indiquez sur le reçu que cette somme a été versée à titre de provision.

— Pouvez-vous me dire quels seront vos honoraires?

— Cela dépendra de l'importance du travail. Ils seront élevés, mais justes. Et ils dépendront des résultats.

Elle hocha la tête puis, après un instant d'hésitation :

— Je suppose que je n'ai plus rien à faire ici.

– Ma secrétaire vous donnera le reçu.
Elle lui sourit.
– Bonsoir.
– Bonsoir.
Avant de sortir, elle se retourna pour le regarder.
Le dos tourné, les mains enfoncées dans ses poches, il regardait par la fenêtre.
– Par ici, je vous prie, dit Della Street.
La porte s'ouvrit une fois de plus et Della Street rentra dans la pièce. Perry Mason était toujours devant la fenêtre.
– Elle est partie, annonça-t-elle.
Mason se retourna vivement.
– Pourquoi cette femme ne vous inspire-t-elle pas confiance ? demanda-t-il.
Della Street le regarda droit dans les yeux.
– Je sens qu'elle va nous attirer des ennuis, répliqua-t-elle.
Il haussa les épaules.
– Je pense, moi, qu'elle m'a versé cinq cents dollars à titre de provision. Et qu'elle m'en donnera quinze cents autres pour mes honoraires quand j'aurai réglé l'affaire.
La jeune fille déclara avec chaleur :
– C'est un faux jeton, une femme déloyale. Une de ces petites rosses bien habillées qui doubleraient n'importe qui pour se tirer d'affaire.
Perry Mason l'examina d'un œil critique.
– Vous ne pouvez pas demander à une femme mariée qui vous verse une provision de cinq cents dollars d'être loyale – c'est une cliente, tout simplement.
Della Street secoua la tête :
– Ce n'est pas ce que je voulais dire. Elle vous cache quelque chose que vous devriez savoir. Elle

vous lance dans une entreprise à l'aveuglette, alors qu'elle pourrait vous faciliter les choses en vous disant la vérité.

Perry Mason haussa les épaules.

– Qu'est-ce que ça peut me faire, qu'elle me facilite les choses ou non? demanda-t-il. C'est elle qui me paie le temps que j'y passe. Je n'engage que mon temps dans cette affaire.

Della Street articula lentement:

– Etes-vous sûr de n'engager que votre temps?

– Et quoi d'autre?

– Je n'en sais rien, mais cette femme est dangereuse. C'est exactement la petite peste qui peut vous attirer des ennuis avec la police et vous laisser ensuite dans la panade.

Son visage ne changea pas d'expression, mais ses yeux étincelèrent:

– C'est un risque qu'il me faut prendre, expliqua-t-il. Je ne peux pas compter sur la loyauté de mes clients. Ils me versent de l'argent – c'est tout.

Elle lui lança un long regard pensif plein d'une sorte de tendresse mélancolique.

– Et vous vous entêtez à rester loyal envers des clients si malhonnêtes?

– Bien sûr. C'est un devoir.

– Envers votre profession?

– Non, envers moi-même. Je suis à la solde de mes clients. Je me bats pour eux. La plupart ne jouent pas franc jeu. C'est pour cela qu'ils sont devenus mes clients. Ils se sont attiré des ennuis. C'est à moi de les en sortir. Je dois jouer franc jeu avec eux mais je ne peux espérer être payé de retour.

– Ce n'est pas juste!

– Bien sûr que non. Ce sont les affaires.

Elle haussa les épaules.

– J'ai expliqué au détective que vous vouliez qu'elle soit filée dès sa sortie de l'étude, dit-elle, revenant brusquement à son travail de secrétaire. Il m'a assuré qu'il serait là.

– Vous avez eu Paul Drake en personne au téléphone ?

– Naturellement, autrement je ne vous aurais pas dit que tout allait bien.

– Bon. Vous pouvez mettre en banque trois cents dollars de cette provision. Donnez-moi les deux cents autres pour moi. Nous allons chercher qui elle est en réalité et à ce moment-là nous aurons un sérieux avantage.

Della Street retourna dans l'étude et revint avec deux cents dollars qu'elle remit à Perry Mason.

Il lui sourit.

– Vous êtes une brave fille, Della, dit-il. Même quand vous avez de drôles d'idées au sujet de mes clientes.

Furibonde, elle fit volte-face.

– Je la déteste. Je la hais du plus profond de moi-même ! Mais ce n'est pas ça. Il y a quelque chose en plus de ma haine, comme un pressentiment.

Planté sur ses jambes écartées, il fourra les mains dans ses poches et la regarda fixement.

– Pourquoi la haïssez-vous ? demanda-t-il d'un air amusé.

– Je hais tout ce qu'elle représente ! dit Della Street. Moi, tout ce que je possède, il a fallu que je travaille pour l'obtenir. Je n'ai jamais rien eu dans la vie sans travailler. Et bien souvent, j'ai travaillé et je n'ai rien eu en échange. Cette femme est d'une espèce qui n'a jamais eu besoin de travailler pour quoi que ce soit ! Elle n'est pas fichue de donner quoi que ce soit en échange, même pas elle-même.

Perry Mason fit la moue.

– Et toute cette algarade parce que vous l'avez passée en revue et que vous n'aimez pas la façon dont elle s'habille?

– Si, j'aime la façon dont elle est habillée. Elle a un chic fou. Ces vêtements qu'elle avait tout à l'heure ont dû coûter gros à quelqu'un. Mais vous pouvez être sûr que ce n'est pas elle qui les a payés. Elle est trop soignée, trop bien pomponnée et elle a l'air trop innocente. Avez-vous remarqué son truc d'ouvrir les yeux bien grands quand elle veut vous impressionner? Ce coup des grands yeux innocents, elle l'a étudié devant une glace.

Le regard de Mason devint soudain profond et énigmatique.

– Si toutes les clientes avaient votre loyauté, Della, il n'y aurait plus de travail pour les hommes de loi. Ne l'oubliez pas. Il faut que vous acceptiez les clientes comme elles sont. Vous êtes différente, vous. Votre famille était riche, puis a subi des revers de fortune. Vous vous êtes mise à travailler. Peu de femmes en seraient capables.

Ses yeux se remplirent à nouveau de mélancolie.

– Qu'auraient-elles fait alors? demanda-t-elle. Qu'auraient-elles pu faire?

– Elles auraient pu, articula-t-il, épouser un homme, puis s'en aller un soir à l'auberge de Beechwood avec un autre homme, se faire pincer, et avoir besoin d'un avocat pour les sortir du pétrin.

Elle tourna la tête vers l'étude, en évitant son regard.

– Je commence par parler des clientes, fit-elle, et vous vous mettez à parler de moi.

Et elle se dirigea vers son bureau.

Perry Mason s'avança jusqu'au seuil de la porte tandis que Della Street s'asseyait à son bureau et glissait une feuille de papier dans sa machine à écrire. Mason était toujours dans la même attitude lorsque la porte de l'étude s'ouvrit sur un homme de haute taille, aux épaules tombantes et au long cou. Il regarda Della Street avec ses gros yeux vitreux étincelant d'humour, lui sourit, se tourna vers Mason et lança :

– Salut, Perry !

– Entre donc, Paul, dit Mason. Que me ramènes-tu ?

– Ton serviteur.

Mason tint la porte de son cabinet ouverte devant le détective et la referma derrière lui.

– Qu'est-il arrivé ? demanda-t-il.

Paul Drake s'assit dans le fauteuil que la jeune femme occupait quelques minutes auparavant, posa un pied sur l'autre fauteuil et alluma une cigarette.

– C'est une petite maligne, commença-t-il.

– Qu'est-ce qui te fait dire cela ? demanda Perry Mason. Elle s'est aperçue que tu la filais ?

– Je ne pense pas. J'attendais contre la cage de l'ascenseur, afin de la voir quand elle sortirait de l'étude. Je suis entré le premier dans l'ascenseur. Elle regardait tout le temps du côté de l'étude pour voir si quelqu'un en sortait. Je pense qu'elle se figurait que tu enverrais ta secrétaire pour la suivre. Elle a paru soulagée quand l'ascenseur est descendu.

» Elle s'est avancée jusqu'au coin, et je lui ai emboîté le pas. Mais j'ai pris soin de laisser deux ou trois personnes entre elle et moi. Puis elle s'est engouffrée dans le grand magasin de l'autre côté de la rue et l'a traversé comme si elle savait exactement ce qu'elle voulait. Enfin elle est entrée dans le salon des dames.

» Elle avait un air bizarre en entrant là-dedans et j'ai pensé que c'était peut-être une ruse. Aussi je me suis mis à la recherche d'un employé et je lui ai demandé si le salon des dames avait d'autres sorties. Il paraît qu'il y en a trois. L'une donne sur le salon de beauté, l'autre chez la manucure et la troisième dans le café.

– Quel chemin a-t-elle pris?

– Elle a pris celui du salon de beauté exactement quinze secondes avant que j'aie eu le temps de me mettre en embuscade à la sortie. Elle savait qu'un homme ne pouvait pas la suivre là-dedans. Elle avait pensé à tout, c'est net. Tout ce que j'ai pu découvrir, c'est qu'une voiture l'attendait à la porte du salon de beauté, avec un chauffeur au volant. C'était une grosse Lincoln, si cela peut t'être de quelque utilité.

– Aucune, dit Mason.

– C'est bien ce que je pensais, grimaça Drake.

2

Frank Locke avait la peau rugueuse et le teint acajou, et il portait un complet de tweed. Sa peau n'avait pas le hâle que donnent les sports en plein air, mais semblait plutôt imbibée de nicotine. Ses yeux étaient marron clair, couleur chocolat au lait, et sans aucun éclat. Ils avaient l'air éteints, inanimés. Son nez était gros, ses lèvres minces.

Pour un observateur quelconque, il avait l'air doux et absolument inoffensif.

– Eh bien, dit-il, vous pouvez parler ici.

Perry Mason secoua la tête.

– Non, ici, vous avez fait installer des dictographes dans tous les coins. Je parlerai dans un endroit où vous serez le seul à écouter mes paroles.

– Où cela?

– Vous pouvez venir à mon cabinet, dit Mason, sans enthousiasme.

Frank Locke se mit à rire, d'un rire discordant et cynique.

– Vous en avez de bonnes!

– Eh bien, reprit Mason, mettez votre chapeau et venez avec moi. Nous conviendrons d'un lieu de rendez-vous.

– Comment cela? demanda Locke, les yeux tout à coup méfiants.

– Nous choisirons un hôtel.

– Un que vous avez déjà choisi?

– Non, nous allons prendre un taxi et demander au chauffeur de nous faire faire un tour. Si vous êtes si méfiant que ça, vous pouvez choisir l'hôtel vous-même.

Frank Locke hésita un instant:

– Excusez-moi une minute. Il faut que j'aille voir si je peux m'absenter du bureau. J'ai du travail en train.

– D'accord, dit Mason.

Frank Locke sortit en laissant la porte ouverte. Des bureaux voisins arrivaient un cliquetis affairé de machines à écrire et un bourdonnement de voix. Perry Mason fumait tranquillement, et son visage portait cette expression profondément absorbée qui lui était habituelle.

Il attendit presque dix minutes. Puis Frank Locke entra, son chapeau sur la tête.

– C'est bon, dit-il. Je peux m'absenter maintenant.

Les deux hommes quittèrent ensemble les locaux et hélèrent un taxi en maraude.

– Faites le tour du quartier commerçant, dit Perry Mason au chauffeur.

Locke regardait l'avocat de ses yeux chocolat, absolument vides d'expression.

– Peut-être pourrions-nous parler ici, suggéra-t-il.

Mason secoua la tête.

– Je veux parler là où je n'aurai pas besoin de crier.

– Oh! moi, j'ai l'habitude qu'on m'engueule! ricana Locke.

– Quand je crie, moi, ce n'est pas une plaisanterie, rétorqua sèchement Mason.

Locke alluma une cigarette d'un air excédé.

– Vraiment? fit-il d'un petit ton désinvolte.

Le taxi tourna sur la gauche.

– Voici un hôtel, dit Mason.

Locke grimaça.

– Ouais. Mais il ne me plaît pas, car vous l'avez choisi et il est trop près. Je vais choisir l'hôtel, moi.

– Bon, allez-y, choisissez-en un. Ne dites rien au chauffeur et laissez-le faire le tour du quartier. Vous n'avez qu'à choisir un hôtel quelconque au passage.

Locke se mit à rire :

– On prend ses précautions, hein?

Perry Mason acquiesça en silence.

Locke tapa un petit coup sur la cloison vitrée.

– Nous allons descendre ici, à l'hôtel.

Le chauffeur le regarda, un peu surpris, mais il arrêta la voiture. Mason lui tendit une pièce de cinquante *cents* et les deux hommes entrèrent dans le couloir d'un hôtel de second ordre.

– Si nous allions au fumoir? suggéra Locke.

– Ça me va, dit Mason.

Ils traversèrent le couloir, prirent l'ascenseur jusqu'à l'entresol, passèrent devant le salon de la manucure et s'assirent dans des fauteuils placés vis-à-vis, avec une petite table de fumoir entre les deux.

– Bon, dit Locke, vous êtes Perry Mason, l'avoué. Vous représentez quelqu'un et vous voulez quelque chose. Allez-y de votre boniment.

– Il y a une chose que je ne veux pas que vous mettiez dans votre journal.

– Vous n'êtes pas le seul, répondit Locke. Qu'est-ce que vous ne voulez pas qu'on publie?

– Eh bien, voyons d'abord les modalités. Acceptez-vous de discuter carrément avec nous une offre d'argent?

Locke secoua la tête avec emphase :

– Notre journal ne fait pas de chantage. Nous accordons quelquefois des faveurs aux clients qui mettent des annonces.

– Oh! c'est comme ça, hein?

– C'est comme ça.

– Que pourrais-je bien faire insérer?

Locke haussa les épaules :

– Cela nous est égal. Vous n'avez pas besoin d'insérer quoi que ce soit, si vous n'y tenez pas. Nous vous vendons un emplacement, c'est tout.

– Je comprends.

– Bon. Qu'est-ce que vous voulez?

– Il y a eu un meurtre à l'auberge de Beechwood hier soir. Ou plutôt un coup de revolver a été tiré.

Je ne sais pas si c'était un meurtre ou non. J'ai cru comprendre que l'homme abattu tentait un hold-up dans la boîte.

Frank Locke tourna vers l'avoué le regard vide de ses yeux chocolat au lait :

– Eh bien?

– Je crois comprendre qu'il y a un mystère là-dessous. Le procureur va faire toute une enquête.

– Vous ne m'avez toujours rien dit.

– Je suis en train de vous le dire.

– Bon, continuez.

– Quelqu'un m'a révélé que la liste des témoins, communiquée au procureur, n'était peut-être pas complète.

Locke le regarda fixement.

– Qui représentez-vous?

– Une personne qui pourrait éventuellement mettre une annonce publicitaire dans votre journal.

– Bon. Continuez. Finissez votre histoire.

– Vous connaissez la fin.

– Même si je la connaissais, je vous dirais que non. Je ne fais que vendre des emplacements. *C'est vous* qui devez jouer cartes sur table et jusqu'au bout. Moi, je ne bouge pas.

– D'accord. Eh bien, en tant qu'utilisateur de votre journal, j'aimerais autant qu'il ne se mêle pas trop de ce crime. Autrement dit, qu'il ne soit pas fait allusion à l'identité de certain témoin présent à l'affaire, et dont le nom pourrait ne pas être compris dans la liste fournie au procureur. Cela me déplairait particulièrement de voir imprimé dans votre journal le nom d'un témoin haut placé dont le nom a été omis sur cette liste, et de lire qu'on demande pourquoi ce témoin n'a pas été appelé et interrogé. Et, toujours à titre d'annonceur, il me déplairait fort de lire un commentaire quelconque

27

sur le fait que ce témoin était en compagnie d'une certaine personne, et toutes conjectures sur l'identité de cette dernière. Voyons maintenant combien va me coûter cette petite annonce.

– Si vous voulez dicter au journal sa ligne de conduite, il va vous falloir acheter un emplacement de taille, répondit Locke. Dans ce cas la vente serait faite sous contrat. Je pourrais vous rédiger un contrat publicitaire suivant lequel un espace vous serait réservé pendant un certain temps. Les conventions comprendraient une clause pour l'acquittement des dommages-intérêts, en cas de rupture du contrat de votre part. De la sorte, si vous ne voulez pas continuer votre publicité, vous pourriez nous payer les dommages-intérêts.

– Je pourrais payer cette somme aussitôt le contrat rompu?

– Bien sûr.

– Et je pourrais rompre le contrat dès qu'il serait rédigé, hein?

– Non. Nous n'accepterions pas cela. Il vous faudrait attendre un jour ou deux.

– Vous n'agiriez pas pendant ce laps de temps, naturellement.

– Naturellement.

Mason sortit son étui à cigarettes, en tira une du bout de ses longs doigts habiles, l'alluma et dévisagea Locke d'un air froid et sans aucune cordialité.

– Bon, dit-il. Voilà tout ce que j'étais venu vous dire. Maintenant, j'écoute.

Locke se leva et fit quelques pas de long en large. Il penchait la tête en avant et ses yeux chocolat clignaient sans arrêt.

– Il faut que je réfléchisse, dit-il.

Mason sortit sa montre et la regarda :

– Je vous donne dix minutes pour réfléchir.

— Non, non. Cela va me prendre un certain temps.

— Non.

— Je vous dis que si.

— Vous avez dix minutes.

— C'est vous qui êtes venu me trouver. Je ne suis pas allé vous chercher.

— Ne faites pas l'imbécile. Souvenez-vous que je représente quelqu'un. C'est à vous de me proposer quelque chose et c'est à moi de transmettre la proposition à cette personne. Et ça ne va pas être facile de l'atteindre.

— Ah! c'est comme ça? dit Locke en haussant les sourcils.

— C'est comme ça, répéta Mason.

— Eh bien, peut-être que je pourrais y réfléchir en dix minutes. Mais il faut que je téléphone au bureau.

— D'accord. Allez-y. Téléphonez à votre bureau. Je vais vous attendre ici.

Locke se dirigea immédiatement vers l'ascenseur et descendit au rez-de-chaussée. Mason s'avança lentement jusqu'à la balustrade de la mezzanine et le regarda traverser le couloir. Locke n'entra pas dans une cabine téléphonique, mais quitta l'hôtel.

Mason prit l'ascenseur à son tour; puis il passa la porte et traversa la rue. Il se posta sous une porte et se mit, tout en fumant, à observer les bâtiments de l'autre côté de la rue.

Au bout de trois ou quatre minutes, Locke sortit d'un bureau de tabac et rentra dans l'hôtel.

Mason traversa la rue, entra dans l'hôtel à quelques pas derrière Locke et le suivit jusque devant les cabines téléphoniques. Arrivé là, il entra dans une cabine en laissant la porte ouverte, sortit la tête et appela :

— Eh! Locke!

Locke se retourna d'un bond, ses yeux chocolat agrandis soudain par l'inquiétude, et regarda Mason.

— J'ai pensé, expliqua Mason, que je ferais mieux de joindre la personne que je représente, afin de pouvoir vous donner immédiatement la réponse. Mais je n'arrive pas à obtenir la communication. Personne ne répond. J'attends que mon jeton revienne.

Locke hocha la tête. Ses yeux étaient encore méfiants.

— Laissez tomber le jeton, dit-il. Notre temps vaut davantage.

— Le vôtre peut-être, dit Mason, qui retourna dans la cabine.

Il décrocha et raccrocha l'appareil deux ou trois fois, puis haussa les épaules avec une exclamation dégoûtée et quitta la cabine.

Les deux hommes montèrent tous deux jusqu'à la mezzanine et retournèrent aux chaises qu'ils avaient occupées.

— Eh bien? demanda Mason.

— J'ai réfléchi, dit Frank Locke.

Il hésitait à continuer.

— C'est bien ce que je suppose.

— Vous savez, la situation dont vous parlez, sans mentionner de nom, pourrait avoir une incidence politique très importante.

— Ou bien, toujours sans mentionner de nom, elle pourrait ne pas en avoir. Mais ça ne nous avancera pas de rester assis là à nous faire tous les deux des boniments de maquignon. Quel est votre prix?

— Il faudrait que le contrat publicitaire possède une clause conditionnelle suivant laquelle, en cas de rupture du contrat, il serait versé une somme de vingt mille dollars à titre de dommages-intérêts.

– Vous êtes fou.

Franck Locke haussa les épaules.

– C'est vous qui avez voulu acheter l'emplacement publicitaire. Je ne suis pas sûr d'avoir envie de vous le vendre.

Mason se leva :

– Vous n'avez pas l'air de vouloir vendre quoi que ce soit.

Il se dirigea vers l'ascenseur et Locke le suivit.

– Peut-être voudrez-vous acheter un emplacement d'annonce une autre fois, dit Locke. Nos tarifs sont un peu élastiques, vous savez.

– C'est-à-dire qu'ils peuvent baisser ?

– C'est-à-dire qu'ils peuvent monter pour cette affaire-là.

– Oh ! fit seulement Mason.

Brusquement il s'arrêta et se retourna en fixant Locke d'un regard froid et hostile.

– Ecoutez-moi bien. Je sais à quoi je m'attaque. Et j'aime mieux vous dire tout de suite que vous ne vous en tirerez pas.

– Tirerez pas de quoi ?

– Vous savez fichtrement bien de quoi vous ne pouvez pas vous tirer. Bon Dieu ! Vous avez dirigé un journal de chantage et vous avez mené les gens par le bout du nez assez longtemps comme ça. J'aime mieux vous dire qu'un de ces jours vous allez tomber sur un os.

Locke reprit un peu son calme et, haussant les épaules :

– Vous n'êtes pas le premier qui essaye de me dire ça.

– Je ne vous ai pas dit que j'essayais de vous le

dire, repartit Mason. J'ai dit que je vous le disais! *Une fois pour toutes*.

— Et je vous ai entendu. Ce n'est pas la peine d'élever la voix.

— Bon. Vous avez compris ce que je voulais dire. Bon Dieu! C'est tout de suite que je vais foncer sur votre clique!

Locke sourit :

— Très bien. En attendant, voudriez-vous avoir l'obligeance d'appuyer sur le bouton de l'ascenseur, ou de vous reculer pour que je puisse le faire moi-même?

Mason se retourna et appuya sur le bouton. Ils descendirent en silence et traversèrent le couloir.

Une fois dans la rue, Locke sourit.

— Eh bien, dit-il en fixant Perry Mason de ses yeux marron, sans rancune.

Perry Mason lui tourna le dos.

— Allez au diable! lança-t-il.

3

Perry Mason était assis dans son automobile. Il alluma une cigarette à celle qu'il venait de fumer. Ses traits étaient crispés par la réflexion, ses yeux brillaient. Il avait l'air d'un boxeur assis dans son coin et qui attend le gong. Cependant rien ne trahissait sa tension d'esprit, si ce n'est la cadence à laquelle il fumait depuis plus d'une heure. De l'autre côté de la rue, juste en face, se dressait l'immeuble où logeait la rédaction du *Moulin à Poivre*.

Mason avait à moitié fumé la dernière cigarette

du paquet, lorsque Frank Locke sortit de l'immeuble.

Locke avait la démarche furtive, il regardait machinalement autour de lui, avec des yeux qui ne cherchaient rien de particulier, mais scrutaient les alentours par habitude. Il ressemblait à un renard surpris par les premiers rayons du soleil levant, tandis qu'il se faufile jusqu'à son terrier après une nuit de chasse.

Perry Mason jeta sa cigarette et appuya sur le démarreur. La voiture légère quitta le bord du trottoir et se glissa dans la file des autos.

Locke tourna le coin à droite et héla un taxi. Mason suivit le taxi de près, puis, quand la circulation se fit moins dense, il laissa l'autre voiture prendre un peu d'avance.

Frank Locke se fit conduire à mi-hauteur de la rue, paya le taxi et descendit dans une cour en sous-sol où il frappa à une porte. Un panneau coulissa; puis la porte s'ouvrit.

Mason vit un homme s'incliner avec un sourire. Locke entra et l'homme claqua la porte derrière lui.

Perry Mason gara sa voiture quelques maisons plus loin, sortit un nouveau paquet de cigarettes dont il déchira la cellophane et se mit à fumer.

Frank Locke resta trois quarts d'heure dans le bar clandestin. En sortant il regarda rapidement autour de lui et se dirigea vers le coin de la rue. L'alcool lui avait donné un peu d'assurance et ses épaules étaient moins voûtées.

Locke monta dans un taxi, puis se fit déposer devant un hôtel. Perry Mason parqua sa voiture, entra dans le couloir de l'hôtel et regarda avec précaution autour de lui. Pas de Locke en vue.

Mason examina le couloir. C'était un hôtel de type

classique réservé aux commerçants. Il y avait une rangée de cabines téléphoniques avec une standardiste, et beaucoup de gens flânaient dans le hall.

Perry Mason avançait lentement et prudemment, en examinant soigneusement les clients de l'hôtel. Puis il se dirigea vers la caisse.

– Pouvez-vous me dire, demanda-t-il à l'employé, si Frank Locke a une chambre ici?

L'employé chercha avec son doigt sur la fiche par ordre alphabétique et annonça:

– Nous avons un M. John Lock.

– Non, dit Mason, celui que je veux dire, c'est Frank Locke.

– Il n'est pas chez nous, je regrette, dit l'employé.

– Ça ne fait rien, remercia Mason.

Et il s'éloigna.

Il alla regarder de l'autre côté dans la salle à manger. Il y avait là quelques personnes attablées, mais point de Locke. Au sous-sol se trouvait un salon de coiffure; Mason descendit l'escalier et regarda par la porte vitrée.

Locke était assis dans la troisième chaise à partir du fond et son visage était enfoui sous des serviettes chaudes. Mason le reconnut à son costume de tweed et à ses souliers havane.

Mason hocha la tête et remonta dans le couloir. Il se dirigea vers le standard téléphonique.

– Tous les numéros demandés passent par vous? demanda-t-il.

La standardiste acquiesça d'un signe de tête.

– Bon. Je vais vous donner un bon truc pour gagner vingt dollars sans fatigue.

Elle le dévisagea avant de répondre:

– Vous vous fichez de moi?

Mason hocha la tête:

– Ecoutez, dit-il, je voudrais avoir un numéro, c'est tout.
– Comment ça?
– C'est très simple. Voici : je vais appeler un homme au téléphone. Vraisemblablement, il ne répondra pas tout de suite, mais remontera tout à l'heure pour prendre la communication. Il est au salon de coiffure pour le moment. Après m'avoir parlé, il demandera un numéro. Je veux connaître ce numéro.
– Mais, dit la jeune fille, s'il ne téléphone pas d'ici?
– Dans ce cas, dit Mason, vous aurez fait de votre mieux et vous aurez quand même les vingt dollars.
– Je ne suis pas censée fournir ce genre de renseignements, protesta la jeune fille.
– C'est bien pour ça que je vous offre vingt dollars pour le faire, répliqua Mason en souriant. Pour ça et pour écouter la conversation.
– Oh! je ne peux pas écouter une conversation et vous raconter ce qui a été dit.
– Vous n'avez pas besoin de le faire. Je vous dirai, moi, ce qui s'est dit. Tout ce que je vous demanderai, c'est de vérifier si c'est bien ça, afin que je sois sûr de mon numéro.

Elle hésitait et regardait furtivement autour d'elle, comme si elle craignait que quelqu'un ne devine de quoi ils parlaient rien qu'à les regarder.

Perry Mason sortit deux billets de dix dollars de sa poche, les plia et les tortilla tranquillement.

Le regard de la jeune fille tomba sur les billets et y resta fixé.

– D'accord, dit-elle enfin.

Mason lui tendit les vingt dollars.

– Le nom de l'homme, lui dit-il, est Locke. Je vais l'appeler dans deux minutes environ, et l'enverrai chercher par le chasseur. Pour la conversation, voilà ce qu'elle sera. Locke appellera un type et lui demandera si on peut payer quatre cents dollars pour savoir le nom d'une femme. Le type lui dira que ça va.

La jeune fille hocha la tête lentement.

– Est-ce que les appels venant de l'extérieur passent par vous?

– Non, dit-elle, à moins que vous ne demandiez le poste 13.

– Bon, je demanderai le poste 13.

Il lui sourit et sortit.

Il trouva une pharmacie dans l'immeuble à côté avec un téléphone public. Il appela le numéro de l'hôtel et demanda le poste 13.

– Bon, dit-il, en entendant la voix de la jeune fille. J'appelle Frank Locke. Envoyez-le chercher par le chasseur et n'oubliez pas de lui dire de passer sa communication par votre poste. Il ne viendra pas tout de suite, mais je ne quitte pas. Il est au salon de coiffure. Cependant ne dites pas au chasseur que je vous ai dit qu'il y était. Demandez-lui simplement de regarder dans le salon de coiffure.

– Compris, dit la jeune fille.

Il attendit deux minutes environ au bout du fil, puis la voix de la standardiste annonça :

– Il vous fait dire de laisser votre numéro et qu'il vous rappellera.

– Très bien, dit Mason. Le numéro est Harisson 23850. Mais dites bien au chasseur qu'il l'envoie demander la communication à votre poste.

– D'accord, vous en faites pas pour ça.

– Bon, fit Mason, dites-lui de demander M. Smith à ce numéro-là.

– Pas d'initiales ?
– Non, seulement Smith et le numéro, c'est tout.
– D'accord, dit-elle. Compris.
Mason raccrocha.
Il attendit environ dix minutes, puis la sonnerie retentit. Il prit une voix aiguë et plaintive, cependant que Locke répondait d'un ton précautionneux à l'autre bout du fil.
– Ecoutez, dit Mason, de la même voix suraiguë, pas de malentendu : vous êtes Frank Locke, du *Moulin à Poivre* ?
– Oui. Qui êtes-vous, et comment saviez-vous où me joindre ?
– Je suis arrivé au bureau environ dix minutes après votre départ et on m'a dit que je pouvais vous retrouver dans un bar rue Webster, ou plus tard, ici, à l'hôtel.
– Comment diable savaient-ils cela ?
– Je n'en sais rien. C'est ce qu'ils m'ont dit, voilà tout.
– Bon, qu'est-ce que vous voulez ?
– Ecoutez. Je sais que vous n'aimez pas discuter affaires au téléphone. Mais celle-ci doit être menée rondement. Vous ne travaillez pas pour des prunes. Je sais ça comme tout le monde. Et moi non plus, je ne travaille pas pour des prunes.
– Ecoutez ! (La voix de Locke était pleine de méfiance.) Je ne sais pas qui vous êtes, mais vous feriez mieux de venir me voir en particulier. A quelle distance êtes-vous de l'hôtel ?
Mason répondit :
– Mais je suis très loin de l'hôtel. Ecoutez-moi bien, je peux vous communiquer un renseignement qui a de la valeur pour vous. Je ne le dirai pas au téléphone, et si vous n'en voulez pas, j'ai un autre

acheteur. Tout ce que je veux savoir, c'est si ça vous intéresse ou non. Aimeriez-vous connaître le nom de la femme qui était avec Harisson Burke hier soir?

Un silence s'ensuivit.

— Nous publions des petites nouvelles épicées au sujet des personnalités en vue, dit enfin Locke, et cela fait toujours plaisir d'apprendre quelque chose de neuf.

— Le baratin, ça ne prend pas avec moi, répliqua Mason. Vous savez très bien ce qui est arrivé. Et moi aussi. On a fait une liste de témoins, et le nom d'Harisson Burke n'y figure pas. Pas plus que celui de la femme qui était avec lui. Voyons, donneriez-vous mille dollars pour avoir la preuve absolue de l'identité de cette femme?

— Non, dit Locke, d'un ton ferme et sans réplique.

— Bon, bon, dit bien vite Mason. Alors cinq cents?

— Non.

— Ecoutez, insista Mason, d'une voix geignarde, je vais vous dire ce que je peux faire : je vais vous la laisser pour quatre cents dollars. Mais c'est mon dernier prix. Parce que j'ai un autre acheteur qui m'en offre trois cent cinquante. J'ai eu un mal fou à vous trouver, et ce sera quatre cents pour vous, à prendre ou à laisser.

— Quatre cents dollars, ce n'est pas rien.

— Le renseignement que je vous offre, ce n'est pas rien non plus.

— Il faudrait que vous nous donniez quelque chose en plus du renseignement. Un détail que nous pourrions utiliser comme preuve dans le cas d'un procès en diffamation.

— Bien entendu vous me remettrez les quatre

cents dollars quand je vous aurai fourni la preuve.

Locke resta silencieux quelques secondes. Puis il déclara :

– Eh bien, je vais y réfléchir un petit peu. Je vous rappellerai pour vous faire part de ma décision.

– J'attends à ce numéro, dit Mason. Rappelez-moi ici.

Il s'assit sur un tabouret au comptoir des glaces et but un verre d'eau de Vichy, sans hâte et sans la moindre nervosité. Ses yeux étaient pensifs, mais ses gestes très calmes.

Au bout de six ou sept minutes, la sonnerie retentit et Mason répondit d'une voix plaintive :

– Smith à l'appareil.

Locke répondit au bout du fil :

– Nous sommes d'accord pour payer cette somme à condition d'avoir des preuves.

– D'accord, dit Mason, soyez à votre bureau demain matin, je vous verrai là-bas. Mais ne vous défilez pas maintenant, hein, parce que je laisse tomber l'offre de trois cent cinquante dollars.

– Ecoutez, j'aimerais vous voir ce soir pour régler cette histoire-là tout de suite.

Il y avait comme un tremblement fiévreux dans la voix de Locke.

– Impossible. Je pourrais vous donner le renseignement ce soir, mais je n'aurai les preuves que demain.

– Eh bien, vous pourriez me donner le renseignement ce soir, je vous paierai quand vous m'apporterez les preuves demain.

– Elle est bien bonne! ricana Mason.

Locke dit avec irritation :

– Oh! bon, faites comme vous voudrez.

– Merci, dit Mason d'un ton moqueur, c'est bien mon intention.

Il retourna à son automobile et s'y installa. Vingt minutes plus tard, Frank Locke sortit de l'hôtel, accompagné d'une jeune personne. Il s'était fait raser et masser le visage au point qu'on voyait transparaître un peu de rouge sous le brun sale de son teint. Il avait l'air béat et suffisant d'un homme du monde qui sait faire son chemin.

La jeune personne qui l'accompagnait devait avoir dans les vingt-deux ans, à en juger par son visage. Elle avait des formes bien moulées qu'elle mettait en valeur; un visage absolument inexpressif; des vêtements coûteux et quelque chose d'un peu trop artificiel : c'était ce qu'on pouvait appeler une belle fille.

Perry Mason attendit qu'ils aient pris un taxi, puis il rentra dans l'hôtel et alla jusqu'au standard téléphonique.

La jeune fille leva les yeux avec inquiétude, et sortit subrepticement de sa ceinture un petit morceau de papier.

Un numéro de téléphone était griffonné dessus : Freyburg 629803.

Perry Mason lui fit un signe de tête et glissa le papier dans sa poche.

– C'était bien la conversation – le truc du renseignement à se faire payer? demanda-t-il.

– Je ne peux pas divulguer ce qui se dit sur la ligne.

– Je sais, mais vous pourriez me dire si ce n'était pas cette conversation-là, n'est-ce pas?

– Peut-être.

– Bon. Alors, avez-vous quelque chose à me dire?

– Non!

– C'est tout ce que je voulais savoir, lui dit-il avec un grand sourire.

4

Perry Mason se présenta au bureau des recherches du commissariat central.

– Drumm est ici ? demanda-t-il.

Un des policiers fit un signe de tête et désigna du pouce une porte intérieure.

Perry Mason l'ouvrit et entra.

– Sidney Drumm ? demanda-t-il à un policier assis à un coin de bureau, en train de fumer.

Quelqu'un cria à tue-tête :

– Hé, Drumm, amène-toi par ici.

Une porte s'ouvrit, Sidney Drumm jeta un regard autour de lui et aperçut Perry Mason. Il grimaça un sourire :

– Salut Perry, dit-il.

C'était un homme grand et maigre, aux pommettes saillantes, et aux yeux délavés. On l'imaginait beaucoup plus facilement avec une visière sur le front, un porte-plume derrière l'oreille, à tenir des comptes, juché sur un tabouret de bureau, que dans le service de la police secrète ; c'était peut-être pour cela qu'il faisait un si bon détective.

Mason leva brusquement la tête et déclara :

– Je crois que j'ai quelque chose d'intéressant, Sidney.

– Bon, dit Drumm, je suis à vous tout de suite.

Mason hocha la tête et sortit dans le corridor. Sidney Drumm l'y rejoignit cinq minutes après.

– Allez-y, dit-il.

– Je recherche un témoin dans une affaire qui pourrait vous être utile, expliqua Mason au détective. Je ne sais pas au juste où cela va nous mener. Pour l'instant, je travaille pour un client, et je voudrais me tuyauter sur un numéro de téléphone.

– Quel numéro de téléphone?

– Freyburg 629803. Si c'est le type que je pense, il n'est pas tombé de la dernière pluie et nous ne pouvons pas lui faire le coup du faux numéro. Je crois que c'est un numéro qui n'est inscrit nulle part. Il faut se le procurer dans les fiches de la compagnie du téléphone, et j'ai comme l'impression qu'il vaudrait mieux que ce soit vous-même qui y alliez.

Drumm s'exclama :

– Bigre, mon vieux, vous avez vraiment un de ces culots!

Perry Mason prit un air vexé.

– Je vous ai dit que je travaillais pour un client, il y a vingt-cinq dollars pour vous dans l'affaire. Je pensais que pour vingt-cinq dollars vous consentiriez à faire un saut à la compagnie du téléphone.

– Pourquoi diable ne m'avez-vous pas dit ça plus tôt? ricana Drumm. Attendez que j'aille chercher mon chapeau. Nous prenons votre voiture ou la mienne?

– Mieux vaut prendre les deux, dit Mason. Vous irez dans la vôtre et moi dans la mienne. Je ne reviendrai peut-être pas.

Mason sortit, s'installa dans sa voiture et se rendit au bureau central de la compagnie du téléphone. Drumm, dans une voiture de police, y était déjà.

– Je me suis dit, expliqua Drumm, que ça serait peut-être mieux que vous ne veniez pas avec moi chercher le renseignement. Alors je suis monté là-haut et je vous l'ai trouvé.

– Qu'est-ce que c'est?

– George C. Belter, lui dit Drumm. Et l'adresse

est 556, avenue Elmwood. Vous aviez raison de dire que le numéro n'était probablement inscrit nulle part. Cela doit rester en principe un secret impénétrable. Le bureau des renseignements lui-même ne doit pas le divulguer, donc vous ne pourriez trouver cela nulle part. Vous ferez bien d'oublier comment vous l'avez appris.

– Bien sûr, dit Mason, en sortant de sa poche deux coupures de dix dollars et une de cinq.

Les doigts de Drumm s'emparèrent avidement de l'argent.

– Mon petit vieux, dit-il, ça fait du bien de voir ça, après la partie de poker que j'ai faite hier au soir. Revenez me voir quand vous aurez un client comme celui-là.

– Je vais probablement avoir ce client pendant un bout de temps, remarqua Mason.

– Chic alors, lança Drumm.

Mason retourna à sa voiture. Son visage était sévère tandis qu'il appuyait sur le démarreur et se lançait à fond de train en direction de l'avenue Elmwood.

L'avenue traversait le quartier résidentiel le plus chic de la ville. Les maisons, construites très en retrait, étaient bordées de pelouses, et les jardins ornés d'arbres et de haies bien taillées. Mason s'arrêta devant le 556. C'était une maison prétentieuse, bâtie sur le sommet d'un tertre. Pas d'autres maisons sur un pourtour de plus de cinquante mètres, et visiblement le tertre avait été aménagé pour mettre en valeur sa magnificence.

Mason n'engagea pas sa voiture dans l'allée, mais la gara dans la rue et se rendit à pied jusqu'à la porte d'entrée. Une lumière était allumée sous la véranda. La soirée était chaude, et des myriades d'insectes se pressaient autour de la lampe et battaient des ailes contre l'énorme globe de verre dépoli qui entourait l'ampoule.

Au second coup de sonnette, la porte fut ouverte par un maître d'hôtel en livrée. Perry Mason prit une de ses cartes dans sa poche et la lui tendit.

– Je n'ai pas rendez-vous avec M. Belter, dit-il, mais il me recevra sûrement.

Le maître d'hôtel jeta un coup d'œil sur la carte, et s'effaça contre la porte.

– Très bien, monsieur. Voulez-vous prendre la peine d'entrer, monsieur?

Perry Mason entra dans un salon et le maître d'hôtel lui indiqua un siège. Mason l'entendit monter l'escalier. Puis il distingua des éclats de voix à l'étage supérieur et les pas du maître d'hôtel qui redescendait l'escalier.

Celui-ci entra et déclara :

– Je m'excuse, monsieur, mais je crains que M. Belter ne vous connaisse pas. Pourriez-vous m'expliquer le motif de votre visite?

Mason fixa l'homme dans les yeux et lui dit d'un ton sec :

– Non...

Le maître d'hôtel attendit un moment, pensant que Mason avait peut-être quelque chose à ajouter, puis comme rien ne venait, il reprit le chemin de l'escalier. Cette fois, il resta absent trois ou quatre minutes. Lorsqu'il revint, son visage était de bois.

– Veuillez monter par ici, dit-il. M. Belter va vous recevoir.

Mason suivit l'homme en haut de l'escalier jusque dans un petit salon qui faisait manifestement partie d'un appartement donnant sur le couloir et qui occupait toute une aile de la maison. La pièce était meublée confortablement, mais sans goût. Les fauteuils étaient massifs et spacieux. On n'avait fait aucun effort pour la décoration de cette pièce absolument masculine et qu'aucune touche féminine ne venait adoucir.

Une porte intérieure s'ouvrit et un homme de haute taille apparut sur le seuil. Par-dessus son épaule, Perry Mason jeta un coup d'œil dans la pièce d'où il venait de sortir. C'était un cabinet de travail, avec des bibliothèques le long des murs, un bureau massif et un fauteuil tournant; au delà, on pouvait apercevoir une salle de bains en mosaïque.

L'homme entra dans le salon et referma la porte derrière lui.

C'était un vrai géant au visage bouffi, avec un teint brouillé et des poches sous les yeux. Il avait la poitrine forte et les épaules très larges. Ses hanches étaient étroites et Mason eut l'impression que ses jambes devaient être maigres. C'étaient ses yeux qui attiraient surtout l'attention : ils étaient durs comme des diamants et glacials.

Une ou deux secondes durant, l'homme demeura près de la porte, les yeux fixés sur Mason. Puis il s'avança vers lui et sa démarche confirma l'impression que ses jambes pouvaient à peine soutenir le poids énorme de son torse.

L'homme devait avoir la quarantaine bien passée et, d'après son allure, il devait être cruel et absolument impitoyable.

Mason, debout, mesurait dix centimètres de moins que cet homme, quoique ses épaules fussent aussi larges.

– Monsieur Belter? demanda-t-il.

L'homme fit un signe d'assentiment, écarta bien les pieds et regarda fixement Mason.

– Que voulez-vous? lança-t-il d'un ton sec.

– Je m'excuse de vous déranger, répondit Mason, mais je voulais discuter une affaire avec vous.

– A propos de quoi?

– A propos d'une histoire que le *Moulin à Poivre* menace de publier. Je ne veux pas qu'elle soit publiée.

Les yeux durs ne changèrent même pas d'expression. Ils continuèrent à fixer Perry Mason.

– Pourquoi venir ici pour ça?

– Parce que je crois que c'est vous que je dois voir à ce sujet.

– Eh bien, vous vous trompez.

– Je ne crois pas.

– Si. Je ne sais rien sur le *Moulin à Poivre*. J'ai lu le journal une ou deux fois par hasard. C'est un canard infect qui vit de chantage, si vous voulez mon opinion!

Le regard de Mason se durcit et son torse parut se pencher légèrement en avant.

– C'est bon, dit-il, je ne vous le demande pas, c'est moi qui vous le dis.

– Vous me dites quoi? demanda Belter.

– Sachez que je suis avocat, et que je représente un client que le *Moulin à Poivre* veut faire chanter, et je n'aime pas ces procédés-là. Je n'ai pas l'intention de payer la somme demandée, et sachez en outre que je n'ai pas l'intention de payer un centime pour cette foutue histoire. Je n'achèterai aucun espace publicitaire dans votre journal, et votre journal ne publiera rien de cette histoire au sujet de mon client. Comprenez-le bien une fois pour toutes.

Belter prit un ton railleur.

– Cela m'apprendra à recevoir n'importe quel avocassier qui frappe à ma porte. J'aurais dû vous faire sortir par mon maître d'hôtel à coups de pied quelque part. Vous êtes fou ou bien vous êtes ivre. Ou les deux. Probablement les deux. Eh bien, sortirez-vous maintenant ou dois-je appeler la police?

— Je sortirai, dit Mason, quand j'aurai fini ce que j'ai à dire. Vous êtes resté dans la coulisse et vous vous êtes servi de Locke comme bouc émissaire pour encaisser tous les pépins. Pendant ce temps-là, vous vous prélassiez en ramassant de l'argent. Vous avez touché les dividendes du chantage. Parfait. Mais cette fois c'est vous qui allez payer.

» Je ne sais pas si vous savez qui je suis, ou si vous savez de quoi je parle, continua Mason, mais vous le saurez très vite en vous renseignant auprès de Locke. Je vous dis, à vous, que si le *Moulin à Poivre* publie quoi que ce soit au sujet de mon client, je démasque le propriétaire de cette immonde feuille de chou! Avez-vous compris?

— Bon, fit Belter. Vous avez proféré vos menaces. A mon tour maintenant. Je ne sais pas qui vous êtes, et je m'en fous éperdument. Peut-être votre réputation est-elle si irréprochable qu'elle vous permet d'aller proférer des menaces un peu partout. Peut-être aussi ne l'est-elle pas tant que cela. Peut-être feriez-vous mieux d'y regarder à deux fois avant de commencer à salir celle des autres.

Mason eut un bref hochement de tête.

— Je m'attendais à cette réponse, dit-il.

— Eh bien, dit Belter, dans ce cas vous n'êtes pas déçu. Mais ne croyez pas que ce soit là un aveu. J'ignore tout du *Moulin à Poivre*, et je tiens à continuer à tout ignorer de lui. Maintenant, filez!

Mason fit demi-tour et prit la porte.

Le maître d'hôtel était sur le seuil. Il s'adressa à Belter.

— Je vous demande pardon, monsieur, mais

Madame aimerait beaucoup vous voir avant de sortir, et elle se prépare à s'en aller.

Belter fit un pas vers la porte.

— Bon, dit-il. Regardez bien cet homme, Digley. Si jamais vous le revoyez ici, flanquez-le dehors. Appelez un agent s'il le faut.

Mason se retourna et regarda fixement le maître d'hôtel.

— Vous feriez mieux d'appeler deux agents, Digley, remarqua-t-il. Vous pourriez en avoir besoin.

Il descendit l'escalier, suivi par les deux hommes. Comme il atteignait le couloir du rez-de-chaussée, une femme sortit d'une encoignure de porte.

— J'espère que je ne t'ai pas dérangé, George, dit-elle, mais...

Ses yeux rencontrèrent ceux de Perry Mason.

C'était la femme qui était venue à son cabinet et s'était fait appeler Eva Griffin.

Son visage se décolora. Ses yeux bleus s'assombrirent d'épouvante. Puis, par un effort de volonté, elle se domina, ouvrit bien grands ses yeux bleus et prit ce regard de bébé innocent qu'elle avait déjà essayé sur Mason à son cabinet.

Le visage de Mason resta parfaitement impassible. Le regard qu'il jeta à la femme était calme et paisible.

— Eh bien, demanda Belter, qu'y a-t-il?

— Rien, dit-elle, d'une petite voix effrayée. Je ne savais pas que tu étais occupé. Je te demande pardon de t'avoir dérangé.

Belter reprit :

— Il ne faut pas que ce soit ce monsieur qui te gêne. C'est un faisan qui s'est introduit ici sous un faux prétexte et qui va se dépêcher de s'en aller.

Mason pivota brusquement sur ses talons.

— Vous, écoutez, dit-il, je vais vous dire...

Le maître d'hôtel lui prit le bras.

— Par ici, monsieur.

Les puissantes épaules de Mason pivotèrent comme celles d'un professionnel de golf. Le maître d'hôtel fut projeté contre le mur avec une telle force que les tableaux en tremblèrent dans leurs cadres. Perry Mason se dirigea à grands pas vers la forme massive de George Belter.

— J'avais pensé vous donner encore une chance, dit-il, mais maintenant j'ai changé d'avis. Si vous publiez un seul mot au sujet de mon client ou de moi-même dans votre canard, vous irez en prison pour vingt ans. Vous entendez?

Les yeux durs comme des diamants le regardaient avec la lueur haineuse qu'ont ceux d'un serpent qui fixe un homme armé d'un bâton. La main droite de Belter était dans la poche de sa veste.

— C'est une bonne chose, dit-il, que vous vous soyez arrêté dans votre élan. Essayez de porter la main sur moi et je vous envoie une balle en plein cœur. J'ai des témoins ici pour prouver que je suis en état de légitime défense, et je me demande si ça ne vaudrait pas mieux de toute façon.

— Ne vous faites pas d'illusions, reprit Mason, sans se troubler, vous ne pouvez pas m'arrêter de cette façon-là. D'autres savent ce que je sais, où je suis et pourquoi.

Belter eut une moue de mépris.

— Ce qui est ennuyeux avec vous, dit-il, c'est que vous répétez tout le temps la même rengaine. Vous avez épuisé le sujet. Si vous croyez que les mensonges d'un malheureux avocassier, d'un maître chanteur à la godille m'effraient, vous vous trompez. Je vous ordonne de filer, pour la dernière fois!

Mason fit demi-tour.

— Bon, je m'en vais. J'ai dit tout ce que j'avais à dire.

La remarque sarcastique de George Belter parvint à ses oreilles comme il gagnait la porte.

— Au moins deux fois, dit Belter. Et même il y a des choses que vous avez répétées trois fois.

5

Eva Belter était assise dans le cabinet de Perry Mason et sanglotait tout bas dans un mouchoir.

Perry Mason était assis à son bureau, en bras de chemise, et la regardait d'un œil soupçonneux, sans la moindre sympathie.

— Vous n'auriez pas dû faire ça, dit-elle, entre deux hoquets.

— Est-ce que je pouvais le savoir? demanda Perry Mason.

— Il est absolument impitoyable.

Mason hocha la tête.

— Moi aussi, à l'occasion, je suis impitoyable.

— Pourquoi n'avez-vous pas mis l'annonce dans l'*Examiner*?...

— Ils voulaient trop d'argent. Ils avaient l'air de croire que j'allais jouer au mécène.

— Ils savaient que c'était important, gémit-elle. L'enjeu est énorme.

Mason ne répondit rien.

La jeune femme sanglota silencieusement un moment encore, puis elle leva les yeux et les fixa, pleins d'angoisse muette, sur Perry Mason.

— Vous n'auriez pas dû le menacer, dit-elle. Ni venir à la maison. Vous n'obtiendrez rien de lui par des menaces. Chaque fois qu'il se trouve acculé, il se débat jusqu'à ce qu'il en sorte. Il ne demande jamais grâce, et il ne fait jamais de quartier.

– Eh bien, que va-t-il faire?

– Il va vous couler complètement. Il trouvera tous les procès criminels que vous avez faits et vous accusera d'avoir suborné les jurys, acheté les témoins, et manqué aux devoirs de la profession. Il vous fera chasser de la ville.

– S'il publie quoi que ce soit sur moi dans son journal, dit Mason sévèrement, je l'attaque en diffamation, et je lui intenterai un procès chaque fois qu'il citera mon nom.

Elle secoua la tête, et les larmes coulaient sur ses joues.

– Vous ne pouvez pas faire ça, il est trop intelligent. Il a des hommes de loi qui lui disent exactement ce qu'il peut faire ou ne pas faire. Il vous attaquera par-derrière, il fera peur aux magistrats qui jugeront vos procès. Il obligera les juges à vous condamner. Il se tiendra à l'abri et vous attaquera à chaque occasion.

Perry Mason se mit à tapoter sur le bord de son bureau.

– Tout ça, c'est des bêtises!

– Oh! pourquoi, gémit-elle, pourquoi êtes-vous allé là-bas? Pourquoi n'avez-vous pas tout simplement mis l'annonce dans le journal?

Mason se leva.

– Ecoutez, j'en ai assez. Je suis allé là-bas parce que je pensais qu'il y avait intérêt à le faire. Ce fichu journal a essayé de m'avoir, et ça, je ne l'admettrai jamais. Votre mari est peut-être impitoyable, mais je le suis également. Moi non plus, je n'ai jamais encore demandé grâce et je ne ferai pas de quartier non plus. (Il s'arrêta et lui lança un regard de reproche.) Si vous aviez été franche avec moi quand vous êtes venue, ça ne serait pas arrivé. Il a fallu que vous mentiez sur toute la ligne, et c'est uniquement pour cela que nous sommes dans le pétrin. C'est de votre faute, pas de la mienne.

— Ne m'en veuillez pas, monsieur Mason, supplia-t-elle. Vous êtes mon seul appui maintenant. Je me trouve dans de sales draps, il faut que vous me sortiez de là.

Il se rassit.

— Ne mentez plus alors.

Elle regarda ses genoux, ajusta l'ourlet de sa robe sur ses bas et se mit à disposer de petits plis dans le tissu, du bout de ses doigts gantés.

— Qu'allons-nous faire ? demanda-t-elle.

— Une des premières choses que nous allons faire, c'est de recommencer tout depuis le début, en disant la vérité.

— Mais vous savez tout.

— Bon, eh bien, dites-moi ce que je sais, que je puisse vérifier.

Elle fronça les sourcils :

— Je ne comprends pas.

— Allez-y, mettez-vous à table. Racontez-moi toute l'histoire.

Elle prit une toute petite voix sans défense et continua à plisser sa jupe sur ses jambes croisées. Mais elle ne le regarda pas un instant.

— Personne, dit-elle, n'a jamais su qu'il existait un rapport entre George Belter et le *Moulin à Poivre*. Il le dissimulait si bien que personne n'a jamais eu le moindre soupçon. Personne aux bureaux du journal n'était au courant, excepté Frank Locke. Et George avait Locke complètement en main. Il possède une preuve terrible contre lui. Je ne sais pas au juste ce que c'est. Peut-être un meurtre.

» En tout cas, aucun de nos amis ne s'est jamais douté de rien. Ils pensent tous que George gagne son argent en jouant à la Bourse. J'ai épousé George Belter il y a sept mois. Je suis sa seconde femme. Je suppose qu'il m'a séduite avec tout son argent, mais nous ne nous sommes jamais bien entendus. Ces deux derniers mois, nos rapports étaient tendus et je me préparais à demander le divorce. Je pense qu'il le savait.

Elle s'arrêta pour regarder Perry Mason, et elle ne lut aucune sympathie dans ses yeux.

— J'étais amie avec Harisson Burke, continua-t-elle. J'ai fait sa connaissance il y a deux mois. Nous étions bons amis, rien de plus. Nous sommes sortis ensemble et ce meurtre a eu lieu. Naturellement, si Harisson Burke avait été obligé de divulguer mon nom, cela aurait ruiné sa carrière politique, car George aurait immédiatement intenté un procès en divorce et l'aurait désigné comme complice. Il fallait absolument que la chose soit étouffée.

— Votre mari ne l'aurait peut-être jamais découvert, suggéra Mason. Le procureur est un galant homme. Burke aurait pu le mettre au courant de la situation et il ne vous aurait pas fait appeler, à moins que vous n'ayez vu quelque chose qui rende votre témoignage absolument nécessaire.

— Vous ne comprenez pas comment ils travaillent. Je ne le sais pas moi-même très bien. Ils ont des espions partout. Ils achètent des renseignements et font leurs reportages avec des bribes de bavardages. Chaque fois qu'un homme arrive à une position en vue, ils se donnent un mal fou pour trouver tous les renseignements possibles sur son compte.

» Harisson Burke est un personnage politique et les prochaines élections vont décider de son sort. Il n'est pas très aimé, il le sait. J'ai entendu mon mari téléphoner à Frank Locke, je sais qu'ils étaient sur la piste de cette histoire. C'est pourquoi je suis venue vous voir. Je voulais acheter leur silence avant qu'ils aient une idée quelconque de la personne qui l'accompagnait.

— Si votre amitié avec Burke est innocente, pourquoi ne mettriez-vous pas votre mari au courant? Après tout, c'est son propre nom qu'il traînerait ainsi dans la boue.

Elle secoua la tête avec véhémence.

— Vous n'avez aucune idée de la situation, dit-elle d'un ton de reproche. Vous ne comprenez absolument rien au caractère de mon mari. Vous l'avez montré par la façon dont vous vous êtes comporté avec lui hier soir. Il est sauvage et sans cœur. C'est un lutteur. De plus, il a la passion de l'argent. Il sait que si j'intente un procès en divorce j'obtiendrai probablement une pension alimentaire et beaucoup d'argent pour les frais d'avoué et de procédure. Il ne demande qu'une chose, c'est de me prendre en faute. S'il pouvait trouver matière à scandale contre moi, et en même temps traîner en justice le nom d'Harisson Burke, ce serait un succès merveilleux pour lui.

Perry Mason fronça les sourcils.

— Il y a quelque chose de bizarre dans l'énormité du prix qu'ils demandent, remarqua-t-il. Il me paraît trop fort pour du chantage politique. Croyez-vous que votre mari ou Frank Locke aient des soupçons?

— Non, dit-elle d'un ton ferme.

Il y eut un silence.

— Eh bien, que faisons-nous? Allons-nous payer ce qu'ils demandent?

— Il n'est plus question de prix maintenant.

George va rompre toutes les négociations et va foncer dans la bagarre. Il s'imagine qu'il ne peut se permettre de baisser pavillon devant vous. Il pense que s'il le faisait vous vous acharneriez contre lui. C'est ainsi qu'il ferait, lui, et il pense que tout le monde est comme lui. Il ne peut céder à personne. C'est dans son tempérament, voilà tout.

Mason hocha la tête, le visage sévère.

– Bon, s'il veut se bagarrer, je suis prêt à me colleter avec lui. Une des premières choses que je ferai, ce sera de déposer une plainte contre le *Moulin à Poivre* à la première mention de mon nom et je prendrai la déposition de Frank Locke et le forcerai à révéler l'identité du véritable propriétaire du journal, ou bien je le poursuivrai pour faux témoignage. Il y a des quantités de gens qui aimeraient voir ce journal remis à sa place.

– Oh! vous ne comprenez pas, lui dit-elle en parlant très vite. Vous ne comprenez pas leur façon de se bagarrer. Vous ne comprenez pas George. Cela vous prendrait beaucoup de temps pour faire passer un procès en diffamation devant le tribunal. Lui, il ira vite. Et puis n'oubliez pas que je suis votre cliente. Vous êtes censé me protéger. Avant que vous ayez pu faire quoi que ce soit l'un ou l'autre, je serai perdue, moi. Ils vont se lancer maintenant sur cette affaire Harisson Burke à bride abattue.

Mason se remit à tapoter sur le bureau :

– Ecoutez. Vous avez fait allusion à un secret que votre mari connaîtrait et avec lequel il tiendrait Frank Locke sous sa coupe. J'ai idée que vous savez ce que c'est. Si vous me le dites, je me fais fort de tenir Frank Locke à ma merci.

Toute pâle, elle leva les yeux vers lui.

– Vous ne savez pas ce que vous dites! Vous vous rendez compte de ce que vous voulez faire, et de ce qui vous attend? Ils vous tueront : ils n'en seraient pas à leur coup d'essai. Ils ont des relations parmi les gangsters et les gens du milieu.

Mason soutint son regard.

— Que savez-vous sur Frank Locke?

Elle frissonna et baissa les yeux. Puis elle prononça d'un ton bas :

— Rien.

Mason reprit avec impatience :

— Chaque fois que vous venez ici, vous mentez. Vous êtes une de ces petites menteuses au visage de sainte nitouche qui s'en tirent grâce à leur fourberie. Vous vous en êtes tirée jusqu'à maintenant parce que vous êtes jolie. Vous avez trompé tous les hommes qui vous ont aimée, tous les hommes que vous avez jamais pu aimer. Maintenant que vous avez des ennuis, vous essayez de me tromper.

Elle lui lança un regard éclatant d'indignation — naturelle ou feinte.

— Vous n'avez pas le droit de me parler ainsi!

— Je vais m'en priver, peut-être, lança Mason, l'œil sévère.

Ils se dévisagèrent une seconde ou deux.

— C'est une histoire qui s'est passée dans le Sud, dit-elle, docilement.

— Quelle histoire?

— Les ennuis de Locke. Je ne sais pas ce que c'est. Je ne sais pas où c'était. Tout ce que je sais, c'est qu'il a eu des ennuis quelque part dans le Sud. Des ennuis à cause d'une femme. Au début du moins; je ne sais pas comment cela s'est terminé. Peut-être par un meurtre. Je ne sais pas. Je sais qu'il y a quelque chose, et que George le tient grâce à ça. C'est comme cela que George s'y prend avec tout le monde. Il se débrouille pour connaître un secret dans la vie des gens et les fait marcher avec ça comme il veut.

Mason la regarda fixement :
– C'est comme cela qu'il s'y prend avec vous?
– Il essaie, tout au moins.
– Est-ce qu'il vous a obligée à l'épouser?
– Je ne sais pas. Non.

Il eut un rire satisfait.
– Eh bien, dit-elle, qu'est-ce que ça peut bien faire?
– Rien, peut-être. Je voudrais encore de l'argent.

Elle ouvrit son sac.
– Je n'ai plus grand-chose. Je peux vous donner trois cents dollars.

Mason secoua la tête.
– Vous avez un compte en banque. Il me faut plus d'argent que ça. J'aurai beaucoup de frais pour cette affaire. Maintenant je vais devoir défendre mes intérêts et les vôtres.
– Je ne peux pas vous donner de chèque. Je n'ai pas de compte en banque. Il ne veut pas que j'en aie un. C'est un autre moyen qu'il a pour tenir les gens : l'argent. Il faut que je reçoive l'argent de lui de la main à la main, ou que je me débrouille ailleurs.
– Comment ailleurs? demanda Mason.

Elle ne répondit rien et sortit une liasse de billets de son sac.
– Il y a là cinq cents dollars et je n'ai pas un centime de plus.

Bon, dit Mason. Gardez-en vingt-cinq et donnez-moi le reste.

Il appuya sur un bouton.

La porte de l'étude s'ouvrit et laissa apparaître le visage interrogateur de Della Street.
– Faites un autre reçu, dit Mason, pour cette

dame. Faites-le comme l'autre, en indiquant une page de registre. C'est un reçu de quatre cent soixante-quinze dollars, à titre d'acompte.

Eva Belter remit l'argent à Mason, qui le prit et le tendit à Della Street.

Les deux femmes continuaient à se regarder en chiens de faïence.

Della Street, le menton agressif, prit l'argent et retourna dans l'étude.

– Elle vous donnera le reçu quand vous sortirez, dit Perry Mason. Comment peut-on communiquer avec vous maintenant?

Elle répondit vivement:

– C'est très simple. Appelez notre numéro. Demandez ma femme de chambre et dites-lui que vous êtes le teinturier. Expliquez-lui que vous ne trouvez plus la robe que j'avais réclamée. Elle sera prévenue et me transmettra le message. Puis je vous téléphonerai.

Mason se mit à rire.

– Votre système est drôlement au point! C'est un truc qui a déjà dû vous servir.

Elle ouvrit bien grands ses yeux pleins de larmes.

– Vraiment, je ne comprends pas ce que vous voulez dire...

Mason repoussa son fauteuil tournant, se leva et contourna son bureau.

– A l'avenir, vous pouvez vous dispenser de me faire le coup des grands yeux innocents. Je crois que nous nous comprenons très bien sans ça. Vous êtes dans le pétrin, et j'essaie de vous en sortir.

Elle se leva lentement, le regarda dans les yeux et soudain lui posa les mains sur les épaules.

– Je ne sais pas pourquoi, dit-elle, mais vous m'inspirez une telle confiance! Vous êtes le seul homme que je connaisse qui ait tenu tête à mon mari. Il me semble que je pourrais me raccrocher à vous, que vous pourriez me protéger contre n'importe quoi.

Elle renversa la tête en arrière et plongea son regard dans celui de Perry. Ses lèvres étaient toutes proches des siennes, son corps contre le sien. Il lui enserra le coude de ses longs doigts vigoureux et la détourna de lui.

— Je vous protégerai, dit-il, tant que vous me donnerez de l'argent.

Elle lui fit face.

— Vous ne pensez donc à rien d'autre qu'à l'argent?...

— Dans ce jeu-là, oui.

— Vous êtes mon seul appui, gémit-elle. Tout ce qui me reste au monde. Vous êtes la seule barrière qui me sépare de la catastrophe.

— Ça, c'est mon métier, conclut-il avec calme. Je suis là pour ça.

Tout en parlant, il l'avait conduite à la porte de l'étude. Quand il posa la main sur la poignée, elle dégagea son coude de son étreinte.

— Très bien, dit-elle, merci.

Son ton était compassé, presque glacial.

Elle passa dans l'étude et Perry Mason referma la porte derrière elle. Il se dirigea vers son bureau et décrocha l'appareil téléphonique.

— Passez-moi une ligne extérieure, Della, dit-il dès qu'il entendit la voix de Della Street.

Il donna le numéro de l'agence Drake, demanda Paul Drake et réussit à l'avoir au bout du fil.

— Ecoute, Paul, dit-il, ici Perry. J'ai du travail pour toi. Il faut que tu me fasses ça vite. Frank Locke, du *Moulin à Poivre*, adore les femmes. Il court le guilledou en ce moment avec une fille qui habite l'hôtel Wheelright. De temps en temps il passe au salon de coiffure et se fait faire une beauté avant de sortir avec elle. Il est originaire d'un patelin quelconque du Sud, je ne sais pas au juste lequel. Et il a été mêlé à une histoire louche avant de venir ici. Frank Locke n'est probablement pas son véritable nom. Je voudrais que tu mettes assez de gens sur la piste pour découvrir de quoi il s'agit, et rapidement. Combien cela va-t-il me coûter?

— Deux cents dollars. Et deux cents autres à la fin de la semaine, si cela me prend tout ce temps-là.

— Je ne pense pas pouvoir faire accepter ces conditions à mon client.

— Donne-m'en trois cent vingt-cinq alors et pense à moi si tu peux faire passer le reste sur les frais généraux.

— D'accord. Mets-toi au travail.

— Une minute. Je voulais justement te téléphoner. Une grosse Lincoln avec chauffeur est parquée devant l'immeuble en ce moment. J'ai comme l'idée que c'est la même voiture dont ta mystérieuse amie s'est servie l'autre jour pour disparaître. Veux-tu que je la file? J'ai pris le numéro en montant tout à l'heure.

— Non. Ce n'est pas la peine. Je l'ai identifiée maintenant. Laisse-la tomber et occupe-toi de cette histoire Locke.

— D'accord, dit Drake.

Perry Mason raccrocha le récepteur. Della Street se tenait dans l'encadrement de la porte.

— Partie? demanda Mason.

Della Street hocha la tête :

— Cette femme va nous causer des ennuis.

— Vous me l'avez déjà dit.

— Bon, eh bien, je vous le répète.

— Pourquoi?

— Je n'aime ni son genre ni son comportement vis-à-vis d'une employée. C'est une snob.
— Il y a beaucoup de gens comme ça, Della.
— Je sais, mais elle est différente, elle. Elle ne sait pas ce que c'est que l'honnêteté. Elle adore la fourberie. Elle se retournerait contre vous si cela pouvait lui être profitable.
Le visage de Perry Mason était pensif.
— Cela ne lui profiterait en rien, remarqua-t-il d'un ton préoccupé.
Della Street le regarda fixement un instant, puis referma doucement la porte et le laissa seul.

6

Harisson Burke était un homme de haute taille qui s'efforçait d'avoir l'air distingué. Ses états de service au Congrès étaient médiocres, mais il s'était posé en « Ami du Peuple » en défendant une loi qu'une clique de politiciens essayait de faire voter, sachant très bien que si la Chambre haute l'acceptait, ce qu'elle ne ferait sans doute jamais, le Président y mettrait de toute façon son veto.
Il préparait sa campagne pour le Sénat en s'efforçant d'intéresser la grosse bourgeoisie et de lui faire comprendre qu'au fond il était conservateur, sans pour autant sacrifier ses partisans parmi les petites gens, ni sa réputation d'« Ami du Peuple ».
Il regardait Perry Mason d'un air entendu et perspicace, et il déclara :
— Mais je ne comprends pas où vous voulez en venir.
— Bon, dit Mason, puisque vous voulez que j'y

aille carrément, je veux parler de cette soirée à l'auberge de Beechwood où il y a eu un hold-up, et de votre présence là-bas en compagnie d'une femme mariée.

Harisson Burke frémit comme s'il venait de recevoir un coup. Suffoqué, il reprit sa respiration, puis se composa un visage qu'il crut de bois.

— A mon avis, déclara-t-il de sa voix puissante et grave, vous êtes mal informé. Et je suis extrêmement occupé cet après-midi, aussi vous demanderai-je de m'excuser.

Perry Mason eut l'air à la fois furieux et dégoûté. Il fit un pas vers le bureau du politicien et le regarda droit dans les yeux.

— Vous êtes dans le pétrin, dit-il en articulant bien ses mots, et plus vite vous cesserez ce genre de bluff, plus tôt nous pourrons discuter des moyens d'en sortir.

— Mais, protesta Burke, je ne sais rien du tout. Vous n'avez aucune lettre de recommandation, rien.

— Dans le cas qui nous intéresse, vous n'avez besoin d'autre recommandation que des faits eux-mêmes. Je suis au courant de ces faits. Je représente la dame qui était avec vous en cette occasion. Le *Moulin à Poivre* va publier toute l'affaire et exiger votre comparution devant la chambre des mises en accusation afin de connaître votre version des faits et le nom de la dame qui vous accompagnait.

Harisson Burke devint livide. Il s'appuya sur son bureau comme s'il avait besoin d'un support pour ses bras et ses épaules.

— Quoi? demanda-t-il.

— Vous avez parfaitement compris mes paroles.

— Mais, je n'en savais rien. Elle ne m'a jamais rien

dit. Je veux dire, c'est la première fois que j'en entends parler. Je suis sûr qu'il doit y avoir une erreur.

– Bon, réfléchissez bien. Il n'y a pas d'erreur.

– Comment cela se fait-il que ce soit vous qui m'en parliez?

– Parce que la dame ne veut probablement pas vous approcher en ce moment. Elle doit s'occuper de ses propres intérêts et elle essaie de s'en tirer comme elle peut. Je fais de mon mieux et cela me coûte de l'argent. Elle n'est probablement pas femme à vous demander une aide pécuniaire. Moi je suis venu pour ça.

– Vous voulez de l'argent?

– Que diable pourrais-je vouloir d'autre?

Harisson Burke semblait petit à petit prendre conscience de l'étendue de son malheur.

– Mon Dieu! dit-il. Cela me perdrait complètement.

Perry Mason resta silencieux.

– Le *Moulin à Poivre* peut s'acheter, continua le politicien. Je ne sais pas au juste comment ça marche. C'est une transaction par laquelle vous achetez un emplacement publicitaire et rompez ensuite le contrat. Il y a dedans une clause pour les dommages-intérêts, si je ne me trompe. Vous êtes un homme de loi. Vous devez savoir ces choses-là et comment elles se règlent.

– Il est trop tard, maintenant, pour acheter le *Moulin à Poivre*. Ils ont commencé par demander trop d'argent. Et maintenant c'est la guerre sans merci.

Harisson Burke se redressa de toute sa hauteur.

– Mon cher, je pense que vous vous trompez sur

toute la ligne. Je ne vois vraiment pas pourquoi ce journal prendrait cette attitude.

Mason lui adressa un sourire grimaçant :

— Vous ne voyez pas ?

— Certainement pas.

— Eh bien, figurez-vous que le grand manitou de ce journal, le type qui en est le vrai propriétaire, c'est George Belter. Et la femme avec qui vous étiez sorti ce soir-là est son épouse, laquelle envisageait de demander le divorce. Qu'est-ce que vous en dites ?

Le visage de Burke était livide.

— C'est impossible, dit-il. Belter ne peut pas être mêlé à un truc de ce genre. C'est un gentleman.

— C'est peut-être un gentleman, mais il est propriétaire du journal.

— Oh ! mais c'est impossible.

— C'est un fait. Mon rôle est de vous mettre au courant. Faites ce que vous voudrez. Ce n'est pas moi qui risque d'en pâtir. Vous ne vous en sortirez que si vous jouez les cartes qu'il faut et si vous êtes bien conseillé. Je suis prêt à vous donner les bons conseils.

Harisson Burke se tordait les mains d'inquiétude :

— Que voulez-vous exactement ? demanda-t-il.

— Il n'y a qu'un moyen de venir à bout de cette clique, c'est de la combattre avec ses propres méthodes. Ce sont des maîtres chanteurs, et j'ai l'intention de faire un peu de chantage moi aussi. Je suis à la recherche d'un renseignement, mais cela coûte cher. La dame est à court d'argent, et je n'ai pas l'intention de financer l'affaire moi-même. Chaque fois que l'aiguille de cette pendule fait le tour du cadran, cela signifie que j'ai consacré à cette affaire une heure de mon temps, non seulement moi, mais aussi d'autres personnes. Les frais augmentent à chaque instant. A mon avis, il n'y a aucune raison que vous ne participiez pas aux frais.

Harisson Burke cilla.

— Combien croyez-vous que cela va coûter? s'enquit-il, prudemment.

— J'ai besoin de quinze cents dollars maintenant et si je vous tire de cette passe, cela vous coûtera davantage.

Burke s'humecta les lèvres du bout de la langue.

— Il faut que je réfléchisse, dit-il. Pour réunir des fonds, il me faut procéder à certains arrangements. Revenez demain matin, et je vous donnerai ma réponse.

— Cette affaire évolue extrêmement vite. D'ici demain matin, beaucoup d'eau aura coulé sous le pont.

— Revenez dans deux heures, alors.

Mason dévisagea Burke :

— Ecoutez, je sais ce que vous avez l'intention de faire : vous voulez vous renseigner sur moi. Je vais vous dire à l'avance ce que vous allez trouver. Vous découvrirez que je suis un homme de loi spécialisé dans les procès, et dans les affaires criminelles surtout. Tous les hommes de ma profession ont leur spécialité. Moi, la mienne, c'est de tirer les gens du pétrin. Les gens viennent me trouver quand ils ont toutes sortes d'ennuis, et je les en tire. La plupart de mes affaires ne passent pas en justice.

» Si vous vous renseignez sur moi auprès d'un notaire de famille ou d'un avoué de société, il vous dira probablement que je suis un avocaillon. Si vous vous adressez à un type de l'entourage du procureur général, il vous dira que je suis un adversaire dangereux, mais qu'il ne sait pas grand-chose de moi. Si vous allez dans une banque, vous ne trouverez absolument rien.

Burke ouvrit la bouche pour prendre la parole, mais il se ravisa.

— Eh bien, cela va peut-être vous éviter de perdre du temps à vous renseigner sur mon compte, continua Mason. Si vous téléphonez à Eva Belter, elle sera probablement furieuse que je sois venu vous trouver. Elle veut se débrouiller toute seule. Ou peut-être n'a-t-elle jamais eu l'idée de s'adresser à vous. Je ne sais pas. Si vous l'appelez au téléphone, demandez sa femme de chambre et laissez un message à propos d'une robe ou quelque chose comme ça. Alors elle vous téléphonera elle-même.

Harisson Burke eut l'air surpris.

— Comment savez-vous cela?

— C'est ainsi qu'elle se fait parvenir des messages. Pour les miens il s'agit d'une robe. Et pour vous?

— Ce sont des souliers à livrer.

— C'est un bon système. A condition qu'elle ne mélange pas ses différents articles vestimentaires. Et je n'ai pas une confiance absolue dans la femme de chambre.

La réserve de Burke semblait avoir fondu.

— La femme de chambre ne sait rien, dit-il. Elle ne fait que répéter le message. Eva garde le code secret pour elle. J'ignorais que d'autres personnes se servaient de ce genre de code.

Perry Mason se mit à rire.

— Ne soyez pas vieux jeu, dit-il.

— En fait, reprit Harisson Burke avec dignité, Mme Belter m'a téléphoné il y a un instant. Elle a de gros ennuis d'argent, et il lui faut mille dollars immédiatement. Elle désirait que je l'aide.

Mason émit un sifflement.

– Eh bien! Ça change tout. Je craignais qu'elle ne vous tienne en dehors du coup. Que vous remportiez un succès ou non, j'estime que vous devez supporter une partie des charges. Je travaille pour vous aussi bien que pour elle, et c'est une bataille qui coûte cher.

Burke hocha la tête:

– Revenez dans une demi-heure, et je vous dirai ce que je compte faire.

Mason se dirigea vers la porte:

– D'accord pour une demi-heure. Et vous ferez bien de vous procurer l'argent en coupures. Il vaut mieux ne pas tirer de chèques sur votre compte en banque, au cas où il y aurait une publicité quelconque sur mes agissements ou sur la personne que je représente.

Burke repoussa sa chaise et, en bon politicien, il esquissa le geste de tendre la main. Perry Mason ne vit pas la main, ou s'il la vit, il ne se soucia pas de montrer qu'il la voyait, et se dirigea à grands pas vers la porte.

– Dans une demi-heure, dit-il sur le seuil.

Puis il claqua la porte derrière lui.

Il se préparait à ouvrir la portière de son automobile quand un homme lui tapa sur l'épaule.

Mason se retourna.

C'était un individu trapu et au regard insolent.

– Je voudrais une interview, monsieur Mason, dit-il.

– Une interview? s'étonna Mason. Qui diable êtes-vous?

– Crandall, dit l'homme. Reporter au *Moulin à Poivre*. Nous nous intéressons aux faits et gestes des personnages en vue, monsieur Mason. Et j'aimerais vous interviewer sur l'entretien que vous venez d'avoir avec Harisson Burke.

Lentement, posément, Perry Mason retira sa main de la poignée de la portière, pivota sur ses talons et toisa l'homme du regard.

– Alors, dit-il, c'est cette tactique-là que vous allez suivre, hein?

Crandall continuait à le fixer de son regard effronté.

– Ne jouez pas aux durs, dit-il, parce que ça ne vous rapportera rien.

– Vous croyez? dit Perry Mason.

Il prit son élan et lui envoya son gauche en pleine figure.

La tête de Crandall fut rejetée en arrière, il fit deux pas en trébuchant, puis s'affaissa comme une poupée de son.

Des passants commençaient à s'attrouper. Mason se retourna, ouvrit d'un seul élan la portière de son automobile, s'y enfourna, claqua la portière, appuya sur le démarreur, et se lança dans la file des voitures.

D'un drugstore voisin, il appela le bureau de Burke.

– Allô! Burke. Mason à l'appareil. Vous feriez mieux de ne pas sortir et de vous procurer un garde du corps. Le journal dont nous venons de parler a posté quelques types costauds dans les parages, tout prêts à se mêler de force à vos affaires, et de la façon qui pourrait le plus vous nuire. Dès que vous aurez l'argent pour moi, envoyez-le à mon étude par un messager. Prenez quelqu'un de confiance mais ne lui dites rien. Mettez l'argent dans une enveloppe cachetée, comme si c'étaient des papiers.

Harisson Burke s'apprêtait à répondre, mais Perry Mason raccrocha avec violence, sortit de la cabine téléphonique, et toujours à grands pas, se dirigea vers son automobile.

7

Une tempête venue du Sud-Est faisait rage. Des nuages plombés dérivaient lentement dans le ciel nocturne et déversaient de véritables trombes d'eau.

Le vent secouait aux quatre coins l'appartement où habitait Perry Mason. Passant par la fenêtre entrouverte, il soulevait les rideaux et les faisait voltiger sans arrêt.

Mason s'assit dans son lit et tâtonna dans l'obscurité vers le téléphone. Il trouva l'instrument, le porta à son oreille et dit :

— Allô ?

La voix terrorisée d'Eva Belter résonna précipitamment à l'autre bout du fil.

— Dieu merci, je vous ai trouvé ! Prenez votre voiture et venez immédiatement. Ici Eva Belter.

Perry Mason dormait encore à moitié.

— Où cela ? demanda-t-il. Qu'est-ce qui se passe ?

— Il est arrivé quelque chose d'épouvantable. Ne venez pas à la maison, je n'y suis pas.

— Où êtes-vous ?

— Dans un drugstore, avenue Griswald. Prenez l'avenue et vous verrez les lumières du drugstore : je me tiendrai devant.

Perry Mason rassembla ses idées.

— Ecoutez, dit-il, j'ai déjà répondu à des appels de nuit faits par des gens qui essayaient de m'enlever pour m'assassiner. Je veux être certain qu'il n'y a rien de louche dans cette histoire.

Elle hurla dans l'appareil :

— Oh ! ne soyez pas si bêtement méfiant ! Venez ici tout de suite. Je vous dis que je suis dans une situation très grave. Vous reconnaissez quand même ma voix.

Mason dit avec calme :

— Oui, bien sûr. Quel nom m'avez-vous donné la première fois que vous êtes venue à l'étude?

— Griffin! cria-t-elle.

— D'accord, dit Mason, j'arrive.

Il enfila ses vêtements, glissa un revolver dans sa poche, prit un imperméable, éteignit les lumières et quitta l'appartement. Sa voiture était dans le garage; il démarra et s'engagea sous la pluie, sans prendre le temps de chauffer le moteur.

La voiture tourna le coin en crachant et en pétaradant. Mason laissa la prise d'air fermée et appuya sur l'accélérateur.

La pluie fouettait le pare-brise. De grosses gouttes s'écrasaient sur le trottoir et s'illuminaient au passage des phares.

Mason, sans se soucier de la circulation, traversait les croisements à une allure de plus en plus rapide. Il tourna à droite dans l'avenue Griswald et parcourut cinq cents mètres avant de ralentir et de chercher des lumières.

Soudain il la vit devant un drugstore. Elle avait un manteau, mais pas de chapeau et paraissait ne pas se rendre compte que la pluie ruisselait sur ses cheveux. Ses yeux étaient agrandis par l'angoisse.

Perry Mason se rangea le long du trottoir et arrêta le moteur.

— Je pensais que vous n'arriveriez jamais, s'écria-t-elle tandis qu'il ouvrait la portière.

Elle monta dans la voiture et Perry s'aperçut qu'elle était en robe du soir, avec des souliers de satin et qu'elle portait un pardessus d'homme. Elle était trempée et l'eau dégoulinait de ses vêtements sur le plancher.

– Qu'est-ce qui vous arrive? demanda Perry Mason.

Elle tourna vers lui son visage mouillé et livide, puis elle lança :

– A la maison, vite!

– Qu'est-ce qui vous arrive? répéta-t-il.

– Mon mari a été assassiné, gémit-elle.

Mason alluma le plafonnier de la voiture.

– Ne faites pas ça! cria-t-elle.

Il regarda son visage :

– Racontez-moi tout, dit-il avec calme.

– Voulez-vous, oui ou non, mettre le moteur en marche?

– Pas avant de savoir ce qui s'est passé, répliqua-t-il, d'un ton presque indifférent.

– Il faut que nous arrivions là-bas avant la police.

– Pourquoi?

– Parce qu'il le faut.

– Non, rétorqua Mason. Pas question de rien dire à la police avant que je sache ce qui s'est passé.

– Oh! c'était horrible.

– Qui l'a tué?

– Je ne sais pas.

– Eh bien, que savez-vous alors?

– Voulez-vous, oui ou non, éteindre cette satanée lumière?

– Quand vous aurez fini de me raconter ce qui s'est passé, répliqua-t-il avec entêtement.

– Pourquoi la laissez-vous allumée?

– Afin de mieux vous voir, mon enfant, dit-il.

Mais il n'y avait aucun humour dans sa voix qui était sévère et glaciale.

Elle soupira de lassitude.

— Je ne sais pas ce qui s'est passé. Je crois que c'est quelqu'un qu'il faisait chanter. Je pouvais entendre leurs voix d'en bas. Ils étaient très en colère. Je me suis approchée de l'escalier pour les écouter.

— Pouviez-vous comprendre ce qui se disait?

— Non, j'entendais qu'ils parlaient et je distinguais les intonations de leurs voix. Ils juraient. De temps en temps ils échangeaient des paroles. Mon mari avait ce ton froid et sarcastique qu'il prend lorsqu'il est enragé après quelqu'un. L'autre élevait la voix, mais sans crier. Il interrompait mon mari de temps en temps.

— Et ensuite?

— Je suis montée tout doucement pour essayer de surprendre leurs paroles.

Elle s'arrêta pour reprendre sa respiration.

— Bon, fit Mason impatient. Et ensuite?

— Alors j'ai entendu le coup de feu et la chute d'un corps.

— Seulement un coup?

— Seulement un coup, et puis la chute du corps. C'était horrible. Il a ébranlé la maison en tombant.

— Bon, continuez. Qu'avez-vous fait alors?

— Alors, je me suis enfuie, j'ai eu peur.

— Où vous êtes-vous sauvée?

— Dans ma chambre.

— Vous a-t-on vue?

— Non, je ne pense pas.

— Alors, qu'avez-vous fait?

— J'ai attendu une minute.

— Avez-vous entendu quelque chose?

— Oui, j'ai entendu l'assassin descendre l'escalier en courant et s'enfuir de la maison.

— Bon, et ensuite?

— Ensuite, j'ai pensé qu'il valait mieux que je monte voir ce qu'on pouvait faire pour George. Je suis entrée dans son bureau. Il était là; il venait de prendre un bain et avait enfilé rapidement un peignoir. Il était étendu là, mort.

— Etendu où? insista-t-il, impitoyable.

— Oh! ne me demandez pas tant de détails, fit-elle d'un ton sec. Je ne peux pas vous dire. C'était quelque part près de la salle de bains. Il venait de sortir de la baignoire et devait se tenir dans l'encadrement de la porte lorsque la dispute a éclaté.

— A quoi avez-vous vu qu'il était mort?

— Rien qu'à le regarder. Enfin j'ai pensé qu'il était mort. Je n'en suis pas sûre. Venez vite, aidez-moi. S'il n'est pas mort, tout va bien. Il n'y aura pas d'histoire. Mais s'il l'est, nous sommes tous dans un pétrin effroyable.

— Pourquoi?

— Parce que tout va se faire jour. Vous ne comprenez donc pas? Frank Locke est au courant de l'histoire de Burke et il croira tout naturellement que c'est Harisson Burke qui l'a tué. Cela obligera Burke à citer mon nom et alors tout peut arriver. On peut même me soupçonner.

— Ne vous mettez pas ces idées dans la tête. Locke connaît l'histoire de Burke, d'accord. Mais Locke n'est qu'un personnage insignifiant, un homme de paille. Dès qu'il aura perdu le soutien de votre mari, il s'effondrera. Ne croyez pas que Harisson Burke était le seul homme à avoir des griefs contre votre mari.

— Non, mais Harisson Burke avait un plus grand mobile que les autres. Les autres ne savaient pas qui possédait le journal. Harisson Burke le savait. Vous le lui avez dit.

— Ah! il vous a donc appelée, hein?

— Oui. Pourquoi êtes-vous allé le voir?

— Parce que, déclara sévèrement Mason, je ne voulais pas le laisser gagner la partie à l'œil. Je voulais lui faire payer tous les services que j'allais lui rendre. Je ne tenais pas à ce que ce soit vous qui avanciez tout l'argent.

— Vous ne croyez pas que c'était à moi d'en décider?

— Non!

Elle se mordit les lèvres, voulut dire quelque chose, puis se ravisa.

— Bon, dit-il, maintenant écoutez-moi bien. S'il est mort, il va y avoir une enquête. Il faut garder votre sang-froid. Qui pouvait bien être dans la maison, à votre avis?

— Je ne peux identifier cet homme que d'après les intonations de sa voix.

— Bon. C'est déjà quelque chose. Vous m'avez dit que vous ne pouviez pas entendre ce qui se disait.

— Non. Mais j'ai pu reconnaître le son de leurs voix, leur ton. J'ai entendu la voix de mon mari, et puis la voix de cet homme.

— Aviez-vous déjà entendu cette voix?

— Oui.

— Saviez-vous qui c'était?

— Oui.

— Eh bien, ce n'est pas la peine d'en faire un mystère, sacrebleu! Qui était-ce? Je suis votre avocat, vous devez me le dire.

Elle se retourna et le regarda bien en face.

— Vous savez qui c'est, dit-elle.

— Moi, je le sais?

— Oui.

— Ecoutez, il y en a un de nous deux qui est fou. Comment pourrais-je le savoir?

— Parce que, dit-elle lentement, c'était vous!
— Moi?
— Oui, vous. Oh! je ne voulais pas le dire. Je ne voulais pas vous montrer que je le savais, je voulais protéger votre secret. Mais vous me l'avez arraché. Mais je ne le dirai à personne, jamais, jamais, jamais. C'est un secret entre nous.

Il la regarda, les lèvres serrées :
— Alors, c'est à ça que vous jouez, vous?

Elle soutint son regard et acquiesça lentement de la tête.
— Oui, monsieur Mason, vous pouvez avoir confiance en moi, je ne vous dénoncerai jamais.

Il aspira un grand coup, puis soupira :
— Oh! la barbe, après tout!

Il y eut un moment de silence. Puis Perry Mason demanda d'une voix sans timbre :
— Avez-vous entendu une voiture s'éloigner, ensuite?

Elle hésita un moment, puis déclara :
— Je crois que oui, mais la tempête faisait rage. Il me semble avoir entendu un moteur.

— Maintenant, écoutez-moi, dit-il. Vous avez les nerfs détraqués. Si vous vous mettez à parler de cette façon-là devant une demi-douzaine d'inspecteurs de police, vous allez vous attirer des ennuis. Vous feriez mieux de vous offrir une bonne dépression nerveuse, grâce à laquelle un médecin interdira à tout le monde de vous parler. Ou alors mettez votre histoire au point. Ou vous avez entendu un moteur, ou vous ne l'avez pas entendu. C'est oui ou c'est non.

— Oui, dit-elle d'un air de défi. J'en ai entendu un.

— Parfait. C'est déjà mieux! Combien y a-t-il de personnes dans la maison?

— Que voulez-vous dire?

— Les domestiques, tout le monde. Les gens qui habitent la maison. Je veux savoir combien vous êtes dans cette maison.

— Eh bien, il y a Digley, le maître d'hôtel.

— Oui, je le connais. Qui encore? Qui est la femme de charge?

— Mme Veitch; elle a sa fille avec elle en ce moment, pour quelques jours.

— Bon, et les hommes? Comptons les hommes. Il y a seulement Digley, le maître d'hôtel?

— Non, il y a encore Carl Griffin.

— Griffin, tiens!

Elle rougit :

— Oui.

— Voilà pourquoi vous aviez pris ce nom de Griffin, lorsque vous êtes venue me voir la première fois?

— Non, ce n'est pas pour ça. J'ai pris le premier nom qui m'est passé par la tête. Ne dites pas des choses pareilles!

Il ricana :

— Moi je n'ai rien dit, c'est vous!

Elle se lança dans un flot de paroles :

— Carl Griffin est le neveu de mon mari; il est très rarement à la maison le soir. Je crois qu'il mène une vie plutôt dissipée. C'est un noceur. Il paraît qu'il rentre ivre, la plupart du temps. Mais je sais qu'il est très lié avec mon mari. George aime beaucoup Carl, si tant est qu'il puisse avoir de l'affection pour quelqu'un. Il faut vous dire que mon mari est bizarre. Il n'aime vraiment personne. Il veut posséder, dominer, étreindre, mais il ne peut pas aimer. Il n'a aucun ami intime et se suffit complètement à lui-même.

— Oui, je connais tout ça. Ce n'est pas le caractère

de votre mari qui m'intéresse. Parlez-moi encore de Carl Griffin. Etait-il là ce soir?

— Non, il est sorti de bonne heure dans la soirée. Je crois même qu'il n'était pas là pour le dîner. Il me semble qu'il est allé à son club de golf, oui, il a joué au golf cet après-midi. Quand a-t-il commencé à pleuvoir?

— Vers 6 heures, je crois. Pourquoi?

— C'est cela, je m'en souviens. Il a fait beau cet après-midi, et Carl jouait au golf. Puis il me semble que George a dit qu'il avait téléphoné qu'il resterait dîner au club et ne rentrerait que très tard.

— Vous êtes sûre qu'il n'était pas rentré?

— Certaine.

— Vous êtes sûre que ce n'était pas sa voix que vous avez entendue là-haut?

Elle hésita un instant.

— Non, dit-elle, c'était la vôtre.

Mason eut une exclamation exaspérée.

— Ou plutôt, enchaîna-t-elle vivement, elle ressemblait à la vôtre. C'était un homme qui parlait exactement comme vous. Il avait la même façon tranquille de dominer la conversation. Il pouvait élever la voix et cependant lui donner un ton tranquille et mesuré, exactement comme vous; mais je ne le dirai à personne, jamais! On pourrait me torturer que je ne citerais pas votre nom.

Puis ses yeux bleus s'agrandirent et elle lui lança son regard faussement ingénu.

Perry Mason la regarda, puis haussa les épaules.

— C'est bon, dit-il, nous reparlerons de cela plus tard. En attendant, essayez de rassembler vos idées. Est-ce à cause de vous que votre mari se disputait avec cet homme?

— Oh, je ne sais pas, je ne sais pas! Vous ne

comprenez donc pas que je ne sais pas de quoi ils parlaient! Tout ce que je sais, c'est qu'il faut que je retourne là-bas. Qu'arrivera-t-il si quelqu'un découvre le corps en mon absence?

— Vous avez bien attendu jusqu'à maintenant; ce n'est pas une minute ou deux de plus qui feront une grande différence. Je tiens à savoir une chose avant de partir.

— Laquelle?

Il se pencha vers elle, saisit son visage entre ses mains et le tourna vers le plafonnier de façon que la lumière tombe en plein dessus. Puis il prononça lentement:

— Etait-ce Harisson Burke qui était là-haut avec lui quand le coup de feu est parti?

Elle suffoqua:

— Mon Dieu, non!

— Harisson Burke est-il venu chez vous ce soir?

— Non.

— Vous a-t-il téléphoné ce soir ou cet après-midi?

— Non, dit-elle, je ne sais rien de Harisson Burke. Je n'ai eu aucune relation avec lui depuis cette soirée à l'auberge de Beechwood et je ne tiens pas à en avoir. Il ne m'a jamais attiré que des ennuis.

— Alors, comment se fait-il, demanda sévèrement Mason, que vous sachiez que je l'ai mis au courant du lien existant entre votre mari et le *Moulin à Poivre*?

Elle baissa les yeux et essaya de dégager sa tête.

— Allez! reprit-il, impitoyable. Répondez à ma question. Vous a-t-il appris cela au cours de sa visite chez vous ce soir?

— Non, murmura-t-elle, à voix basse. Il m'a téléphoné cet après-midi.

— Ainsi, il vous a téléphoné cet après-midi, hein!

— Oui.

— Savez-vous combien de temps après mon départ?

— Tout de suite après, je crois.

— Avant de m'envoyer de l'argent par un messager?

— Oui.

— Pourquoi ne me l'avez-vous pas dit plus tôt? Pourquoi avez-vous prétendu n'avoir eu aucun contact avec lui?

— J'ai oublié. Je vous ai dit déjà qu'il m'avait téléphoné. Si j'avais voulu vous mentir, je ne l'aurais pas dit dès le début de notre entretien.

— Oh! si, vous l'auriez fait. Vous me l'avez dit à ce moment-là car vous n'imaginiez pas que je le soupçonnerais d'être chez votre mari au moment du coup de feu.

— Ce n'est pas vrai!

Il hocha la tête lentement.

— Vous êtes une petite menteuse, dit-il avec un calme parfait, vous ne savez pas dire la vérité. Vous ne jouez franc jeu avec personne, pas même avec vous-même. Vous me mentez en ce moment. Vous savez qui est l'homme qui se trouvait dans la pièce.

Elle secoua la tête :

— Non, non, non, non! Je ne sais pas qui c'est, ne le comprenez-vous pas? Je pensais que c'était vous! C'est pourquoi je ne vous ai pas appelé de la maison. J'ai couru jusqu'à ce drugstore pour vous téléphoner. Cela fait presque quinze cents mètres.

— Pourquoi avez-vous fait cela?

— Pour vous donner le temps de rentrer chez vous. Vous ne comprenez pas? Je voulais pouvoir dire, si on me le demandait, que je vous avais appelé au téléphone et que je vous avais trouvé à votre appartement. Ç'aurait été affreux de vous appeler et de vous trouver absent, après avoir reconnu votre voix.

— Vous n'avez pas reconnu ma voix, déclara Mason avec calme.

— J'ai cru la reconnaître, corrigea-t-elle, avec son air de sainte nitouche.

— Eh bien, vous vous trompez. J'étais dans mon lit depuis deux ou trois heures, quand vous m'avez téléphoné. Mais je n'ai aucune preuve. Si la police venait à s'imaginer que j'étais chez vous, j'aurais un mal de tous les diables à essayer de me disculper. Vous avez bien manigancé votre affaire.

Elle le regarda et soudain lui jeta les bras autour du cou.

— Oh! Perry, je vous en prie, ne me regardez pas comme ça. Qu'est-ce que vous imaginez là? Je ne vais pas raconter des choses sur vous! Vous êtes aussi mal parti que moi dans cette histoire. Vous avez fait ce que vous avez pu pour me sauver. Nous sommes engagés tous les deux et nous nous soutiendrons mutuellement.

Il la repoussa et appuya sur son bras mouillé jusqu'à lui faire relâcher son étreinte. Puis il prit à nouveau son visage entre ses mains afin de plonger son regard dans le sien.

— *Nous* ne sommes pas engagés tous les deux dans cette histoire, bon Dieu! Vous êtes ma cliente et je sers vos intérêts, c'est tout. Vous m'entendez?

— Oui.

— A qui est le pardessus que vous portez?

— A Carl. Je l'ai trouvé dans le corridor. Je suis sortie d'abord sous la pluie, puis je me suis rendu compte que j'allais me faire tremper. Il y avait un manteau accroché dans le corridor et je l'ai pris.

— Bon. Vous réfléchirez à ça pendant que je vous reconduis. Je me demande si la police est déjà là. Savez-vous si quelqu'un d'autre a entendu le coup de revolver?

— Non, je ne crois pas.

— Bon. Si nous avons la chance de pouvoir examiner les lieux avant l'arrivée de la police, vous oublierez que vous avez couru au drugstore pour me téléphoner. Dites-leur que vous m'avez téléphoné de chez vous et que vous avez couru en bas de la côte pour venir à ma rencontre. C'est pour cela que vous êtes mouillée. Vous ne pouviez pas rester dans la maison, vous aviez peur. Compris?

— Oui, dit-elle docilement.

Perry Mason éteignit le plafonnier de la voiture, appuya sur le démarreur, embraya, et lança la voiture à toute allure sous la pluie.

Elle vint se blottir contre lui, le bras gauche passé autour de son cou, et le droit appuyé sur sa jambe.

— Oh! gémit-elle, j'ai peur et je me sens si seule.

— La ferme! dit-il. Faites marcher votre cerveau.

Il parcourut l'avenue à une allure folle, tourna dans l'avenue Elmwood, et passa en seconde pour gravir l'éminence sur laquelle était bâtie la maison. Il tourna dans l'allée du parc et rangea sa voiture juste devant la véranda.

— Maintenant, écoutez! dit-il à voix basse en lui ouvrant la portière. La maison a l'air silencieuse. Personne n'a entendu le coup de feu. La police n'est pas encore arrivée. Il faut faire marcher votre cerveau. Si vous m'avez menti, vous allez avoir de sérieux embêtements.

– Je n'ai pas menti. Je vous ai dit la vérité, je vous jure.

– Bon.

Ils traversèrent la véranda à grands pas.

– La porte n'est pas fermée à clef, je l'ai laissée déverrouillée, dit-elle. Vous pouvez entrer directement.

Elle s'effaça pour le laisser pénétrer le premier. Perry Mason tourna le bouton de la porte.

– Non, elle est fermée à clef. Le verrou est mis. Avez-vous votre clef?

Elle le regarda d'un air confondu.

– Non, dit-elle, ma clef est dans mon sac.

– Où est votre sac?

Elle lui lança un regard sans expression, mais tout son corps était raidi par l'épouvante.

– Mon Dieu, j'ai dû laisser mon sac là-haut dans le bureau... près du corps de mon mari!

– Vous l'aviez avec vous en montant là-haut?

– Oui, je sais que je l'avais. Mais j'ai dû le laisser tomber. Je ne me souviens pas l'avoir eu avec moi en sortant.

– Il faut absolument que nous entrions dans la maison. Y a-t-il une autre porte ouverte?

Elle secoua la tête, puis dit soudain:

– Si, il y a une porte de derrière par où passent les domestiques. Nous laissons une clef accrochée sous la gouttière du garage. Nous pourrons entrer par là.

– Allons-y.

Ils descendirent les marches de la véranda et s'engagèrent dans l'allée sablée qui entourait les bâtiments. Le vent fouettait les arbustes et la pluie crépitait contre les flancs de la maison, mais aucun bruit ne sortait de la sombre demeure.

– Silence, recommanda-t-il. Je veux entrer sans

que les domestiques nous entendent. Si personne n'est réveillé, je veux avoir une minute ou deux pour vérifier certaines choses et voir comment ça se présente.

Elle hocha la tête, fouilla dans la gouttière du garage, trouva la clef et ouvrit la porte de derrière.

– Bon, dit-il. Faufilez-vous dans la maison et ouvrez-moi la porte d'entrée. Je vais refermer cette porte à clef et remettre la clef à sa place.

Elle hocha la tête et disparut dans l'obscurité. Il referma la porte, tourna la clef dans la serrure et la remit à son clou. Puis il revint sur ses pas et regagna le devant de la maison.

8

Perry Mason arriva à la porte d'entrée et attendit sous la véranda, pendant ce qui lui parut deux ou trois minutes, avant d'entendre le pas d'Eva Belter et le cliquetis de la serrure. Elle ouvrit la porte et lui sourit.

Dans l'entrée, une veilleuse éclairait vaguement les choses tout autour : l'escalier sombre qui menait à l'étage au-dessus, les meubles de l'entrée, deux ou trois chaises à dossier droit, une glace, un porte-manteau, et un porte-parapluies.

Il y avait un manteau de femme sur la patère, et deux cannes et trois parapluies dans le porte-parapluies. L'eau de pluie avait dégouliné en dessous et formait une flaque où se réfléchissait la veilleuse.

— Ecoutez, dit Mason à voix basse. Vous n'avez pas éteint la lumière en sortant ?

— Non. C'était exactement comme ça lorsque je suis partie.

— Voulez-vous dire que votre mari a fait entrer quelqu'un par cette porte sans allumer d'autre lumière que cette veilleuse ?

— Oui. Je le suppose.

— Vous n'allumez pas une lampe plus forte au-dessus de l'escalier tant que la famille n'est pas couchée ?

— Quelquefois, mais George a tout l'étage à lui. Il ne s'occupe pas de nous et nous ne nous occupons pas de lui.

— C'est bon. Montons là-haut. Allumez la lampe.

Elle tourna un commutateur et l'escalier fut envahi de lumière.

Mason monta l'escalier devant elle et pénétra dans le salon de l'appartement où il avait vu George Belter pour la première fois.

La porte par laquelle George Belter était entré ce jour-là était fermée. Mason tourna le bouton, et pénétra dans le bureau.

C'était une pièce immense, meublée dans le même style que le salon. Les chaises étaient massives et lourdement capitonnées. Le bureau faisait deux fois la taille d'un grand bureau ordinaire. Une porte ouverte donnait dans une chambre à coucher, et à quelques mètres de cette porte était celle de la salle de bains. Il y avait aussi une porte entre la chambre et la salle de bains.

Le corps de George Belter gisait sur le plancher, près de la porte qui faisait communiquer la salle de bains avec le bureau. Il était enveloppé dans une robe de chambre de flanelle, qui s'était écartée sur le devant et montrait qu'au-dessous le corps était entièrement nu.

Eva Belter poussa un petit cri et s'accrocha à Mason. Mason lui fit lâcher prise, se dirigea à grands pas vers le corps et s'agenouilla.

L'homme était mort. Il n'y avait eu qu'une balle de tirée, mais elle avait traversé le cœur et la mort avait dû être instantanée.

Mason tâta l'intérieur de la robe de chambre et s'aperçut qu'il était humide. Il enveloppa le peignoir autour du cadavre, enjamba le bras étendu et pénétra dans la salle de bains.

Comme toutes les autres pièces de l'appartement, la salle de bains était de très grandes dimensions, destinée à un géant. La baignoire, enfoncée au-dessous du niveau du plancher, avait près d'un mètre vingt de largeur et presque deux mètres cinquante de long. Un immense lavabo occupait le milieu de la pièce. Des serviettes étaient pliées sur les porte-serviettes. Mason les regarda, puis se tourna vers Eva Belter.

— Ecoutez, dit-il, il était en train de prendre un bain et quelque chose l'a fait sortir de la baignoire. Vous remarquez qu'il a enfilé son peignoir et ne s'est pas essuyé avec une serviette. Il était encore mouillé quand il s'est enveloppé du peignoir et les serviettes sont encore pliées et n'ont pas servi.

Elle hocha lentement la tête.

— Faut-il mouiller une serviette et la chiffonner comme s'il s'était séché?

— Pourquoi?

— Je ne sais pas. Je me le demandais.

— Ecoutez, ce serait falsifier les faits et nous allons avoir assez de difficultés comme ça. Comprenez bien ce que je vais vous dire. Apparemment, vous seule savez ce qui est arrivé et quand cela s'est produit. Les policiers seront furieux si on ne les prévient pas tout de suite. Ils voudront aussi savoir pourquoi vous avez appelé un avocat avant de leur téléphoner. Cela vous rendra suspecte. Vous comprenez ?

Elle hocha la tête, le regard assombri.

— Bon, dit-il, maintenant mettez-vous bien ceci dans la tête. Voilà ce qui est arrivé. Vous allez dire exactement la vérité, comme vous me l'avez dite, à part un détail : le fait que vous soyez montée à l'étage après le départ de l'homme. C'est ce que je n'aime pas dans votre histoire, et la police n'aimerait pas ça non plus. Si vous avez eu assez de présence d'esprit pour monter l'escalier et aller voir ce qui se passait, alors vous auriez dû en avoir assez pour appeler la police. Le fait que vous avez voulu appeler un avocat avant la police peut laisser supposer que vous aviez quelque chose sur la conscience.

— Mais, nous pouvons leur expliquer que je vous avais consulté au sujet d'une autre affaire, et que c'était si mélangé dans mon esprit que j'ai voulu vous en parler avant de parler à la police, non ?

Il lui rit au nez.

— Eh bien ! Ça serait du joli. La police voudrait savoir ce que c'est que cette autre affaire et avant d'avoir fini votre histoire, vous vous apercevriez que vous venez de leur fournir la plus belle des preuves que vous avez tué votre mari. Nous n'avons absolument pas besoin de faire allusion à cette autre affaire. Il faut mettre la main sur Harisson Burke et l'empêcher de parler.

— Mais, et le journal ? Le *Moulin à Poivre* ?

— Vous rendez-vous compte que du fait de la mort de votre mari vous êtes devenue propriétaire de ce journal ? A partir de maintenant, vous pouvez prendre le commandement et dicter sa ligne de conduite au journal.

— Mais s'il m'a déshéritée dans son testament?

— Dans ce cas, nous contesterons le testament en justice et nous essaierons de vous faire nommer administratrice à titre spécial, pendant tout le temps que durera le procès.

— Bon, je suis donc sortie de la maison en courant, et ensuite?

— Vous répéterez exactement ce que vous m'avez dit. Vous étiez tellement affolée que vous vous êtes enfuie en courant de la maison. Mais rappelez-vous que vous vous êtes sauvée avant que l'homme qui était avec votre mari ne descende l'escalier. Vous vous êtes précipitée hors de la maison sous la pluie, empoignant le premier manteau qui vous est tombé sous la main en passant devant le portemanteau. Vous étiez tellement bouleversée que vous n'avez même pas remarqué qu'il y avait un de vos manteaux d'accroché là, et vous avez pris un pardessus d'homme.

— Bon, dit-elle, et ensuite?

— Ensuite, vous vous êtes sauvée sous la pluie; il y avait une auto arrêtée dans l'avenue, mais vous étiez beaucoup trop émotionnée pour y faire attention, pour voir quel genre de voiture c'était, une conduite intérieure ou un cabriolet. Vous vous êtes mise à courir. Puis un homme s'est précipité hors de la maison derrière vous, a sauté dans l'automobile et a allumé les phares. Vous vous êtes dissimulée derrière les arbustes parce que vous craigniez qu'il ne soit lancé à votre poursuite. La voiture vous a dépassée et s'est mise à descendre le tertre. Vous vous êtes mise à courir derrière pour essayer de lire le numéro d'immatriculation, parce que vous avez compris à ce moment-là qu'il était important de découvrir qui était l'homme qui se trouvait avec votre mari au moment du coup de feu.

– Bon, et après?

– Exactement ce que vous m'avez dit. Vous aviez peur de revenir toute seule chez vous et vous vous êtes rendue à la cabine téléphonique la plus proche. Souvenez-vous que pendant tout ce temps-là vous ignoriez que votre mari était mort. Vous aviez tout simplement entendu un coup de revolver et vous ignoriez si c'était votre mari qui avait tiré et blessé l'homme qui s'est sauvé en automobile, ou si c'était cet homme qui avait tiré sur votre mari. Vous ne saviez pas si le coup avait porté, si votre mari était blessé légèrement ou grièvement, s'il avait été tué ou s'il s'était suicidé devant cet homme. Pourrez-vous vous rappeler tout cela?

– Je crois que oui.

– Bon. Cela explique pourquoi vous m'avez fait venir. Je vous ai dit au téléphone que j'arrivais à l'instant. Souvenez-vous que vous ne m'avez pas parlé du coup de feu au téléphone. Vous m'avez simplement dit que vous aviez de graves ennuis, que vous aviez peur et que vous vouliez que je vienne.

– Comment expliquer que j'aie voulu vous voir, vous plutôt qu'un autre?

– Je suis un vieil ami à vous. Si je comprends bien, vous ne sortiez pas beaucoup avec votre mari?

– Non.

– Parfait, alors. Vous m'avez appelé par mon prénom une ou deux fois tout récemment. Prenez l'habitude de le faire régulièrement, en particulier lorsqu'il y a quelqu'un. Je vais devenir un vieil ami à vous et c'est à titre d'ami que vous m'avez appelé, et non à titre d'avocat.

– Je comprends.
– Maintenant, la question qui se pose est celle-ci : pourrez-vous vous souvenir de tout cela ? Répondez-moi.
– Oui.

Il jeta un regard rapide dans la pièce.

– Vous m'avez dit que vous aviez laissé votre sac ici. Vous feriez mieux de le retrouver.

Elle se dirigea vers le bureau et ouvrit un des tiroirs. Le sac s'y trouvait. Elle le prit.

– Et le revolver ? dit-elle. Nous ferions peut-être bien d'en disposer d'une façon ou d'une autre.

Il suivit son regard et aperçut un revolver sur le plancher, presque sous le bureau, où l'ombre le dissimulait à la vue.

– Non, dit-il, c'est une chance pour nous qu'il soit là. La police peut dépister le propriétaire de ce revolver.

Elle fronça les sourcils et dit :

– C'est quand même bizarre qu'un homme tire un coup de revolver et jette ensuite son arme là-dessous. Nous ne savons pas à qui appartient ce revolver. Vous ne croyez pas que nous devrions en disposer ?

– De quelle manière ?
– Le cacher quelque part.
– Si vous faites ça, c'est pour le coup que vous aurez à fournir des explications.
– J'ai grande confiance en vous, Perry. Mais je préférerais de beaucoup qu'il y ait simplement le cadavre ici.
– Non. Vous pourrez vous souvenir de tout ce que je vous ai dit ?
– Oui.

Il saisit le téléphone.

– Allô, le commissariat de police...

9

Bill Hoffman, chef de la Brigade criminelle, avait une taille imposante. C'était un homme patient, au regard lent et pénétrant, et il avait l'habitude de retourner longtemps les choses dans sa tête avant de prendre une décision.

Assis dans le living-room, au rez-de-chaussée de la maison des Belter, il regardait fixement Perry Mason à travers la fumée de sa cigarette.

— Les papiers que nous avons trouvés, dit-il, prouvent qu'il était le véritable propriétaire du *Moulin à Poivre*, ce journal de chantage qui extorque de l'argent aux gens depuis cinq ou six ans.

Perry Mason répondit lentement et prudemment :

— Je savais cela, inspecteur.
— Depuis combien de temps ?
— Il n'y a pas très longtemps.
— Comment l'avez-vous su ?
— Je ne puis pas vous le dire.
— Comment se fait-il que vous vous soyez trouvé ici cette nuit avant la police ?
— Vous avez entendu ce qu'a dit Mme Belter. C'est la vérité. Elle m'a appelé au téléphone, craignant que son mari ait perdu la tête et ait tiré sur l'homme qui était venu lui rendre visite. Elle ne savait pas ce qui était arrivé et avait peur d'aller voir.
— Pourquoi avait-elle peur ?

Perry Mason haussa les épaules.

— Vous avez vu l'homme que c'est, et vous vous imaginez le genre de type qu'il fallait pour diriger le *Moulin à Poivre*. A priori, on peut dire que c'était un dur à cuire. Il est fort possible qu'il ne se soit pas toujours conduit en parfait gentleman avec le beau sexe.

Bill Hoffman réfléchit un moment à la question.

– En tout cas, on en saura davantage lorsqu'on aura trouvé le propriétaire du revolver.

– Vous pensez y arriver ?

– Je pense, oui. Le numéro est dessus.

– En effet, j'ai vu qu'on notait le numéro. C'est un Colt automatique de calibre 32, n'est-ce pas ?

– C'est bien cela.

Il y eut un instant de silence. Hoffman fumait d'un air pensif. Perry Mason était assis, absolument immobile, dans la pose de quelqu'un qui est parfaitement détendu ou qui a peur de se laisser aller au moindre petit geste qui pourrait le trahir.

Une ou deux fois, Bill Hoffman leva ses yeux tranquilles et regarda Perry Mason. Finalement il dit :

– Mason, il y a quelque chose de bizarre dans toute cette histoire. Je ne saurais pas vous dire quoi.

– C'est vous que cela regarde, après tout. Moi, d'habitude, j'interviens dans les affaires criminelles bien longtemps après que la police a fini son travail. C'est une expérience toute nouvelle pour moi.

Hoffman lui lança un regard vif comme l'éclair.

– Oui, en effet, c'est plutôt exceptionnel qu'un avocat se trouve sur les lieux avant la police, n'est-ce pas ?

– Je crois que je suis d'accord avec vous sur le mot exceptionnel.

Hoffman continua à fumer un moment en silence.

– Avez-vous réussi à mettre la main sur le neveu? demanda Mason.

– Pas encore. Nous avons passé en revue la plupart des endroits qu'il fréquente habituellement. Nous savons où il a passé le début de la soirée. Il était allé dans une boîte de nuit avec une fille de rencontre. Elle, nous l'avons facilement repérée. Elle a dit qu'il l'avait quittée avant minuit. Vers 11 heures et quart, croit-elle.

On entendit soudain le bruit d'un moteur qui peinait pour grimper l'avenue. La pluie avait cessé et la lune perçait à travers les nuages.

Par-dessus le fracas du moteur, on pouvait distinguer un martèlement sourd et régulier.

La voiture s'arrêta et une corne retentit.

– Qu'est-ce que c'est encore que ça? maugréa Bill Hoffman en se levant lentement.

Perry Mason écoutait, la tête penchée de côté.

– On dirait un pneu à plat, dit-il.

Bill Hoffman se dirigea vers la porte et Perry Mason le suivit.

L'inspecteur ouvrit la porte d'entrée.

Le long de l'avenue, quatre ou cinq voitures de police étaient stationnées. La voiture qui venait d'arriver, un roadster à la capote relevée sur les côtés, s'arrêta à une certaine distance. Une silhouette masculine assise au volant regardait la maison. On pouvait distinguer la tache blanche de son visage. Il avait une main rivée sur la corne qu'il actionnait sans arrêt. L'inspecteur Hoffman s'avança sous la lumière de la véranda et la corne s'arrêta.

La porte du roadster s'ouvrit et une voix épaisse appela :

– Digley... j'ai... un pneu à plat... peux pas le

changer... ose pas me baisser... me sens pas bien... Ven...ez réparer la voiture, le pn... pneu.

Perry Mason déclara d'un air indifférent :

— Ça doit être le neveu, Carl Griffin. Nous allons bien voir ce qu'il va dire.

Bill Hoffman grogna :

— J'ai bien peur qu'il ne soit pas en état de dire grand-chose.

Tous deux se dirigèrent vers la voiture.

Le jeune homme s'arracha péniblement de derrière le volant, tâtonna vaguement du côté du marchepied et fit une embardée en avant. Il serait tombé si sa main ne s'était raccrochée à l'un des montants du toit de la voiture. Il resta à osciller d'un côté sur l'autre.

— Pneu à plat, dit-il. Veux Digley... Vous n'êtes pas Digley. Vous êtes deux... pas un qui soit Digley. Qui diable êtes-vous ? Que voulez-vous à cette heure de la nuit ? C'pas une heure pour faire des visites.

Bill Hoffman s'avança.

— Vous êtes saoul, dit-il.

L'homme le regarda d'un œil torve, l'air hébété :

— Turellement, je suis saoul... pourquoi dehors à c'heure-ci si... pas pour ça ?... N'turellement, je suis saoul.

Hoffman demanda patiemment :

— Etes-vous Carl Griffin ?

— N'turellement, je suis Carl Griffin.

— Bon, dit Bill Hoffman. Vous feriez bien de vous remettre en vitesse, votre oncle vient d'être assassiné.

Il y eut un moment de silence. L'homme appuyé au toit du roadster secoua la tête deux ou trois fois, comme pour essayer de disperser une sorte de brouillard qui obscurcissait son cerveau.

Lorsqu'il ouvrit la bouche, sa voix était plus ferme.

– Qu'est-ce que vous me racontez là ? demanda-t-il.

– Il s'agit de votre oncle, reprit l'inspecteur. Du moins je suppose que c'est votre oncle, George C. Belter. Il a été assassiné il y a une heure ou une heure et demie environ.

L'homme empestait le whisky. Il luttait pour reprendre ses esprits et respira à fond deux ou trois fois, avant de déclarer :

– Vous êtes saoul !

L'inspecteur Hoffman sourit.

– Non, Griffin, nous ne sommes pas saouls. C'est vous qui l'êtes. Vous venez de faire une tournée dans les boîtes de nuit. Vous feriez mieux d'entrer dans la maison et de voir si vous pouvez retrouver vos esprits.

– Vous avez bien dit assassiné ? demanda le jeune homme.

– C'est exactement ce que j'ai dit : assassiné, répéta l'inspecteur Hoffman.

Le jeune homme se dirigea vers la maison. Il tenait la tête très droite et les épaules très en arrière.

– S'il a été assassiné, dit-il, c'est cette sacrée bonne femme qui a fait le coup.

– Que voulez-vous dire ? demanda le brigadier Hoffman.

– Cette petite garce à figure de sainte nitouche qu'il a épousée, dit le jeune homme.

Hoffman le prit par le bras et se tourna vers Perry Mason.

– Mason, dit-il, voudriez-vous avoir l'obligeance d'arrêter le moteur de cette voiture et d'éteindre les phares ?

Carl Griffin s'arrêta et se retourna en titubant.
– Changez le pneu, aussi, dit-il, le pneu avant droit. Ça fait des kilomètres qu'il est à plat... feriez mieux de le changer.

Perry Mason arrêta le moteur, éteignit les phares, claqua la portière et se dépêcha de rattraper les deux hommes qui étaient devant lui.

Il arriva juste à temps pour ouvrir la porte à Bill Hoffman et à son compagnon.

A la lumière du couloir, Carl Griffin apparut comme un jeune homme d'assez belle allure, mais dont le visage était congestionné par la boisson et portait l'empreinte de sa vie dissipée. Ses yeux étaient rouges et larmoyants, mais on distinguait en lui une certaine dignité innée, la marque d'une bonne éducation qui se manifestait dans la façon dont il essayait de se montrer à la hauteur des circonstances.

Bill Hoffman le regarda bien en face et l'examina attentivement.

– Croyez-vous pouvoir vous dégriser suffisamment pour causer avec nous, Griffin? demanda-t-il.

Griffin hocha la tête :
– Un instant seulement, je vais me remettre.

Il se dirigea en trébuchant vers un lavabo contigu au salon du rez-de-chaussée.

Hoffman regarda Mason.
– Il est drôlement saoul, dit Mason.
– Il est certainement saoul, répliqua Hoffman, mais ce n'est pas une saoulerie de débutant. On voit qu'il a l'habitude. Il a conduit jusqu'ici sur des routes mouillées, avec un pneu à plat.
– Oui, il a conduit la voiture, c'est vrai.
– Eva Belter et lui n'ont pas l'air de s'aimer beaucoup.

— Vous voulez parler de ce qu'il a dit tout à l'heure?

— Bien sûr. De quoi voudriez-vous que je parle, sinon de cela?

— Il était saoul. Vous n'allez quand même pas soupçonner une femme, parce qu'un ivrogne a fait une réflexion en l'air, non?

— Il était saoul, d'accord, mais il a conduit sa voiture jusqu'ici sans aller de travers. Peut-être est-il extrêmement lucide quand il est saoul.

Perry Mason haussa les épaules.

— Comme vous voudrez, dit-il avec indifférence.

On entendait des hoquets violents dans le lavabo.

— Je vous parie qu'il va se dessaouler, reprit l'inspecteur Hoffman, en observant Perry Mason avec méfiance, et qu'il dira la même chose au sujet de cette femme lorsqu'il sera dégrisé.

— Et moi je vous parie qu'il restera saoul comme un Polonais, même s'il vous paraît dégrisé. Ces individus-là ont une façon tout à fait trompeuse de supporter la boisson. Ils ont l'air sérieux comme des papes et, en réalité, ils ne savent pas très bien ce qu'ils disent ni ce qu'ils font.

Bill Hoffman le regarda avec un soupçon de malice dans les yeux.

— Vous désavouez en quelque sorte à l'avance tous les propos de cet homme, hein?

— Je n'ai pas dit cela.

Hoffman se mit à rire :

— Non, vous ne l'avez pas dit. Pas exactement dans ces termes.

— Si j'allais lui chercher du café? proposa Mason. Je pense que je pourrai trouver la cuisine et mettre le café en train.

— La femme de charge doit y être. Soit dit sans

vouloir vous offenser, Mason, j'aimerais beaucoup parler à cet homme en tête à tête; de toute façon, je ne sais pas exactement quelle est votre position dans cette affaire. Vous paraissez être à la fois un ami de la famille et un avocat.

– Je comprends très bien, inspecteur, fit Mason, très conciliant. Il se trouve que je suis là, mais ce n'est pas une raison pour que je vous impose ma présence.

– Vous trouverez la femme de charge dans la cuisine, je pense. Mme Veitch, elle s'appelle. Nous les avons fait monter, elle et sa fille, pour les questionner. Allez-y et voyez si elles peuvent préparer du café. Tâchez d'avoir du café noir en quantité. Je crois que les gens, là-haut, ne seraient pas fâchés d'en avoir, eux aussi.

– D'accord, fit Mason.

Il ouvrit la porte à deux battants de la salle à manger, puis poussa une porte va-et-vient qui donnait sur une office, et enfin pénétra dans la cuisine.

C'était une pièce immense, bien éclairée et bien équipée. Deux femmes étaient assises à une table, sur des chaises à dossier droit et très près l'une de l'autre. Elles causaient tout bas et lorsque Perry Mason entra dans la pièce, elles cessèrent brusquement leur conversation et levèrent la tête.

L'une d'elles, proche de la cinquantaine et vêtue de noir, avait les cheveux grisonnants et ses yeux noirs sans éclat étaient tellement enfoncés qu'on les aurait dit tirés par des fils invisibles au fond de leurs orbites. Il était très difficile de distinguer leur expression tant ils restaient cachés dans l'ombre. Elle avait le visage allongé, une bouche ferme aux lèvres minces, et les pommettes saillantes.

L'autre femme était beaucoup plus jeune; elle ne

devait pas avoir plus de vingt-deux ou vingt-trois ans. Ses cheveux d'ébène étincelaient. Ses yeux étaient d'un noir magnifique et leur éclat contrastait d'autant plus avec le regard terne de sa mère. Ses lèvres étaient charnues et très rouges, son visage soigneusement maquillé. Elle avait de minces sourcils noirs bien arqués et de longs cils.

– Vous êtes madame Veitch? demanda Perry Mason en s'adressant à la plus âgée.

Elle acquiesça en silence, les lèvres serrées. La jeune fille, elle, fit entendre une belle voix de contralto.

– Je suis Norma Veitch, sa fille. Que désirez-vous? Maman est bouleversée.

– Oui, bien sûr, dit Mason, sur un ton d'excuse. Je me demandais s'il nous serait possible d'avoir un peu de café. Carl Griffin vient d'arriver et il en aura besoin, je crois. Et il y a tout un groupe d'hommes au travail là-haut qui seraient contents d'en avoir eux aussi.

Norma Veitch se leva :

– Je pense que oui, n'est-ce pas, maman?

Elle regarda sa mère et celle-ci opina du chef une fois de plus.

– Je vais m'en occuper, maman.

– Non, dit la femme d'une voix aussi sèche qu'un bruissement d'épi de maïs. Je vais le faire, moi. Tu ne sais pas où se trouvent les choses.

Elle repoussa sa chaise et se dirigea vers un placard. Elle fit glisser une porte et prit sur une étagère un grand filtre et une boîte de café. Son visage était entièrement dénué d'expression, mais ses gestes étaient ceux d'une personne très fatiguée.

Elle avait la poitrine et les hanches plates et

marchait d'un pas lourd. Toute son attitude trahissait l'accablement.

La jeune fille se tourna vers Mason et lui lança un sourire éclatant de ses lèvres rouges et charnues.

– Vous êtes un détective? demanda-t-elle.

Mason secoua la tête :

– Non, j'étais avec Mme Belter. C'est moi qui ai appelé la police.

– Ah! oui, j'ai entendu parler de vous.

Mason se tourna vers la mère :

– Je peux très bien faire le café, madame Veitch, si vous êtes trop fatiguée.

– Non, dit-elle, de ce même ton sec et monotone, je peux très bien le faire moi-même.

Elle versa le café, remplit le filtre d'eau et se dirigea vers le réchaud à gaz.

Elle alluma un brûleur, regarda le filtre un moment, puis retourna, de sa démarche lourde, jusqu'à sa chaise. Elle s'assit, croisa les mains sur ses genoux, riva ses yeux sur le dessus de la table et resta ainsi, le regard fixe.

Norma Veitch leva les yeux vers Perry Mason :

– Mon Dieu, dit-elle, c'est horrible ce qui s'est passé, n'est-ce pas?

Mason hocha la tête et demanda comme incidemment :

– Vous n'avez pas entendu le coup de feu, par hasard?

La jeune fille hocha la tête :

– Non, je dormais à poings fermés. En fait, je ne me suis pas réveillée avant l'arrivée de la police. Ils ont fait lever maman et je suppose qu'ils ignoraient que je dormais dans la pièce à côté. Ils ont voulu examiner la chambre de maman en son absence, j'imagine. En tout cas, en me réveillant, la première chose que je vois, c'est un homme debout près du lit à me regarder!

Elle baissa les yeux et gloussa légèrement. De toute évidence, elle n'avait pas trouvé cela désagréable.

– Qu'est-il arrivé? demanda Mason.

– Ils ont fait comme s'ils venaient de découvrir le pot aux roses. Ils ont voulu que je m'habille et ne m'ont pas quittée d'une semelle, même pendant que je passais mes vêtements. Ils m'ont menée au premier étage et m'ont cuisinée, comme on dit.

– Que leur avez-vous dit?

– La vérité. Que j'étais allée me coucher et avais dormi profondément et qu'en me réveillant j'avais trouvé un policier à mon chevet qui me regardait.

Elle ajouta, toute contente:

– Ils ne m'ont pas crue!

Sa mère, assise à la table, les mains croisées sur les genoux, avait toujours les yeux fixés intensément sur le milieu de la table.

– Et vous n'avez rien vu ni entendu? demanda Perry Mason.

– Rien du tout.

– Avez-vous des idées sur le crime?

Elle secoua la tête.

– Aucune que l'on puisse répéter.

Il la regarda vivement.

– Vous en avez qui ne peuvent pas se répéter?

Elle hocha la tête:

– Bien sûr! Je ne suis ici que depuis une semaine, mais cela m'a suffi pour...

– Norma! interrompit sa mère d'un ton qui avait soudain perdu son accent monotone et qui claqua comme un coup de fouet.

La jeune fille se tut brusquement.

Perry Mason regarda la mère qui n'avait même pas levé les yeux de la table.

– Avez-vous entendu quelque chose, madame Veitch? demanda-t-il.

– Je suis une domestique, je n'entends rien et ne vois rien.

– C'est tout à fait digne d'éloges de la part d'une domestique, pour ce qui est de la vie courante, mais vous vous apercevrez, je crois, que la justice a d'autres idées sur la question et qu'il vous faudra retrouver et la vue et l'ouïe.

– Non, dit-elle, sans le moindre frémissement sur le visage, je n'ai rien vu.

– Et rien entendu?

– Et rien entendu.

Perry Mason fronça les sourcils. Il lui semblait que cette femme dissimulait quelque chose.

– Avez-vous répondu de la même façon lorsqu'on vous a questionnée là-haut? demanda-t-il.

– Je crois, dit-elle, que le café va être prêt à passer. Vous pouvez mettre en veilleuse dès qu'il commencera, pour qu'il ne déborde pas.

Mason regarda le filtre. Il était conçu pour chauffer un maximum d'eau en un minimum de temps, et la flamme bleue qui brûlait au-dessous dégageait une chaleur terrible.

– Je vais surveiller le café, dit-il, mais je suis curieux de savoir si vous avez répondu à ces questions exactement de cette manière, là-haut.

– Quelle manière? riposta-t-elle.

La manière dont vous venez de me répondre!

– Je leur ai dit la même chose; je n'ai rien vu ni entendu.

– Elle y tient, à son histoire! gloussa Norma Veitch.

– Norma! lança la mère d'un ton cassant.

Mason les regarda fixement l'une après l'autre. Son visage pensif paraissait absolument calme, mais ses yeux étaient durs et méfiants.

– Vous savez, dit-il, je suis avocat. Si vous avez quoi que ce soit à me confier, c'est le moment ou jamais.

– Oui, dit Mme Veitch, de sa voix sans timbre.

– Eh bien! fit Perry Mason. J'ai simplement voulu dire qu'en effet c'était le moment ou jamais.

Il y eut un instant de silence.

– Et alors? demanda Mason.

– Mais je n'ai rien à confier, dit-elle, les yeux toujours fixés sur le dessus de la table.

A ce moment précis, l'eau dans le filtre se mit à bouillir. Mason baissa le gaz.

– Je vais chercher des tasses et des soucoupes, dit Norma en se levant d'un bond.

– Reste assise, Norma, dit Mme Veitch, je vais le faire.

Elle repoussa sa chaise, se dirigea vers l'un des placards et prit des tasses et des soucoupes.

– Ils boiront dans celles-là.

– Maman, dit Norma, ce sont les tasses et les soucoupes qu'on donne aux chauffeurs et aux domestiques.

– Ce ne sont que des policiers, dit Mme Veitch, c'est pareil.

– Non, maman.

– J'en fais déjà bien assez. Tu sais ce que le maître aurait dit s'il était encore de ce monde. Il ne leur aurait rien donné.

– Oui, mais il n'est plus là. C'est Mme Belter qui va commander maintenant.

Mme Veitch se tourna vers sa fille et la regarda longuement de ses yeux ternes et caves.

– Ce n'est pas si sûr que ça, dit-elle.

Perry Mason versa un peu de café dans les tasses, puis il le fit repasser dans le filtre. Lorsqu'il versa à nouveau le café dans les tasses, il était noir et bouillant.

– Donnez-moi un plateau, dit-il, je vais porter leurs tasses à l'inspecteur Hoffman et à Carl Griffin. Vous n'aurez qu'à porter le café aux autres en haut.

Sans un mot, elle lui apporta un plateau. Perry Mason versa du café dans trois tasses et se dirigea vers le salon en passant par la salle à manger.

L'inspecteur Hoffman se tenait debout, les épaules rejetées en arrière, la tête en avant, les pieds bien écartés.

Affalé dans un fauteuil, le visage congestionné et les yeux très rouges, Carl Griffin l'écoutait parler.

– Ce n'est pas ce que vous m'avez dit sur elle à votre arrivée, tout à l'heure, remarqua l'inspecteur Hoffman.

– J'étais ivre à ce moment-là, dit Griffin.

Hoffman le regarda fixement :

– Il arrive souvent qu'une personne dise la vérité en état d'ivresse et dissimule ses sentiments une fois dégrisée, remarqua-t-il.

Carl Griffin leva les sourcils, avec une expression de surprise polie.

– Vraiment? s'étonna-t-il. Je n'avais jamais remarqué cela.

L'inspecteur Hoffman entendit Mason derrière lui. Il se retourna brusquement et sourit en voyant les tasses de café fumant.

– Bravo, Mason, dit-il, cela va faire drôlement notre affaire. Buvez-moi une de ces tasses, Griffin, vous vous sentirez mieux après.

Griffin hocha la tête :

— Cela a l'air très bon, mais je me sens déjà mieux maintenant.

Mason lui tendit une tasse de café.

— Savez-vous s'il y a un testament? demanda à brûle-pourpoint l'inspecteur.

— Si vous n'y voyez pas d'inconvénient, je préférerais ne pas répondre à cette question, inspecteur, répondit Griffin.

Hoffman s'empara d'une tasse.

— C'est que, précisément, j'y vois un inconvénient.

— Eh bien, oui, il y a un testament.

— Où est-il?

— Je ne sais pas.

— Comment savez-vous qu'il y en a un?

— Il me l'a montré.

— Est-ce que sa femme hérite de tous ses biens?

Griffin secoua la tête.

— Je ne crois pas qu'elle hérite de quoi que ce soit, si ce n'est d'une somme de cinq mille dollars.

L'inspecteur Hoffman leva les sourcils et poussa un sifflement.

— Voilà qui change tout, dit-il.

— Qu'est-ce que cela change?

— Toute la situation! En somme, elle dépendait entièrement de lui. Et maintenant qu'il est mort, elle se retrouve pratiquement sans un sou.

Griffin voulut donner une explication:

— Je crois qu'ils ne s'entendaient pas très bien.

L'inspecteur Hoffman repartit d'un ton rêveur:

— Ce n'est pas la question. Dans une affaire comme celle-ci, nous recherchons le mobile du crime.

— Insinuez-vous par là que Mme Belter aurait tué

son mari? demanda Mason en souriant, comme s'il faisait là une bonne plaisanterie.

– Je suis en train de faire l'enquête habituelle, Mason, pour savoir qui peut être le coupable. Dans ces cas-là, nous cherchons toujours le mobile. Nous essayons de trouver qui pourrait bénéficier de la mort de Belter.

– Alors, remarqua Griffin tranquillement, je suppose que c'est moi qu'il faut soupçonner.

– Comment cela? demanda Hoffman.

– D'après le testament, expliqua lentement Griffin, j'hérite de tous ses biens. Je ne crois pas que ce soit un secret pour personne. L'oncle George éprouvait plus d'affection pour moi que pour n'importe qui. C'est-à-dire qu'il éprouvait à mon égard ce qui ressemblait le plus à de l'affection, vu son caractère. Je doute qu'il ait pu éprouver de l'affection pour qui que ce soit.

– Quels étaient vos sentiments à son égard?

– J'avais du respect pour ses idées, répliqua Carl Griffin en choisissant soigneusement ses mots, et je crois que je comprenais un peu son caractère. Il menait une vie très retirée du monde, car il avait horreur de tout ce qui était faux-fuyant ou hypocrisie.

– Pourquoi cela le condamnait-il à vivre à part?

Griffin haussa légèrement les épaules :

– Si vous aviez cette mentalité, vous n'éprouveriez pas le besoin de me poser la question. C'était un homme extraordinairement intelligent. Il était capable de lire dans l'esprit des gens, de percer la dissimulation et l'hypocrisie. C'était le type d'individu qui ne se fait jamais d'amis. Il avait une telle confiance en lui-même qu'il n'avait besoin de s'appuyer sur personne. Il n'avait qu'une passion : la lutte. Il luttait contre tout le monde.

— Pas contre vous, évidemment, dit l'inspecteur Hoffman.

— Non, il ne luttait pas contre moi, parce qu'il savait que je me fichais éperdument de sa personne et de son argent. Je ne lui léchais pas les bottes, et d'un autre côté, je ne lui tirais pas dans le dos. Je lui disais ce que je pensais et j'agissais loyalement avec lui.

L'inspecteur Hoffman plissa les paupières :

— Qui lui a tiré dans le dos?

— Pourquoi me demandez-vous cela?

— Vous venez de dire que *vous* ne lui tiriez pas dans le dos et qu'il vous appréciait à cause de cela.

— C'est exact.

— Et vous avez insisté sur ce pronom personnel.

— Je ne lui donnais pas de sens particulier.

— Et sa femme? Il ne l'aimait donc pas?

— Je n'en sais rien. Il ne parlait pas de sa femme avec moi.

— Est-ce qu'elle le trahissait?

— Comment le saurais-je?

L'inspecteur regarda fixement le jeune homme.

— Vous alors, vous savez garder les choses pour vous, remarqua-t-il d'un ton pensif; mais si vous ne voulez pas parler, vous ne parlerez pas et voilà tout.

— Mais je parlerai, inspecteur, protesta Griffin, je vous dirai tout ce que je peux vous dire.

L'inspecteur Hoffman soupira et dit :

— Pouvez-vous me dire exactement où vous étiez au moment du crime?

Griffin rougit :

— Je suis désolé, inspecteur, mais je ne peux pas.

— Pourquoi?

— D'abord, parce que je ne sais pas quand le meurtre a été commis, et ensuite parce que je suis incapable de vous dire où j'étais. J'ai été en vadrouille une bonne partie de la nuit. Je suis sorti avec une jeune personne dans la soirée et, après l'avoir quittée, je suis allé en solitaire dans plusieurs bars. Quand j'ai voulu rentrer j'avais ce fichu pneu à plat et je savais que j'étais trop saoul pour le changer. Je n'ai pas trouvé de garage ouvert et il pleuvait, alors je me suis résigné à rentrer coûte que coûte. J'ai dû mettre des heures pour arriver ici.

— Le pneu était presque en charpie, remarqua l'inspecteur. A propos, quelqu'un d'autre connaissait-il l'existence du testament? Quelqu'un d'autre l'avait-il vu?

— Oh oui! mon avocat l'a vu.

— Oh! vous aussi alors, vous avez un avocat?

— Bien sûr. Pourquoi pas?

— Qui est-ce?

— Arthur Atwood. Il a son étude dans les locaux de la Mutualité.

L'inspecteur Hoffman se tourna vers Mason :

— Je ne le connais pas. Et vous, Mason?

— Moi, oui, dit Mason, je l'ai rencontré une ou deux fois. C'est un type chauve, qui d'habitude s'occupe d'accidents. On dit qu'il règle toujours ses affaires en dehors du tribunal et qu'il obtient généralement de bons résultats.

— Comment se fait-il que vous ayez vu le testament en présence de votre avocat? s'enquit impatiemment l'inspecteur Hoffman. Ce n'est pas courant qu'un homme fasse venir son héritier avec son avocat afin de leur montrer la teneur de son testament, n'est-ce pas?

Griffin pinça les lèvres :

— Là-dessus, vous demanderez des explications à mon avocat. Je ne peux pas entrer dans les détails. C'est assez compliqué et je préfère ne pas en parler.

L'inspecteur Hoffman intervint d'un ton sec :

— C'est bon, pas de baratin. Allez-y, dites-moi ce que c'est.

— Que voulez-vous dire? demanda Griffin.

Bill Hoffman s'avança de façon à se trouver face à face avec le jeune homme, puis il le regarda. Son menton s'avançait légèrement et ses yeux jusqu'ici patients se durcirent tout d'un coup.

— Je veux dire simplement ceci, Griffin, dit-il lentement et d'un ton menaçant, que j'en ai assez de vos boniments. Vous essayez de protéger quelqu'un, ou de jouer au galant homme, ou quelque chose de ce genre. Ça ne marche pas. Ou vous me dites immédiatement ce que vous savez, ou je vous flanque en prison en qualité de principal témoin.

Griffin rougit :

— Dites donc, vous y allez un peu fort, il me semble.

— Je m'en fiche éperdument, répliqua Hoffman. Il s'agit d'une affaire criminelle et vous êtes là à essayer de jouer aux devinettes avec moi. Maintenant, il s'agit de se mettre à table. Que s'est-il dit à ce moment-là? Et comment se fait-il que le testament ait été exhibé devant vous et votre avocat?

Griffin ouvrit la bouche à contrecœur.

— Il est bien entendu que je vous dis tout cela à mon corps défendant?

— Bien sûr. Allez-y, qu'est-ce que c'est?

— Eh bien, commença Griffin avec une mauvaise grâce évidente, j'ai déjà laissé entendre que mon oncle George et sa femme n'étaient pas en excellents termes. L'oncle George avait l'impression qu'elle allait lui intenter un procès en divorce si elle réussissait à trouver la preuve qu'elle cherchait. L'oncle George et moi traitions quelques affaires ensemble, vous savez, et un jour qu'Atwood et moi discutions d'une affaire avec lui, il a amené cette histoire sur le tapis. C'était embarrassant pour moi, et je ne voulais pas continuer la discussion. Mais Atwood, lui, considérait l'affaire du point de vue de l'homme de loi, naturellement.

Carl Griffin se tourna vers Perry Mason :

– Je pense que vous comprenez ce que je veux dire, monsieur. Vous êtes avocat, je crois.

Bill Hoffman gardait les yeux fixés sur le visage de Griffin :

– Ne vous occupez pas de lui. Continuez. Qu'est-il arrivé ?

– Eh bien, l'oncle George a fait cette simple remarque qu'il n'était pas en excellents termes avec sa femme. Puis il nous a tendu un papier qu'il tenait à la main, apparemment entièrement de son écriture, et il a demandé à Atwood, en sa qualité d'homme de loi, si un testament, écrit tout entier de la main de la personne qui l'avait rédigé, était valable sans témoins, ou s'il avait besoin d'être fait devant témoins. Il a ajouté que son testament serait peut-être attaqué, car il ne laissait pas grand-chose à sa femme. En fait, je crois qu'il a mentionné la somme de cinq mille dollars, et il a dit que la plus grosse part de l'héritage me reviendrait.

– Vous n'avez pas lu le testament ?

– Non, pas exactement. Pas comme si je l'avais pris en main et lu mot à mot. J'ai jeté un coup d'œil dessus, j'ai vu que c'était son écriture et j'ai entendu ses commentaires. Atwood, je crois, l'a lu de plus près.

– Bon, continuez. Et ensuite ?
– C'est tout.
– Non, ce n'est pas tout. Quoi encore ?
Griffin haussa les épaules :
– Eh bien, il s'est laissé aller à parler encore, comme cela arrive. Je n'y ai pas accordé d'attention.
– Pas de baratin. Qu'est-ce qu'il a dit ?
– Il voulait que son testament soit rédigé de telle sorte que s'il lui arrivait quelque chose, sa femme n'en profite pas. Il la croyait capable de l'expédier dans l'autre monde, pour hériter de sa fortune si elle ne réussissait pas à lui en soutirer une bonne partie au moyen d'une procédure de divorce. Maintenant, vous en savez autant que moi. Et je veux bien être pendu si ça vous regarde. Je vous ai dit tout cela à mon corps défendant et je n'aime pas votre attitude.
– Je vous dispense de vos commentaires. J'imagine que tout cela explique votre réflexion lorsque vous étiez ivre, après avoir appris le meurtre. Comme quoi...
Griffin leva la main pour l'interrompre :
– Je vous en prie, inspecteur, ne ramenez pas cette histoire sur le tapis. Si je l'ai dit, je ne m'en souviens pas, et ce n'était certainement pas le fond de ma pensée.
– Peut-être n'était-ce pas le fond de votre pensée, intervint Perry Mason, mais à coup sûr, vous avez réussi à...
Prompt comme l'éclair, l'inspecteur Hoffman se retourna vers lui.
– Vous, Mason, ça suffit, dit-il. C'est moi qui dirige cette enquête. Vous êtes ici à titre de spectateur et vous allez vous taire ou prendre la porte.

– Vous ne m'intimidez pas le moins du monde, inspecteur, repartit Mason. Je suis ici dans la maison de Mme Eva Belter, en tant qu'avocat de Mme Eva Belter, et j'entends un homme émettre des assertions pour le moins susceptibles de nuire à la réputation de ma cliente. J'exige que ces assertions soient corroborées ou alors qu'il se rétracte.

La patience avait complètement disparu du regard de Hoffman. Il dévisageait Mason avec humeur.

– Eh bien, dit-il, défendez vos droits si vous voulez. Mais je me demande si vous ne devriez pas, vous aussi, fournir des explications là-dessus. C'est pour le moins bizarre, quand même, que la police, en venant ici pour un meurtre, vous trouve en train d'en discuter avec la femme de la victime. Et c'est encore plus bizarre, sacré nom de nom, qu'une femme, en découvrant que son mari a été assassiné, commence par téléphoner à son avocat!

Mason répliqua avec chaleur :

– Ce n'est pas juste, ce que vous dites là et vous le savez. Je suis un ami à elle.

– A ce qu'il paraît, répliqua sèchement l'inspecteur Hoffman.

Mason se cala bien solidement sur ses jambes et carra les épaules.

– Vous êtes injuste, déclara-t-il. Je représente Eva Belter. Il n'y a aucune raison pour lui jeter la pierre. George Belter mort ne présente aucun intérêt pour elle. Mais il en présente pour ce type-là. Ce type-là s'amène avec un alibi qui ne tient pas debout et se met à faire des remarques désobligeantes sur ma cliente.

Griffin se mit à protester avec vigueur.

Mason regardait fixement l'inspecteur Hoffman.

— Bon Dieu, vous ne pouvez pas condamner une femme sur le seul témoignage de ce monsieur! Il appartient seulement au jury de le faire. Et un jury ne la condamnera pas, à moins qu'elle n'ait été reconnue définitivement coupable.

L'imposant inspecteur regarda attentivement Perry Mason.

— Et vous êtes en train de chercher à prouver le contraire, Mason?

Mason leva un doigt en direction de Carl Griffin :

— Quant à vous, jeune homme, dit-il, prenez bien garde à ne pas en dire trop long, si jamais ma cliente passe devant un jury; je n'hésiterai pas, pour ma part, à vous impliquer, en considération de ce testament qui vous est si profitable.

— Insinuez-vous qu'il est coupable de ce meurtre? demanda l'inspecteur Hoffman d'un petit ton aimable.

— Je ne suis pas détective, répondit Mason, mais avocat. Je sais que le jury ne peut condamner personne tant qu'il subsiste le moindre doute. Et si vous commencez à porter des accusations gratuites contre ma cliente, je fais intervenir l'élément dont je dispose : il est là devant vous, assis dans ce fauteuil!

Hoffman hocha la tête.

— C'est bien ce que je pensais, maugréa-t-il. Je n'aurais jamais dû vous laisser assister à cette enquête. Maintenant vous pouvez prendre la porte.

— Je m'en vais, dit Mason.

10

Il était presque 3 heures du matin lorsque Perry Mason téléphona à Paul Drake.

— Paul, j'ai de nouveau du travail pour toi, et c'est urgent. As-tu encore du personnel disponible?

La voix de Paul était tout ensommeillée.

— Nom d'un chien, mon vieux, tu n'en as donc jamais assez?

— Ecoute, réveille-toi et secoue-toi un peu. J'ai un travail qui demande à être fait en vitesse, il faut arriver avant la police.

— Comment diable est-ce que je pourrais aller plus vite que la police?

— Tu le peux, je sais que tu as accès à certaines archives. Il fut un temps où tu représentais l'agence commerciale qui avait en double la liste de toutes les armes à feu vendues dans la ville. Je voudrais savoir qui a acheté un certain Colt 32 n° 127337. La police va enquêter là-dessus suivant la routine, avec empreintes digitales et tout le tremblement, et la matinée sera probablement bien avancée avant que toute leur machine se soit mise en branle. Ils savent que c'est important, mais ils ne s'imaginent pas que ça puisse être urgent. Ce que je voudrais, c'est que tu me procures le renseignement avant que la police ne s'en empare. Il faut absolument que je devance la police.

— Qu'est-ce qui est arrivé à ce revolver?

— On a descendu un type avec, d'une balle en plein cœur.

Drake émit un sifflement :

— Est-ce que ça se rapporte à l'autre affaire sur laquelle je suis en train de travailler?

— Je ne pense pas. Mais la police le croira peut-être. Il faut que je sois en mesure de défendre mon client. Trouve-moi ce renseignement avant la police.

— Bon. Où est-ce que je peux te rappeler?

— Inutile. C'est moi qui te rappellerai.

— Quand?

— Dans une heure?

— Mais je n'aurai pas le renseignement à ce moment-là. C'est impossible.

— Il faut absolument que tu l'aies. Je te rappellerai, de toute façon. Au revoir.

Mason raccrocha. Il composa le numéro du domicile de Harisson Burke. Pas de réponse. Puis il appela Della Street et son « Allô! » ensommeillé lui parvint presque tout de suite au bout du fil.

— Ici Perry Mason, Della, dit-il. Réveillez-vous et frottez-vous bien les yeux. Il y a du pain sur la planche.

— Quelle heure est-il?

— 3 heures, 3 heures et quart.

— Bon, qu'est-ce que c'est?

— Vous êtes bien réveillée?

— Naturellement que je suis réveillée. Vous croyez que je suis en train de rêver tout haut? Vous êtes tout plein d'humour!

— Ce n'est pas le moment de plaisanter. Pouvez-vous enfiler quelques vêtements et venir tout de suite à l'étude? Je vous envoie un taxi.

— Je m'habille tout de suite. Je prends le temps de me faire une beauté, ou je mets simplement des vêtements?

— Faites-vous une beauté, mais n'y passez pas trop de temps.

— A tout de suite, fit-elle, et elle raccrocha.

Mason téléphona à une compagnie de taxis d'envoyer une voiture au domicile de Della. Puis il quitta le drugstore d'où il avait envoyé tous ses coups de téléphone, monta dans sa voiture et se rendit rapidement à son étude.

Il alluma les lumières, baissa les stores et se mit à marcher de long en large.

Les mains derrière le dos, le visage tendu en avant, il allait et venait sans arrêt. On aurait dit un lion en cage. Il avait l'air impatient, et cependant on voyait qu'il maîtrisait son impatience, tel un lutteur acculé dans un coin, qui enrage et n'ose pas risquer une fausse manœuvre.

On entendit une clef tourner dans la serrure, et Della Street entra.

– Salut, patron, dit-elle. Vous veillez plutôt tard.

Il lui fit signe de venir s'asseoir :

– Nous commençons maintenant une journée qui promet d'être chargée.

– Qu'est-ce qu'il y a ? demanda-t-elle en le regardant avec inquiétude.

– Un meurtre.

– Nous ne faisons que représenter un client ?

– Je ne sais pas. Nous pouvons être mêlés à l'affaire.

– Mêlés à l'affaire ?

– Oui.

– C'est encore cette femme ? demanda-t-elle avec colère.

Il secoua la tête avec impatience :

– Je voudrais bien que vous vous sortiez ces idées de la tête, Della.

– Mais c'est quand même vrai, insista-t-elle. Je savais qu'il y avait quelque chose de louche. Et je sentais que nous aurions des ennuis avec elle. Je n'ai jamais eu confiance en elle.

– D'accord, dit Mason d'un ton las. Laissez tomber cela maintenant, et écoutez mes instructions. Je ne sais pas ce qui va se passer ici, mais au cas où il m'arriverait quelque chose, il vous faudrait mener la barque toute seule.

– Que voulez-vous dire? demanda-t-elle, les yeux pleins d'angoisse. Qu'est-ce qui pourrait vous arriver?

– Ne vous en faites pas pour ça.

– Mais je m'en fais, rétorqua-t-elle. Vous êtes en danger.

Mason fit la sourde oreille :

– Cette femme s'est présentée ici sous le nom d'Eva Griffin. J'ai essayé de la faire filer, mais ça n'a pas collé. Par la suite j'ai entamé la lutte contre le *Moulin à Poivre*, et me suis efforcé de découvrir qui était en réalité à la tête du journal. Il s'agissait d'un dénommé Belter qui habitait avenue Elmwood. Vous lirez tous les détails sur la maison et sur le type dans les journaux du matin. Je suis allé voir Belter et je me suis aperçu que c'était un gars pas commode. Au cours de ma visite, je suis tombé sur sa femme, qui n'était autre que notre cliente. Son vrai nom est Eva Belter.

– Qu'est-ce qu'elle essayait de faire? Vous tirer dans le dos?

– Non. Elle était dans le pétrin. Elle était sortie avec un type et son mari était à leurs trousses. Il ignorait le nom de la femme, c'est après l'homme qu'il en avait. Mais en dénonçant le type dans sa feuille à scandales, il risquait de démasquer l'identité de la femme.

– Qui est cet homme?

– Harisson Burke.

Elle leva les sourcils et resta silencieuse.

Mason alluma une cigarette.

Quelque temps après, elle demanda :

— Que dit Harisson Burke de tout ça ?

Perry Mason fit un geste de la main.

— C'est lui qui s'est fendu de l'argent qui était dans l'enveloppe, le fric qui est arrivé cet après-midi par messager.

— Oh !

Il y eut une minute ou deux de silence. Tous deux réfléchissaient.

— Eh bien, dit-elle, continuez. Qu'est-ce que je vais lire dans les journaux du matin ?

Il se mit à parler d'une voix monotone :

— Je dormais profondément hier au soir et Eva Belter m'a appelé au téléphone un peu après minuit. Disons minuit et demi. Il pleuvait à seaux. Elle avait des ennuis et voulait que j'aille la chercher à un drugstore. J'y suis allé et elle m'a raconté qu'un homme s'était disputé avec son mari et l'avait tué d'un coup de revolver.

— Elle savait qui était cet homme ?

— Non, elle ne le sait pas. Elle ne l'a pas vu. Elle a seulement entendu sa voix.

— A-t-elle reconnu la voix ?

— Elle a cru la reconnaître.

— Et selon elle, qui est-ce ?

— Moi.

La jeune fille le regarda tranquillement, mais l'expression de ses yeux ne changea pas le moins du monde.

— Etait-ce vous ?

— Non. J'étais chez moi, dans mon lit.

— Pouvez-vous le prouver ?

— Grand Dieu, dit-il avec impatience, je n'ai pas l'habitude de me préparer un alibi quand je vais me coucher.

— La sale petite garce.

Lorsqu'elle eut repris un peu son calme, elle demanda :

— Qu'est-il arrivé ensuite ?

— Nous sommes allés là-bas et nous avons trouvé le cadavre de son mari. Revolver Colt 32. J'ai pris le numéro. Un seul coup, en plein cœur. Il venait de prendre un bain et quelqu'un lui a tiré dessus.

Les yeux de Della Street s'ouvrirent tout grands :

— Alors, elle vous a fait venir là-bas avant d'avertir la police ?

— Exactement, approuva Mason. Et la police n'aime pas ça.

La jeune fille était toute pâle. Elle ouvrit la bouche pour dire quelque chose, puis se ravisa et garda le silence.

Perry Mason continua, toujours du même ton monotone :

— Je me suis bagarré avec l'inspecteur Hoffman. Il y a là-bas un neveu que je n'aime pas beaucoup. Il joue un peu trop au galant homme. La femme de charge cache quelque chose et je crois que sa fille ment. Je n'ai pas pu m'entretenir avec les autres domestiques. La police m'a obligé à rester en bas pendant qu'ils enquêtaient au premier. Mais j'ai réussi à me livrer à un petit examen des lieux avant l'arrivée de la police.

— Cela s'est passé si mal que ça, avec l'inspecteur Hoffman ?

— Plutôt mal en effet, étant donné les circonstances.

— Vous voulez dire qu'il vous a fallu soutenir votre cliente ! remarqua-t-elle, les yeux humides. Que va-t-il se passer maintenant ?

— Je ne sais pas. Je pense que la femme de charge parlera. Ils ne l'ont pas encore cuisinée, mais ils le feront. A mon avis elle sait quelque chose. Je ne sais pas ce que c'est. Je me demande même si Eva Belter m'a donné un compte rendu exact de ce qui s'est passé.

– Si elle l'a fait, reprit Della Street d'un ton rageur, ce sera bien la première fois depuis son premier passage dans nos bureaux. Quelle idée, aussi, de vous mêler de cette histoire! Ah! la sale garce, si je la tenais!

Mason fit un geste désapprobateur de la main :

– C'est fait maintenant, inutile d'y revenir.

– Est-ce que Harisson Burke est au courant de cette histoire de meurtre?

– J'ai essayé de le joindre au téléphone, il est absent.

– Il choisit bien son moment pour être absent, celui-là.

Mason sourit d'un air las :

– N'est-ce pas?

Ils se regardèrent.

Della Street respira un grand coup, puis se mit à parler précipitamment :

– Ecoutez, dit-elle, vous laissez cette femme vous mettre dans une drôle de position. Vous vous êtes disputé avec la victime. Vous combattiez son journal, et quand vous vous battez, vous n'y allez pas avec le dos de la cuillère. Cette femme vous a tendu un piège pour vous attirer là-bas. Elle voulait que vous vous y trouviez avant l'arrivée de la police. Elle serait prête à vous jeter en pâture aux flics pour ne pas se salir les doigts. Allez-vous la laisser faire?

– Pas si je peux l'éviter, mais je ne trahirai pas ses intérêts, à moins d'y être obligé.

Della Street avait le visage pâle et les lèvres pincées.

— C'est une... rugit-elle sans finir sa phrase.
— C'est une cliente, répliqua Perry Mason avec entêtement, et elle nous paie bien.
— Elle paie bien pour quoi faire ? Pour que vous la représentiez dans une affaire de chantage ? Ou pour vous faire condamner à sa place pour meurtre ?

Il y avait des larmes dans ses yeux.

— Monsieur Mason, reprit-elle, ne jouez donc pas les nobles cœurs. Restez en dehors de cette histoire, laissez-les faire à leur guise. Restez dans votre rôle d'avocat.

La voix de Mason était pleine de patience :

— Il est un peu tard pour commencer, vous ne croyez pas, Della ?
— Non, il n'est pas trop tard ! Restez en dehors de tout cela.
— C'est une cliente, Della.
— Naturellement, mais attendez que l'affaire passe en jugement. Vous verrez bien ce qui arrivera au moment du procès.

Il secoua la tête :

— Non, Della, le procureur n'attend pas, quant à lui, que l'affaire arrive au tribunal. Ses représentants sont déjà sur les lieux, ils interrogent les témoins et ils sont en train d'extorquer à Carl Griffin des déclarations que les journaux vont publier demain en première page et qui constitueront un témoignage à charge pour le jour du procès.

Elle reconnut à quel point il était inutile de vouloir le faire changer d'avis.

— Vous croyez qu'ils vont arrêter cette femme ? demanda-t-elle.
— Je ne sais pas ce qu'ils vont faire.
— Ont-ils trouvé un mobile ?
— Non, pas encore. Ils ont commencé par cher-

cher les mobiles habituels, et ça n'a rien donné; alors ils ont calé. Mais quand ils vont découvrir cette autre histoire, ils auront un mobile tout trouvé.

– Croyez-vous qu'ils la découvriront?
– C'est évident.

Della Street ouvrit de grands yeux.

– Pensez-vous que ce soit Harisson Burke qui ait tiré le coup de revolver?
– J'ai essayé d'avoir Harisson Burke au téléphone, mais en vain. A part cela, je ne fais aucune conjecture. Allez vous installer à l'appareil et appelez-le encore. Essayez son numéro toutes les dix minutes jusqu'à ce que vous l'ayez à l'appareil, lui ou quelqu'un d'autre.
– Bon.
– Ah! et puis téléphonez donc à Paul Drake. Il est probablement à son bureau. S'il n'y est pas, essayez le numéro qu'il nous a donné pour les cas urgents. Il travaille pour moi en ce moment sur cette affaire.

Elle était redevenue la secrétaire une fois de plus.

– Oui, monsieur Mason, dit-elle, et elle retourna dans l'étude.

Perry Mason se mit à marcher de long en large.

Au bout de quelques minutes, le téléphone sonna sur son bureau.

Il décrocha le récepteur.

– Paul Drake, annonça la voix de Della Street.
– Allô, Perry?
– As-tu trouvé quelque chose? demanda Mason.
– Oui, j'ai eu de la veine, pour ton histoire de revolver, je peux te donner le renseignement.
– La ligne est libre? Il n'y a personne à l'écoute?
– Non. Tu peux y aller.
– Bon. Alors passe-moi le tuyau.

— Je suppose que tu te fiches de savoir où le revolver a été acheté et qui est le négociant? Ce que tu veux, c'est le nom de l'acheteur.

— C'est cela même!

— Bon, eh bien, ton revolver a finalement échoué entre les mains d'un certain Pete Mitchell, qui a donné comme adresse 1322, 69e Rue Ouest.

— Parfait. Et sur l'autre histoire, sur Frank Locke? As-tu obtenu d'autres renseignements?

— Non, je n'ai pas encore reçu le rapport de notre agence du Sud. J'ai remonté sa piste jusqu'à un Etat du Sud, la Georgie, mais là, le fil se perd. On dirait que c'est là qu'il a changé de nom.

— Bravo! C'est sûrement là qu'il a eu ses embêtements. Avez-vous pu apprendre autre chose sur lui?

— J'ai des renseignements sur la fille de l'hôtel Wheelright. Elle s'appelle Esther Linten et elle habite au Wheelright, chambre 946, au mois.

— Qu'est-ce qu'elle fait? Avez-vous pu le savoir?

— Le trottoir, vraisemblablement. Nous n'avons pas encore pu en apprendre bien long sur elle, mais donne-nous un peu de temps et laisse-moi dormir. Je ne peux pas être partout à la fois et travailler sans un minimum de repos.

— Tu t'y feras à la longue, lança Mason en riant, surtout si tu continues à t'occuper de cette affaire. Reste dans ton bureau cinq minutes encore. Je vais te rappeler.

— D'accord, soupira Drake, et il raccrocha.

Perry Mason se rendit dans l'étude.

— Della, dit-il, vous rappelez-vous toutes ces histoires de politique, il y a deux ou trois ans? N'avions-nous pas, à l'époque, constitué un dossier de lettres?

— Si, dit-elle, il y a un dossier de « lettres politiques ». Je me demandais pourquoi vous vouliez les garder.

— Ça peut toujours servir. Vous trouverez dedans une lettre du « club des électeurs » de Burke. Tâchez de me trouver ça en vitesse.

Elle se précipita sur une armée de dossiers qui s'alignaient sur tout un mur de l'étude.

Perry Mason était assis sur un coin de son bureau et la regardait faire. Seuls ses yeux trahissaient son intense préoccupation.

Elle lui apporta une lettre.

— C'est très bien, dit-il.

Dans la marge de gauche il y avait une colonne imprimée, la liste des vice-présidents du « club des électeurs » de Burke. Plus de cent noms y figuraient.

Mason, plissant légèrement les yeux, se mit à lire en suivant la liste du bout de l'ongle. Le quinzième nom était celui de P.-J. Mitchell et l'adresse inscrite à son côté était 1322, 69e Rue Ouest.

Mason plia brusquement la lettre et la fourra dans sa poche.

— Appelez-moi encore Paul Drake au téléphone, dit-il.

Et il rentra dans son cabinet en claquant la porte derrière lui.

Lorsqu'il eut Paul Drake au bout du fil, il dit :

— Ecoute, Paul, il faut que tu fasses quelque chose pour moi.

— Encore !

— Oui. Le vrai travail n'est pas encore commencé.

— C'est bon, vas-y.

— Ecoute, je voudrais que tu prennes une voiture et que tu te rendes au numéro 1322 de la 69e Rue Ouest où tu feras sortir Pete Mitchell de son lit. Mais il faut que tu t'acquittes de cette mission avec beaucoup de prudence afin de ne pas nous attirer d'ennuis. Joue le rôle d'un policier idiot qui a la langue bien pendue. Ne pose pas de questions à Mitchell avant de lui avoir donné tous les renseignements utiles, tu piges? Dis-lui que tu es un type de la secrète et que George Belter a été assassiné chez lui cette nuit, que le numéro du revolver avec lequel on a tiré sur lui serait, paraît-il, le même que celui d'un revolver que lui, Mitchell, aurait acheté. Dis-lui que tu supposes qu'il a encore le revolver et qu'il doit y avoir une erreur dans les numéros, mais que tu aimerais bien connaître ses faits et gestes aux environs de minuit ou un peu plus tard. Demande-lui s'il a le revolver ou s'il se souvient de ce qu'il en a fait. Mais attention, dis-lui tout avant de lui poser des questions.

– Je fais l'andouille, c'est ça?

– Exactement. Le type pas très doué. Et perds la mémoire aussitôt après.

– J'ai pigé. Il faut que je m'y prenne de façon à m'éviter des embêtements, hein?

– Il faut que tu t'y prennes exactement comme je t'ai dit, soupira Mason avec lassitude.

Il raccrocha l'appareil. Le bouton de la porte tourna et il leva la tête.

Della Street se glissa dans le cabinet, pâle et les yeux angoissés. Elle ferma la porte derrière elle et s'avança vers le bureau.

– Il y a un type dans l'étude qui prétend vous connaître, dit-elle. Il s'appelle Drumm et c'est un agent du commissariat central.

La porte s'ouvrit derrière elle et Sidney Drumm passa son visage goguenard par l'entrebâillement. Ses yeux délavés étaient absolument inexpressifs et il avait de plus en plus l'air d'un employé qui vient de descendre de son tabouret et traînasse à la recherche d'un papier quelconque.

— J'espère que je ne vous dérange pas, dit-il, mais je voulais vous parler avant que vous n'ayez le temps de me combiner une belle réponse.

Mason répondit en souriant :

— Nous avons l'habitude de voir les flics manquer de savoir-vivre.

— Je ne suis pas un flic, protesta Drumm. Je ne suis qu'un malheureux type de la secrète. Les flics ne peuvent pas me sentir. Je suis un malheureux policier mal payé.

— Entrez et venez vous asseoir.

— C'est formidable, le nombre d'heures de bureau que vous pouvez faire, vous autres, remarqua Drumm. Je vous cherchais partout et j'ai vu de la lumière dans l'étude.

— Ce n'est pas vrai, corrigea Mason, j'ai tiré les stores.

— Oh, eh bien, dit Drumm, toujours aussi souriant, je me doutais que vous étiez ici, de toute façon, car je sais que vous êtes un acharné au travail.

— C'est bon. Laissez tomber les plaisanteries. Je suppose que vous êtes venu pour affaire.

— Pour sûr. Je suis un curieux, moi. Un type qui gagne sa vie en satisfaisant sa curiosité. En ce moment, ce numéro de téléphone m'intrigue. Vous venez me voir et vous me refilez du fric pour que j'arrache de force à la compagnie du téléphone un numéro privé. Je fonce vous chercher le numéro avec l'adresse, vous me remerciez très poliment, et puis voilà qu'on vous découvre à cette même adresse en compagnie d'un macchabée et de sa femme. La question est de savoir si c'est une simple coïncidence ?

— Quelle est la réponse ?

— Je ne sais pas, je ne fais aucune supposition. Je vous ai posé la question, à vous d'y répondre.

— La réponse, la voici : je suis allé là-bas à la demande de cette femme.

— C'est bizarre que vous connaissiez la femme et pas son mari, fit Drumm avec insistance.

— N'est-ce pas ? lança Mason sarcastique. C'est bien ce qui est le plus ennuyeux dans le métier que nous faisons. Souvent une femme vient nous demander un service, souvent d'ordre privé, mais elle oublie d'amener son mari pour que nous puissions voir un peu la tête qu'il a. Il paraît même que certaines femmes ne veulent absolument pas que leur mari soit au courant. Mais naturellement, c'est un ouï-dire, un simple bruit qui court, et je ne vous oblige pas à y croire.

Drumm souriait toujours.

— Voulez-vous dire par là que l'affaire en question appartient à cette deuxième catégorie ?

— Je ne veux rien dire du tout.

Cette fois Drumm cessa de sourire, et se mit à regarder le plafond d'un air rêveur.

— C'est un point de vue tout à fait intéressant, remarqua-t-il. La femme vient voir un avocat renommé pour son habileté à tirer les gens du pétrin. L'avocat ne connaît pas le numéro de téléphone privé du mari. Il commence à travailler sur l'affaire, employé par la femme. Il découvre un numéro de téléphone qui s'avère être celui du mari. Il se rend chez celui-ci : la femme est là, le mari a été assassiné.

— Pensez-vous que cela vous mènera quelque part, Sidney ? demanda Mason avec impatience.

Drumm se mit à sourire.

— Je n'en sais fichtre rien, Perry, dit-il, mais j'avance.

— Prévenez-moi aussitôt que vous serez arrivé à un résultat, hein ?

Drumm se leva.

— Oh ! vous le saurez bien assez tôt, dit-il en riant et en regardant Mason et Della Street à tour de rôle. J'imagine, enchaîna-t-il, que votre dernière remarque me donnait le signal du départ.

— Oh ! ne vous pressez pas, surtout. Vous savez, nous venons au bureau à 3 ou 4 heures du matin à seule fin de recevoir les amis qui ont à nous poser des questions imbéciles. Ce n'est pas pour travailler, non, c'est une habitude que nous avons prise comme ça, de venir à l'étude de bonne heure.

Drumm regarda longuement l'homme de loi.

— Vous savez, Perry, si vous vouliez me dire la vérité, je pourrais vous aider un petit peu. Mais si vous vous tenez à l'écart et prenez vos airs supérieurs, je serai bien obligé de faire ma petite enquête personnelle.

— Bien sûr. Je comprends très bien, vous avez votre profession et moi la mienne.

— Ça veut dire, j'imagine, que vous allez garder vos distances.

— Ça veut dire, que ce n'est pas à moi qu'il faut venir demander vos renseignements.

— Au revoir, Perry.

— Au revoir, Sidney. Venez me voir un de ces jours.

— Ne vous en faites pas pour ça, je viendrai sûrement.

Sidney Drumm referma la porte derrière lui.

La jeune fille s'avança vers Perry Mason. Mais il la retint d'un geste de la main et dit :

— Allez voir dans l'étude s'il est bien parti.

Elle se dirigea vers la porte mais avant même que sa main ait atteint la poignée, celle-ci tourna et la porte s'ouvrit toute grande. Sidney Drumm passa la tête à nouveau.

Il les dévisagea et sourit.

— Eh bien, dit-il, je vois que vous n'êtes pas tombé dans le panneau. C'est bon, Perry, cette fois je m'en vais pour de bon.

— D'accord, dit Perry Mason. Adieu.

Drumm ferma la porte et un instant après claqua la porte de l'étude.

Il était à ce moment-là environ 4 heures du matin.

11

Perry Mason enfonça son chapeau sur sa tête et enfila son pardessus encore humide.

— Je m'en vais essayer de trouver quelques indices, annonça-t-il à Della Street. Tôt ou tard, ils vont resserrer le cercle et alors je ne pourrai plus bouger. Il faut que j'en fasse le maximum pendant que je peux encore circuler. Vous resterez ici pour assurer la permanence. Je ne peux pas vous dire où je serai, et de toute façon mieux vaut que vous ne le sachiez pas. Mais je vous téléphonerai de temps en temps et demanderai si M. Mason est là. Je prétendrai être un nommé Johnson, un vieil ami à lui, et je demanderai s'il a laissé un message pour moi. Vous pouvez vous débrouiller pour me faire savoir ce qui se passe sans révéler que c'est à moi que vous parlez.

— Croyez-vous qu'ils vous mettront sur table d'écoute?

— C'est possible. Je ne sais pas au juste jusqu'où va aller cette affaire.

— Ils vont lancer un mandat d'arrêt contre vous?

— Pas un mandat d'arrêt, mais ils voudront me poser d'autres questions.

Elle le regarda avec tendresse, mais se tut.

— Faites bien attention, dit-il, en sortant de l'étude.

Il faisait encore noir lorsqu'il pénétra dans le couloir de l'hôtel Ripley, et demanda une chambre avec salle de bains. Il se fit inscrire sous le nom de Fred B. Johnson, de Detroit, et on lui donna la chambre 518, payable d'avance, vu qu'il n'avait pas de bagages.

Il s'y rendit aussitôt, tira les rideaux, commanda quatre bouteilles de bière au gingembre avec beaucoup de glace, et obtint du chasseur un litre de whisky. Puis il s'assit dans le fauteuil bien rembourré, les jambes étendues sur le lit, et il se mit à fumer.

La porte n'était pas fermée à clef. Il fumait sans arrêt depuis plus d'une demi-heure, lorsque quelqu'un ouvrit la porte sans frapper : Eva Belter entra dans la chambre.

Elle referma la porte derrière elle, poussa le verrou et adressa un grand sourire à Mason :

— Je suis si heureuse que vous ayez pu venir.

Perry Mason ne se leva pas pour l'accueillir :

— Vous êtes sûre qu'on ne vous a pas suivie? demanda-t-il.

— Oui. Ils m'ont dit que je serais témoin principal et que je ne devais pas quitter la ville ou faire quoi que ce soit sans les avertir. Dites-moi, croyez-vous qu'ils vont m'arrêter?

— Cela dépend.
— De quoi?
— D'un tas de choses. Il faut que je vous parle.
— Très bien. Vous savez, j'ai trouvé le testament.
— Où cela?
— Dans son bureau.
— Qu'en avez-vous fait?
— Je l'ai apporté ici.
— Montrez-le moi.
— Il est exactement comme je le supposais, mais je n'ai quand même pas obtenu autant que je l'espérais. Je m'imaginais qu'il me laisserait au moins de quoi m'embarquer pour l'Europe et me retourner un peu là-bas, le temps de... me refaire une existence, en quelque sorte.

— Vous voulez dire le temps de dénicher un autre mari?

— Je n'ai jamais dit ça.

— Je ne parle pas de ce que vous avez dit, mais de ce que vous voulez dire, remarqua Mason, en conservant son ton calme et indifférent.

Elle prit un air digne.

— Vraiment, monsieur Mason, protesta-t-elle, je trouve que nous nous écartons un peu trop du sujet. Voici le testament.

Il la dévisagea pensivement.

— Si vous devez m'entraîner dans des affaires criminelles, continua-t-il, vous feriez mieux de laisser tomber vos airs de duchesse. Ça ne prend pas avec moi.

Elle se redressa d'un air hautain, puis brusquement éclata de rire.

— Bien sûr que je veux me trouver un autre mari, dit-elle. Pourquoi pas?

— Tout à fait d'accord. Mais pourquoi l'avez-vous nié tout à l'heure ?

— Je ne sais pas. Je n'ai pas pu m'en empêcher. C'est plus fort que moi, je ne peux pas supporter que les gens en sachent trop long sur moi.

— Vous voulez dire que vous ne pouvez pas supporter la vérité. Vous préférez vous bâtir une enceinte protectrice à coups de mensonges.

Elle rougit.

— Ce n'est pas juste, cria-t-elle avec colère.

Il tendit le bras sans répondre, lui prit le papier des mains et le lut lentement.

— C'est entièrement de son écriture ? demanda-t-il.

— Non, dit-elle, je ne crois pas.

Il la regarda attentivement.

— Cela paraît pourtant écrit de la même main.

— Je ne pense pas que ce soit lui qui l'ait écrit.

Il se mit à rire.

— Ce nouveau mensonge ne vous mènera à rien, dit-il. Votre mari a montré le testament à Carl Griffin et à Arthur Atwood, son avocat, et il leur a expliqué que c'était son testament, écrit en entier de sa main.

La jeune femme secoua la tête avec impatience.

— Vous voulez dire qu'il leur a montré un testament en leur disant qu'il l'avait écrit lui-même. Rien n'empêchait Griffin de déchirer ce testament et d'en faire un autre, n'est-ce pas ?

Il la regarda froidement.

— Ecoutez, dit-il, vous parlez beaucoup, mais savez-vous ce que vous dites ?

— Naturellement.

— Vous portez là une accusation bien dangereuse, à moins d'avoir de quoi l'étayer.

– Je n'ai pas de quoi l'étayer, dit-elle lentement, ou du moins pas encore.

– Bien, alors ne formulez pas d'accusation.

Elle s'impatienta.

– Vous passez votre temps à me dire que vous êtes mon avocat et que je dois tout vous dire. Et dès que je commence à me confier à vous, vous me réprimandez.

– Oh! ça va, dit-il, en lui rendant le testament. Vous pouvez garder vos airs d'innocence outragée pour la salle d'audience. Parlez-moi de ce testament. Comment vous l'êtes-vous procuré?

– Il était dans son bureau. Le coffre n'était pas fermé. J'ai pris le testament en douce et puis j'ai refermé le coffre-fort.

– Ce n'est même pas drôle.

– Vous ne me croyez pas?

– Bien sûr que non.

– Pourquoi?

– Parce que selon toute probabilité la police monte la garde dans le bureau. Et puis, si le coffre-fort avait été ouvert, ils l'auraient remarqué et en auraient inventorié le contenu.

Elle baissa les yeux:

– Vous souvenez-vous lorsque nous sommes arrivés à la maison? Vous étiez en train de regarder le cadavre et de tâter le peignoir de bain?

– Oui, dit-il, les yeux soudain rétrécis.

– Bon. Eh bien, je l'ai sorti du coffre-fort à ce moment-là. J'ai refermé le coffre-fort pendant que vous examiniez le corps.

Il cligna des yeux:

– Bon Dieu, c'est bien ça, en effet! Vous étiez près du bureau et du coffre-fort. Pourquoi avez-vous fait cela? Pourquoi ne m'avez-vous pas dit ce que vous vouliez faire?

— Parce que je voulais savoir si le testament était en ma faveur, ou si je pouvais le détruire. Pensez-vous que je devrais le détruire ?

— Non ! dit-il avec violence.

Elle resta silencieuse quelques minutes.

— Eh bien, demanda-t-elle enfin, avez-vous encore autre chose à me dire ?

— Oui, asseyez-vous sur le lit, que je puisse vous regarder à mon aise. Je voudrais vous poser plusieurs questions maintenant. Je ne l'ai pas fait avant que les policiers vous aient interrogée, car je craignais que cela ne vous démonte complètement. Il fallait que vous soyez en pleine possession de vos esprits pour leur répondre. Maintenant c'est différent. Je veux savoir *exactement* ce qui s'est passé.

Elle ouvrit les yeux tout grands, prit son air d'innocence habituel et dit :

— Je vous ai déjà raconté ce qui s'était passé.

— Non, dit-il en hochant la tête.

— Vous m'accusez de mentir ?

Il soupira :

— Pour l'amour du ciel, cessez de jouer la comédie et répondez-moi objectivement.

— Que voulez-vous savoir exactement ?

— Vous vous étiez mise en grand tralala hier soir.

— Que voulez-vous dire ?

— Vous le savez très bien. Vous étiez bien pomponnée avec votre robe du soir décolletée dans le dos, vos souliers de satin et vos bas du dimanche.

— Et alors ?

— Et votre mari venait de prendre un bain.

— Et après ?

— Vous ne vous étiez pas habillée pour faire plaisir à votre mari.

— Naturellement pas.

— Vous avez l'habitude de vous habiller le soir?
— Quelquefois.
— En fait, vous étiez sortie hier soir et vous n'êtes rentrée que très peu de temps avant l'assassinat de votre mari. Est-ce vrai?

Elle secoua énergiquement la tête. Elle avait repris une fois de plus son air glacial et digne.

— Non, dit-elle, je suis restée à la maison toute la soirée.

Perry Mason lui jeta un regard froid et pénétrant.

— Pendant que j'étais dans la cuisine, la femme de charge m'a dit avoir entendu la femme de chambre vous annoncer que quelqu'un avait téléphoné au sujet de chaussures.

De toute évidence, Eva Belter fut surprise, mais elle se domina.

— Eh bien, quel mal y a-t-il à cela?
— Dites-moi d'abord si la femme de chambre vous a bien transmis ce message?
— Oui, dit Eva Belter d'un ton indifférent. Je crois que oui, en effet. Je n'en suis pas très sûre. J'ai eu des ennuis avec une paire de chaussures dont j'avais grand besoin. Je crois que Marie a reçu un coup de téléphone à ce sujet et m'a transmis le message. Tous ces événements me l'avaient fait oublier.
— Savez-vous comment on pend les gens? demanda brusquement Perry Mason.
— Que voulez-vous dire?
— Dans les condamnations pour meurtre, cela se passe généralement le matin. Des types viennent à la cellule du condamné et vous lisent l'arrêt de mort. Puis ils vous lient les mains derrière le dos et vous attachent une planche par derrière pour que vous ne puissiez pas vous plier en deux. Ensuite ils

vous accompagnent jusqu'à l'échafaud. Vous avez treize marches à monter et vous avancez ensuite jusqu'à une trappe. Des fonctionnaires de la prison se tiennent près de la trappe et surveillent la situation. Derrière, dans une petite niche, sont embusqués trois bagnards armés de couteaux acérés. Trois cordes sont tendues sur une planche. Le bourreau vous passe un nœud coulant autour du cou, puis vous enveloppe la tête d'un sac noir, et il vous noue les jambes avec des courroies...

Elle poussa un hurlement.

– Eh bien, c'est exactement ce qui vous arrivera si vous ne dites pas la vérité toute nue.

Son visage était livide, ses lèvres exsangues et tremblantes, et ses yeux noirs de terreur.

– Je d-d-dis la vérité, fit-elle.

Il secoua la tête :

– Ecoutez-moi, reprit-il, il faut que vous appreniez à être franche et à rapporter exactement les faits, si vous voulez que nous sortions de ce pétrin. Vous savez très bien que ce message au sujet des chaussures n'était qu'un subterfuge. C'est un code que vous employez lorsque Harisson Burke veut vous parler. Exactement comme pour moi, lorsque je dois téléphoner à votre femme de chambre pour communiquer avec vous.

Elle était encore pâle et tremblante. Sans un mot elle hocha la tête.

– Bon, dit Mason, maintenant, dites-moi ce qui s'est passé. Harisson Burke vous a envoyé ce message. Il voulait vous voir. Vous lui avez fixé un lieu de rendez-vous, vous vous êtes habillée et vous êtes sortie. N'est-ce pas ?

– Non, dit-elle, c'est lui qui est venu à la maison.

– Hein !

– C'est ainsi! continua-t-elle; je lui avais demandé de ne pas venir, mais il l'a fait quand même. Je lui ai dit que je ne voulais ni ne pouvais le voir. Alors il est venu à la maison. Vous lui aviez révélé que George était le propriétaire du *Moulin à Poivre*. D'abord il n'a pas voulu le croire, mais il a fini par l'admettre. Il pensait qu'il pourrait s'expliquer avec George. Il était prêt à faire n'importe quoi pour empêcher le *Moulin à Poivre* de continuer ses attaques.

– Vous ne saviez pas qu'il allait venir?
– Non.

Il y eut un moment de silence. Puis elle demanda :

– Comment l'avez-vous su?
– Quoi donc?
– Le code des chaussures.
– Oh! c'est lui qui me l'a dit.
– Et puis, la femme de charge vous a parlé du message? Je me demande si elle l'a dit à la police.

Mason secoua la tête et sourit.

– Non, dit-il, elle ne l'a dit ni à la police ni à moi. C'était simplement un petit coup de bluff auquel j'ai eu recours pour vous forcer à me dire la vérité. J'étais sûr que vous aviez vu Harisson Burke à un moment quelconque hier soir, je savais qu'il ne pourrait s'empêcher d'entrer en contact avec vous. C'est le genre de type à vouloir faire partager ses ennuis à quelqu'un. Alors j'ai pensé qu'il avait dû laisser un message à la femme de chambre.

Elle prit un air froissé.

– Vous trouvez que c'est bien de me traiter ainsi? s'indigna-t-elle. Pensez-vous que ce soit juste?

Il ricana.

— Cela vous va vraiment bien, à *vous*, de parler de franc jeu!

Elle fit la moue.

— Je n'aime pas cela, dit-elle.

— Je n'avais pas l'intention de vous faire plaisir. Et il y aura des tas de choses que vous aimerez encore moins, avant que nous en ayons fini avec cette histoire. Ainsi Harisson Burke est venu chez vous, hein?

— Oui, dit-elle, d'une voix faible.

— Bon, qu'est-il arrivé?

— Il insistait pour voir George. Je lui ai dit que ce serait un suicide pour nous que d'approcher George. Il m'a assuré qu'il ne prononcerait pas mon nom. Il pensait que s'il pouvait expliquer à George toutes les circonstances et s'il prenait l'engagement de l'aider après son élection, George ordonnerait à Frank Locke d'arrêter la campagne du journal.

— Bon, dit Mason, cette fois, nous avançons. Il voulait voir votre mari et vous avez essayé de l'en dissuader, n'est-ce pas?

— Oui.

— Pourquoi?

Elle répondit lentement:

— J'avais peur qu'il ne prononce mon nom.

— L'a-t-il fait? demanda Mason.

— Je n'en sais rien, dit-elle. (Puis elle ajouta soudain:) C'est-à-dire non, il ne peut pas l'avoir fait puisqu'il n'a pas vu George. Il a causé avec moi et je l'ai convaincu de ne pas rencontrer George. Il a ensuite quitté la maison.

Perry Mason eut un petit rire.

— Vous avez pensé un petit peu trop tard à ruser avec moi, ma jeune dame. Ainsi, vous ne savez pas s'il a prononcé votre nom devant George, hein?

Elle répondit d'un ton maussade:

— Je vous ai déjà dit qu'il ne l'avait pas vu.
— Mais oui, bien sûr, mais le fait *est* qu'il l'a rencontré. Il est monté dans son bureau et lui a parlé.
— Comment le savez-vous ?
— Parce que j'ai mon idée sur la question et je veux des détails. Je me doute à peu près de ce qui a dû arriver.
— Qu'est-ce qui est arrivé ? demanda-t-elle.
Il lui sourit.
— Vous savez très bien ce qui est arrivé.
— Non, non, qu'est-il arrivé ?
Il se mit à débiter d'une voix monotone :
— Harisson Burke est monté là-haut et a parlé à votre mari. Combien de temps est-il resté avec lui ?
— Je ne sais pas. Pas plus d'un quart d'heure.
— Ah ! c'est déjà mieux. Et vous ne l'avez pas revu lorsqu'il est descendu ?
— Non.
— Bon, maintenant je voudrais savoir si, en fait, le coup n'a pas été tiré pendant qu'Harisson Burke était là-haut et s'il ne s'est pas alors enfui dans l'escalier et hors de la maison sans rien vous dire.
Elle secoua la tête énergiquement.
— Non, dit-elle, Burke est parti avant que mon mari soit tué.
— Combien de temps avant ?
— Je ne sais pas, peut-être un quart d'heure ; peut-être plus, peut-être moins.
— Et maintenant, Harisson Burke est introuvable.
— Que voulez-vous dire ?
— Exactement ce que je viens de dire. Il est introuvable. Il ne répond pas au téléphone. Il n'est pas chez lui.

— Comment le savez-vous?

— Je l'ai appelé je ne sais combien de fois au téléphone et j'ai envoyé des détectives à son adresse.

— Pourquoi avez-vous fait cela?

— Parce que je savais qu'il allait être impliqué dans l'affaire.

Elle ouvrit les yeux bien grands.

— Comment cela pourrait-il se faire? demanda-t-elle. Personne à part nous ne sait qu'il était à la maison. Et nous ne dirons rien, bien sûr, car cela ne ferait qu'aggraver la situation pour tout le monde. Il est parti avant que l'autre arrive, celui qui a tiré le coup de revolver.

Perry Mason tenait le regard d'Eva Belter sous l'emprise du sien.

— C'est avec le revolver d'Harisson Burke que le coup a été tiré, annonça-t-il lentement.

Elle le regarda avec effroi.

— Qu'est-ce qui vous fait dire cela?

— Il y a un numéro d'inscrit sur le revolver. Ce numéro permet de remonter jusqu'à l'usine, de là au grossiste, puis au détaillant, puis jusqu'à l'homme qui a acheté le revolver. C'est un type nommé Pete Mitchell, qui habite au numéro 1322 de la 69e Rue Ouest et qui était un ami intime d'Harisson Burke. La police recherche Mitchell et lorsqu'elle l'aura retrouvé, il faudra bien qu'il explique ce qu'il a fait du revolver. Autrement dit, il faudra bien qu'il dise qu'il l'a donné à Burke.

Elle porta la main à son cou.

— Comment peut-on ainsi retrouver le propriétaire d'un revolver?

— Oh! très simplement... Toutes les ventes sont enregistrées.

— Je savais bien que nous aurions dû faire disparaître ce revolver, dit-elle, avec des sanglots nerveux dans la gorge.

— C'est ça, et vous seriez bel et bien perdue, pour le coup. Il faut penser à sauver votre peau. Votre situation n'est pas brillante, dans cette affaire. Vous voulez sauver Burke, naturellement, si c'est possible. Mais ce que je voudrais vous faire comprendre, c'est que si Burke est coupable vous feriez mieux de tout dire. Ensuite, si nous pouvons sauver Burke, nous le ferons. Mais pas question de vous mettre dans une situation telle qu'ils puissent établir une accusation contre vous, alors que vous essayez de protéger Burke.

Elle se mit à marcher de long en large, en tordant son mouchoir entre ses mains.

— Oh! mon Dieu, mon Dieu, mon Dieu, répétait-elle.

— Je me demande, dit-il, s'il vous est jamais venu à l'esprit qu'on pouvait encourir une peine à titre de complicité, ou pour avoir fermé les yeux sur un crime. Nous ne voulons, ni l'un ni l'autre, en arriver là. Ce que nous voulons, c'est trouver l'assassin, et cela avant la police. Je n'ai aucune envie qu'ils montent une accusation de meurtre contre vous, ni contre moi. Si Burke est coupable, la seule chose qui reste à faire, c'est de prendre contact avec lui, de l'obliger à se dénoncer et de faire citer l'affaire en justice avant que le procureur ait pu réunir trop de preuves. Je vais prendre des mesures pour réduire Locke au silence et faire annuler cet article de chantage dans le *Moulin à Poivre*.

Elle le regarda fixement pendant un moment, puis demanda :

— Comment allez-vous vous y prendre ?

Il lui sourit :

— Dans ce jeu-là, dit-il, c'est moi qui dois tout

savoir. Moins vous en saurez, moins vous risquerez de parler.

— Oh! vous pouvez avoir confiance en moi. Je sais garder un secret.

— Vous êtes une menteuse accomplie, si c'est cela que vous voulez dire. Mais pour cette fois, vous n'aurez pas besoin de mentir, car vous ignorerez tout de ce qui va se passer.

— Mais ce n'est pas Burke, le coupable, insista-t-elle.

Il fronça les sourcils.

— Ecoutez, c'est la raison pour laquelle je voulais surtout vous voir. Si ce n'est pas Burke, alors *qui est-ce*?

Ses yeux étaient fuyants.

— Je vous ai dit qu'un homme s'entretenait avec mon mari. Je ne sais pas qui c'est. J'ai cru que c'était vous. On aurait dit votre voix.

Il se leva, son visage avait pris une teinte plus foncée.

— Ecoutez, dit-il, si vous continuez à jouer ce petit jeu-là avec moi, je vous livre à la police. Ça suffit d'une fois.

Elle se mit à pleurer et à sangloter :

— Je ne p-p-peux pas m'en empêcher. Vous me l'avez demandé. Personne ne nous écoute. Je vvvous ai dit qui c'éttttait. J'ai entendu vvvotre voix. Je ne le dddirai pas à la police, même s'ils me passent à tabac.

Il l'empoigna par les épaules et la projeta sur le lit. Puis il lui arracha les mains de devant la figure et la regarda bien dans les yeux. Ils n'avaient pas une larme.

— Ecoutez-moi bien, dit-il, vous *n'avez pas* entendu ma voix, parce que je n'y étais pas. Et supprimez la partie sanglots, à moins que vous n'ayez un oignon dans votre mouchoir.

— Alors c'est quelqu'un qui avait la même voix que vous, dit-elle avec entêtement.

Il la regarda d'un air menaçant.

— Etes-vous amoureuse de Burke ? demanda-t-il. Et essayez-vous de me mettre dans une situation telle que vous puissiez me livrer à la police au cas où je ne pourrais pas arranger les choses pour Burke ?

— Non. Vous m'avez demandé de vous dire la vérité, et je vous la dis.

— J'ai bien envie de vous planter là en plein pétrin, menaça-t-il.

D'un air grave elle déclara :

— Dans ce cas, il faudrait bien que je dise à la police quelle voix j'ai entendue dans la chambre là-haut.

— Ah ! c'est là votre petit jeu, hein ?

— Ce n'est pas un jeu, mais la vérité.

Son ton était très aimable, mais elle évitait son regard.

Mason soupira :

— Je n'ai encore jamais abandonné un client, qu'il soit coupable ou non, dit-il ; j'essaie de me rappeler cela. Mais ! bon Dieu, je suis vraiment tenté de vous laisser tomber, *vous* !

Elle s'assit sur le lit et se mit à tortiller son mouchoir entre ses doigts.

Au bout d'un instant, il reprit :

— En redescendant de chez vous je me suis arrêté pour parler à l'employé du drugstore d'où vous m'aviez téléphoné. Il vous a regardée quand vous êtes entrée dans la cabine et c'était bien naturel. Une femme en robe de soirée avec un pardessus d'homme et dégoulinante de pluie, qui entre après minuit dans la cabine téléphonique d'un drugstore, attire forcément l'attention. D'après cet employé, vous avez eu deux communications.

Les yeux démesurément agrandis, elle le considéra sans rien dire.

— A qui d'autre avez-vous téléphoné? demanda-t-il.

— A personne, dit-elle, l'employé s'est trompé.

Perry Mason enfonça son chapeau sur sa tête. Il se tourna vers Eva Belter et lui déclara d'un air féroce :

— Je vous en sortirai d'une façon ou d'une autre. Je ne sais pas au juste comment. Mais je vous en sortirai. Et bon Dieu, cela vous coûtera cher!

Il ouvrit la porte à toute volée, sortit dans le vestibule et la claqua derrière lui.

Les premières lueurs de l'aube teintaient le ciel à l'est.

12

Les premiers rayons du soleil matinal doraient les toits des maisons lorsque Perry Mason réussit à mettre le grappin sur la gouvernante de Harisson Burke.

Agée d'environ soixante ans, elle débordait de graisse et d'animosité. Ses yeux étincelaient de colère.

— Je me fiche de ce que vous êtes, maugréa-t-elle d'un air féroce. Je vous dis qu'il n'est pas ici. Je ne sais pas où il est. Il est rentré vers minuit, puis il a reçu un coup de téléphone et il est ressorti aussitôt. Tout le reste de la nuit, le téléphone a sonné. Je n'ai pas répondu parce que je savais qu'il n'était pas là et que mes pieds se refroidissent lorsque je me lève au milieu de la nuit. Et je n'aime pas beaucoup non plus qu'on me dérange à une heure pareille.

– Depuis combien de temps était-il rentré lorsqu'il a reçu ce coup de téléphone ?

– Il n'y avait pas très longtemps, si cela peut vous intéresser.

– Croyez-vous qu'il s'y attendait ?

– Comment le saurais-je ? Il m'a réveillée en rentrant. Je l'ai entendu ouvrir la porte et la refermer. J'essayais de me rendormir, quand j'ai entendu la sonnerie du téléphone et lui qui y répondait. Puis je l'ai entendu courir jusqu'à sa chambre. Je pensais qu'il allait se coucher, mais j'imagine qu'il devait mettre des affaires dans une valise parce que ce matin la valise n'était plus là. Je l'ai entendu descendre l'escalier en courant et claquer la porte.

Perry Mason déclara :

– Eh bien, je suppose que ce sera tout, dans ces conditions.

– Et comment, que ce sera tout ! s'indigna-t-elle.

Et elle lui claqua la porte au nez.

Mason monta dans sa voiture et s'arrêta dans un hôtel pour téléphoner à l'étude.

Lorsqu'il eut Della Street au bout du fil, il demanda :

– Est-ce que M. Mason est là ?

– Non, il n'est pas là. Qui est à l'appareil ?

– Un ami à lui, M. Fred B. Johnson. J'aurais voulu absolument communiquer avec lui.

– Je ne peux pas vous dire où il est, dit-elle très vite, mais je pense qu'il va rentrer bientôt. Plusieurs autres personnes voudraient le voir et l'une d'elles, un M. Paul Drake, a un rendez-vous, je crois. Aussi je pense qu'il ne va pas tarder.

— Bon, fit Mason d'un ton tranquille, dans ce cas je rappellerai.

— Vous ne me laissez aucun message?

— Non, je rappellerai.

Et il raccrocha.

Il composa le numéro de Paul Drake et réussit à l'avoir au téléphone.

— Fais attention à ce que tu dis si on peut t'entendre, Paul, annonça Mason, parce que j'ai l'impression que des quantités de gens aimeraient me poser des questions auxquelles je préfère ne pas répondre pour l'instant. Tu devines qui je suis.

— Ouais, répliqua Drake, j'ai de drôles de nouvelles à t'annoncer.

— Vas-y.

— Je suis allé chez ce type, celui qui habite dans la 69e Rue Ouest, et j'ai trouvé quelque chose de vraiment très curieux.

— Continue.

— Cet oiseau-là avait reçu un coup de téléphone juste un petit peu après minuit et avait dit à sa femme qu'il devait quitter la ville pour une affaire importante. Ça a eu l'air de le secouer drôlement. Il a mis quelques frusques dans une valise et vers 1 heure moins le quart, une automobile est passée le prendre. Il a dit à sa femme qu'il communiquerait avec elle et lui donnerait son adresse. Ce matin elle a reçu un télégramme qui portait : « Tout va bien; ne t'inquiète pas. Baisers. » Et c'est tout ce qu'elle sait. Naturellement, elle se fait un peu de souci.

— Magnifique, dit Mason.

— Ça te dit quelque chose?

— Je te crois. Il faut que je réfléchisse. As-tu

trouvé quelque chose de nouveau au sujet de Locke?

La voix de Drake s'anima :

— Je n'ai pas trouvé encore ce que tu veux exactement, Perry. Mais je crois que je suis sur la bonne piste. Tu sais, la fille qui est à l'hôtel Wheelright, cette Esther Linten?

— Oui. Eh bien?

— C'est rigolo, mais elle vient justement de Georgie.

Mason poussa un sifflement.

— Ce n'est pas tout. Elle reçoit régulièrement du fric de Locke. Un chèque arrive régulièrement tous les quinze jours et c'est un chèque qui ne vient pas directement de Locke. Il provient d'un compte particulier que le *Moulin à Poivre* possède dans une banque en ville. Nous avons réussi à faire parler le caissier de l'hôtel. La gosse touche régulièrement ses chèques à la caisse de l'hôtel.

— Peux-tu retrouver sa trace en Georgie et découvrir à quelle affaire elle a été mêlée? demanda Mason. Elle n'a peut-être pas changé de nom, elle.

— C'est à ça que nous travaillons en ce moment. L'agence de Georgie s'en occupe. Je leur ai dit de me télégraphier dès qu'ils auraient quelque chose de précis et de ne pas attendre d'avoir tous les détails, mais de m'envoyer les nouvelles au fur et à mesure.

— Parfait. Peux-tu me dire où se trouvait Frank Locke hier soir?

— Je peux te détailler son emploi du temps minute par minute. Nous l'avons fait filer toute la soirée. Tu veux un rapport complet?

— Oui; immédiatement.

— Où dois-je l'envoyer?

— Assure-toi que ton messager n'est pas suivi et

que c'est un type de confiance. Envoie-le à l'hôtel Ripley et fais-le-lui déposer à la réception au nom de Fred B. Johnson, de Detroit.

– Très bien. Rappelle-moi bientôt car je peux avoir des choses à te dire.

– D'accord, dit Mason, et il raccrocha.

Il se rendit aussitôt à l'hôtel Ripley et demanda à la réception s'il y avait quelque chose pour M. Johnson. On lui répondit que non et il monta à la chambre 518 et essaya d'ouvrir la porte. Elle n'était pas fermée à clef. Il entra.

Eva Belter était assise sur le bord du lit, en train de fumer. A côté d'elle sur la table de chevet se trouvait un grand verre de whisky. La bouteille de whisky était à côté du verre et entamée presque à moitié.

Dans le fauteuil était assis un homme de forte taille aux yeux fuyants qui paraissait mal à son aise.

– Je suis bien contente que vous soyez venu, déclara Eva Belter. Vous ne vouliez pas me croire, aussi je vous ai amené des preuves.

– Des preuves de quoi? demanda Mason.

Il regardait fixement le gros type qui s'était levé du fauteuil et qui le considérait d'un air embarrassé.

– Des preuves que le testament est un faux, dit-elle. Voici M. Dagett, le caissier de la banque où George traitait toutes ses affaires. Il connaît l'écriture de George et vous confirmera que celle-ci n'est pas la sienne.

Dagett salua et sourit:

– Vous êtes monsieur Mason, l'avocat? Je suis ravi de faire votre connaissance.

Il ne tendit pas la main.

Mason écarta les pieds et regarda bien en face le gros type mal à l'aise :

— Ce n'est pas la peine de vous tortiller comme ça. Elle a probablement barre sur vous d'une façon ou d'une autre sinon vous ne seriez pas ici ce matin à l'heure qu'il est. Vraisemblablement, vous téléphonez vous aussi à la femme de chambre et laissez un message au sujet d'un chapeau ou de quelque chose comme ça. Je me fous de tout ça. Ce que je veux, c'est la vérité. Ne vous occupez pas de ce qu'elle veut vous faire dire, elle. Je vous préviens que vous l'aiderez d'autant mieux que vous direz la vérité. Est-ce que cette histoire est vraie ?

Le visage du caissier changea de couleur. Il esquissa un pas en direction de l'avocat, puis s'arrêta, prit une aspiration et demanda :

— Vous voulez parler du testament ?
— Je parle du testament.
— C'est tout à fait vrai. J'ai soigneusement examiné le testament. C'est un faux. Et le plus remarquable dans l'histoire, c'est qu'il s'agit d'une très mauvaise contrefaçon. Si vous voulez l'examiner de près, vous vous apercevrez que certaines lettres ont flanché, à une ou deux reprises. C'est comme si la personne avait essayé de contrefaire rapidement l'écriture et n'avait pu soutenir cet effort jusqu'au bout.

— Montrez-moi ce testament, lança Mason d'un ton sec.

Eva Belter le lui tendit.

— Encore un verre, Charlie ? demanda-t-elle au banquier avec un petit rire nerveux.

Dagett secoua la tête avec fureur.

— Non, dit-il avec énergie.

Mason examina le testament minutieusement. Il plissa les paupières.

— Bon Dieu! mais vous avez raison! s'exclama-t-il.

— Il n'y a aucun doute possible, dit Dagett.

— Etes-vous prêt à l'attester à la barre?

— Grand Dieu, non! Vous n'avez pas besoin de moi; c'est l'évidence même.

Perry Mason le regarda fixement.

— C'est bon, dit-il. Cela ira comme ça.

Dagett se dirigea vers la porte, l'ouvrit toute grande et se précipita hors de la pièce.

Mason regarda Eva Belter dans les yeux.

— Ecoutez, dit-il, je vous ai dit que vous pourriez venir ici discuter de l'affaire avec moi, mais ça ne veut pas dire qu'il faut vous éterniser ici. Vous ne comprenez donc pas dans quelle position nous nous trouverions si on nous découvrait tous les deux dans cette chambre à une heure si matinale?

Elle haussa les épaules.

— Nous devons courir certains risques, dit-elle, et je tenais à ce que vous rencontriez M. Dagett.

— Comment l'avez-vous fait venir?

— Je l'ai appelé au téléphone et lui ai demandé de venir ici, que c'était important. Et ce n'est pas gentil du tout ce que vous lui avez dit! C'était très méchant.

Elle gloussa, avec la gaieté de quelqu'un qui a trop bu.

— Vous le connaissez plutôt bien, n'est-ce pas? remarqua Mason.

— Que voulez-vous dire?

Il continuait à la regarder fixement.

— Vous savez fichtrement bien ce que je veux dire. Vous l'avez appelé Charlie.

— Certainement, dit-elle. C'est son petit nom. C'est un ami commun à George et à moi.

— Je comprends, dit Mason.

Il se dirigea vers l'appareil téléphonique et appela l'étude.

— Ici, M. Johnson, dit-il. Est-ce que M. Mason est rentré?

— Non, dit Della Street, pas encore. Je crains qu'il ne soit excessivement occupé lorsqu'il rentrera, monsieur Johnson. Il est arrivé quelque chose cette nuit. Je ne sais quoi au juste, mais c'est une affaire criminelle et M. Mason représente l'un des témoins principaux. Des journalistes ont essayé de le contacter et quelqu'un insiste pour rester dans l'étude. Je crois qu'il s'agit d'un inspecteur de police. Si vous espériez rencontrer M. Mason ce matin, je crains que vous ne soyez déçu.

— Zut, c'est bien ennuyeux, dit Mason. J'ai ici des papiers d'affaires à dicter et que M. Mason voudrait voir, je le sais, et il faudra qu'il les signe, probablement. Connaissez-vous quelqu'un qui pourrait me les sténographier?

— Je pense que je pourrais le faire, répondit Della Street.

— Mais pouvez-vous quitter l'étude, avec tous ces gens qui vous entourent?

— Oh! je me débrouillerai, ne vous inquiétez pas.

— Je suis à l'hôtel Ripley.

— D'accord, fit-elle, et elle raccrocha.

Mason jeta un regard morose du côté d'Eva Belter.

— C'est bon, dit-il. Puisque vous êtes là, et que vous avez couru le risque, vous allez rester ici un bon bout de temps.

— Qu'allez-vous faire?

— Je m'en vais enregistrer une demande pour l'administration provisoire des biens. Cela les forcera à présenter le testament comme étant une copie authentique et alors nous l'attaquerons et nous déposerons une requête pour vous faire nommer administratrice.

– Qu'est-ce que tout cela veut dire?

– Cela signifie qu'à partir de maintenant c'est vous qui allez gérer les affaires et nous veillerons à ce que vous restiez au poste, quoi qu'ils fassent.

– Quel avantage y aura-t-il à cela? demanda-t-elle. Si je suis virtuellement déshéritée dans le testament, nous devrons prouver tout d'abord que c'est bien un faux et je n'obtiendrai rien tant que l'affaire ne sera pas passée en jugement. N'est-ce pas ainsi?

– Je pensais à la gestion des biens de la succession. Le *Moulin à Poivre*, par exemple.

– Oh! je comprends.

– Nous allons dicter ces papiers en même temps, continua Mason, et nous laisserons à ma secrétaire le soin de les présenter chacun à son tour. Il faut que vous remettiez ce testament à sa place. Ils font probablement garder le bureau, mais vous n'avez qu'à le déposer quelque part dans la maison. Ce doit être faisable, non?

Elle eut encore son petit rire nerveux:

– Oui, je peux faire cela.

– Vous vous amusez à courir des risques idiots. Pourquoi avoir sorti ce testament du coffre-fort, cela me dépasse! Si on vous trouvait avec, cela pourrait être sérieux.

– Ne vous en faites pas, je ne me ferai pas prendre avec. Vous, vous ne courez jamais de risques, hein!

– Bon Dieu! Ce n'en est pas un d'être mêlé à vos histoires? Vous êtes plutôt dangereuse à fréquenter.

Elle lui adressa un sourire enjôleur:

– Vous trouvez? Je connais des hommes qui aiment ce genre de femmes.

Il la regarda avec humeur.

– Vous êtes en train de vous enivrer. Laissez tomber le whisky.

– Sapristi, dit-elle, vous parlez comme un mari.

Il traversa la chambre, empoigna la bouteille, la reboucha, la rangea dans le tiroir de la commode, ferma le tiroir à clef et mit la clef dans sa poche.

– Vous trouvez ça gentil? fit-elle.

– Oui.

Le téléphone sonna. Mason décrocha le récepteur. L'employé de la réception lui annonça qu'un messager venait d'arriver avec un paquet pour lui.

Mason lui demanda de faire monter le paquet par un chasseur et raccrocha. Lorsque le chasseur frappa à la porte, Mason était derrière. Il ouvrit, lui donna un pourboire et prit l'enveloppe. C'était le rapport de l'agence sur les activités de Frank Locke pendant la soirée précédente.

– Qu'est-ce que c'est? demanda Eva Belter.

Il se dirigea vers la fenêtre, ouvrit l'enveloppe et se mit à lire le rapport dactylographié.

Rien de spécial. Locke était resté une demi-heure dans un bar clandestin, il s'était ensuite rendu chez un coiffeur pour se faire raser et masser, puis de là, à l'hôtel Wheelright, où il était monté à la chambre 946; il y était resté cinq ou dix minutes, puis était sorti dîner en compagnie d'Esther Linten, la locataire de la chambre.

Ils avaient dîné et dansé jusqu'à 11 heures, puis étaient revenus dans la chambre du Wheelright. Des chasseurs leur avaient monté de la bière au gingembre et de la glace et Locke était resté jusqu'à 1 h 30 du matin. Puis il était rentré chez lui.

Mason fourra le rapport dans sa poche et se mit à tambouriner sur le châssis de la fenêtre.

— Vous me faites peur, lui avoua Eva Belter. J'aimerais bien que vous me disiez ce qui se passe.

— Je vous ai dit ce que nous allions faire.

— Qu'est-ce que c'était que ces papiers?

— Une affaire.

— Quelle affaire?

Il lui rit au nez.

— Faut-il donc que je vous tienne au courant des affaires de tous mes clients, simplement parce que je travaille pour vous?

Elle fronça les sourcils.

— Vous êtes épouvantable.

Il haussa les épaules et continua à tambouriner sur le châssis de la fenêtre.

On frappa à la porte.

— Entrez! cria-t-il.

La porte s'ouvrit et Della Street entra. Elle se raidit en apercevant Eva Belter sur le lit.

— C'est bien, Della, dit Mason. Nous allons préparer certains papiers au cas où nous en aurions besoin d'urgence. Il faut que nous puissions compter sur une demande de lettres d'administration, sur une contestation de testament et sur une requête pour obtenir des lettres d'administration spéciales, une ordonnance de gestion pour Mme Belter et une lettre de cautionnement, tout cela prêt à être homologué et enregistré. Ensuite il nous faudra des lettres d'administration spéciales, avec copies à certifier conformes et à délivrer aux intéressés.

Della Street demanda avec calme :

— Désirez-vous dicter tout cela maintenant?

– Oui, et je voudrais bien prendre mon petit déjeuner.

Il se dirigea vers le téléphone, appela le service et commanda un petit déjeuner pour trois.

Della Street regarda Eva Belter.

– Je m'excuse, dit-elle, mais j'ai besoin de cette table.

Eva Belter leva les sourcils et retira son verre avec un geste de dame riche qui ramène ses jupes autour d'elle à la vue d'un mendiant dans la rue.

Mason enleva la bouteille de bière au gingembre et le seau à glace, essuya le dessus de la table avec le napperon humide qui la recouvrait et approcha une chaise à l'intention de Della Street.

Celle-ci tira la chaise à dossier droit, croisa les jambes, posa son bloc de sténo sur la table et leva son crayon.

Perry Mason dicta rapidement pendant vingt minutes. Puis le petit déjeuner arriva. Ils mangèrent tous les trois avec appétit et sans mot dire. Eva Belter se débrouilla pour donner l'impression qu'elle prenait son repas avec ses domestiques.

Quand ils eurent fini de déjeuner, Mason fit débarrasser et continua à dicter. A 9 h 30, il avait fini.

– Retournez à l'étude et transcrivez-moi tout ça, dit-il à Della. Préparez tout, qu'il n'y ait plus qu'à signer. Mais ne laissez voir à personne ce que vous faites. Vous feriez mieux de fermer la porte de l'étude à clef. Vous pourrez prendre les imprimés pour les demandes.

– D'accord, dit-elle. J'aimerais bien vous parler en particulier.

Eva Belter eut un reniflement dédaigneux.

– Ne vous occupez pas d'elle, dit Mason. Elle va s'en aller.

— Pas question! dit Eva Belter.
— Si, vous allez vous en aller, ordonna Mason. Et tout de suite même. Je vous ai gardée ici pendant que je dictais ces papiers afin d'avoir sous la main les renseignements nécessaires. Vous allez retourner chez vous et remettre ce testament à sa place. Cet après-midi, vous irez à mon étude signer tous ces papiers. Et entre-temps, vous essayerez de ne pas parler plus qu'il ne faut. Les journalistes vont vous poser des questions. Ils se débrouilleront pour vous coincer quelque part. Faites appel à toute votre séduction et paraissez absolument anéantie par le choc de cette terrible épreuve. Vous n'êtes pas en état de leur fournir une interview cohérente, vous devez les posséder sur toute la ligne avec un déluge de larmes. Chaque fois que vous verrez un objectif pointer dans votre direction, montrez vos jambes et lâchez les grandes eaux. C'est compris?
— Vous êtes vulgaire, remarqua-t-elle d'un ton glacial.
— Je suis pratique, répondit-il. Pourquoi diable me servir tous vos boniments, puisque vous savez que ça ne prend pas avec moi?

Elle remit son chapeau et son manteau d'un air digne et se dirigea d'un pas majestueux vers la porte.

— Je commençais à vous trouver vraiment sympathique, et il faut que vous gâchiez tout.

Il lui ouvrit la porte sans un mot, la salua au passage et claqua la porte dans son dos. Puis il se rapprocha de Della Street et murmura :

— Qu'y a-t-il, Della?

Elle fouilla dans le devant de sa robe et sortit une enveloppe.

— Un messager a apporté ceci.

– Qu'est-ce que c'est? demanda-t-il.
– De l'argent.

Il ouvrit l'enveloppe. Elle contenait des traveller's chèques de cent dollars. Deux carnets de mille dollars chacun. Tous les chèques étaient signés « Harisson Burke » et dûment contresignés. Le nom du bénéficiaire était en blanc.

Il y avait un billet griffonné au crayon épinglé sur les chèques.

Mason le déplia et lut:

J'AI PENSÉ QU'IL VALAIT MIEUX POUR MOI QUE JE DISPARAISSE QUELQUE TEMPS. CONTINUEZ ET DÉBROUILLEZ-VOUS POUR ME TENIR EN DEHORS DE CETTE HISTOIRE. QUOI QU'IL ARRIVE, LAISSEZ-MOI EN DEHORS.

Le billet était signé des initiales H.B.

Mason tendit les carnets de chèques à Della Street.

– Les affaires prennent une meilleure tournure. Faites attention. Ne les encaissez pas n'importe où.

Elle hocha la tête.

– Dites-moi, fit-elle, qu'est-il arrivé? Qu'est-ce qu'elle vous a encore fait?

– Elle n'a fait, pour l'instant, que me rapporter deux ou trois sommes rondelettes. Et ce n'est pas fini.

– J'espère bien. Elle vous a mêlé à cette affaire de crime. J'ai entendu parler un des journalistes ce matin. Elle vous a fait aller là-bas avant d'avertir la police et elle a arrangé les choses de façon à pouvoir vous impliquer dans l'histoire à n'importe quel moment. Et qui sait si elle ne va pas raconter à la police que vous êtes l'homme qui était dans la chambre lorsque le coup de revolver est parti?

Mason eut un geste las.

– C'est possible. J'imagine qu'elle le fera tôt ou tard.

– Et vous allez vous laisser faire?

L'avocat reprit ses explications patientes :

– Lorsque vous représentez des clients, Della, vous ne pouvez pas les choisir. Il faut les prendre comme ils sont. Il n'y a qu'une règle dans ce jeu-là; quand vous les avez acceptés, il faut leur donner toute l'aide dont vous êtes capable.

Elle renifla :

– Cela ne veut pas dire que vous deviez vous laisser accuser de meurtre pour protéger une femme qui vous plaît.

– Vous commencez à avoir des idées lumineuses, fit Mason. A qui donc avez-vous parlé?

– C'est un des reporters. Mais je n'ai pas parlé. J'ai écouté.

Il lui sourit :

– Sauvez-vous vite et préparez-moi ce travail. Ne vous inquiétez pas pour moi, j'ai beaucoup à faire. Si vous revenez ici, faites bien attention de n'être pas suivie.

– C'est la dernière fois que j'essaie ce truc-là, dit-elle. J'ai eu un mal fou à me glisser hors de l'étude. Ils ont essayé de me suivre et j'ai employé le même stratagème que Mme Belter la première fois qu'elle est venue à l'étude : je suis passée par le salon des dames. Ça embête toujours un homme, ce truc-là, quand il suit une femme. Mais ça ne prendra pas deux fois.

– Tout à fait d'accord. J'ai réussi à rester caché jusqu'à maintenant, mais je suis au bout du rouleau. Ils réussiront sûrement à me trouver dans la journée.

– Je la hais, reprit Della Street avec ferveur. Je voudrais que vous n'ayez jamais eu affaire à elle.

Même avec tout son argent, ça ne vaut pas le coup. Même si elle devait nous rapporter dix fois plus, elle ne vaut pas le coup. Je vous ai dit ce que c'était : du velours et des griffes en dessous.

– Minute, jeune fille, vous n'avez pas encore vu le plus beau.

Della Street fit un mouvement de tête :

– J'en ai assez vu comme ça. Je vais vous préparer tout cela pour cet après-midi.

– Très bien. Vous lui ferez signer et vous veillerez à ce que tout soit en règle. Peut-être aurai-je juste le temps de prendre les papiers et de courir. Ou je vous téléphonerai pour vous donner rendez-vous quelque part.

Elle lui adressa un grand sourire et sortit de la chambre, tirée à quatre épingles comme toujours, loyale et très maîtresse d'elle-même, mais extrêmement inquiète.

Mason attendit cinq minutes, puis alluma une cigarette et sortit de l'hôtel.

13

Mason s'arrêta devant la porte de la chambre 946 à l'hôtel Wheelright et frappa un léger coup. Aucun bruit à l'intérieur. Il attendit un moment et frappa un peu plus fort.

Au bout de quelques instants, il entendit remuer à l'intérieur de la chambre, les ressorts du lit craquèrent et une voix de femme demanda :

– Qu'est-ce que c'est ?

– Télégramme ! lança Perry Mason.

Il entendit le verrou glisser et la serrure s'ouvrir.

Il se pencha de côté, enfonça la porte d'un coup d'épaule et fit irruption dans la pièce.

La fille portait un pyjama de soie transparente qui révélait toutes ses formes. Elle venait de se réveiller et ses yeux étaient gonflés de sommeil. Son visage portait encore des traces de maquillage, mais le fond olivâtre de son teint transparaissait par endroits.

A la lumière du matin, Mason se rendit compte qu'elle était plus vieille qu'il ne l'avait cru. C'était néanmoins une très belle fille et son corps aurait fait les délices d'un sculpteur. Ses yeux étaient immenses et noirs, et sa bouche faisait une moue maussade.

Pas le moins du monde gênée par sa tenue, debout devant Mason, elle le regardait d'un air de défi et de mécontentement.

– En voilà une idée de forcer ma porte comme ça! dit-elle.

– Je voulais vous parler.

– C'est une fichue façon de vous présenter.

Mason hocha la tête :

– Retournez vous coucher, vous allez prendre froid.

– Il m'en faudrait davantage pour attraper froid!

Elle alla à la fenêtre, leva le store et se retourna pour lui faire face.

– Eh bien, allez-y.

– Désolé pour vous, mais vous êtes dans de sales draps.

– Que vous dites!

– Il se trouve que je dis la vérité.

– Qui vous croyez-vous donc?

– Je m'appelle Mason.

– Policier?

159

— Non. Avocat.
— Ah !
— Je représente Mme Eva Belter. Est-ce que cela vous dit quelque chose ?
— Fichtre non.
— En tout cas, vous pourriez être un peu plus aimable.

Elle fit la grimace et lui lança :
— Je déteste qu'on me réveille à une heure si matinale et je déteste qu'un homme fasse irruption dans ma chambre comme vous venez de le faire.

Mason ne fit aucune attention à sa remarque.
— Saviez-vous que Frank Locke n'était pas le vrai propriétaire du *Moulin à Poivre* ?
— Qui est Frank Locke et qu'est-ce que c'est que le *Moulin à Poivre* ?

Il lui rit au nez.
— Frank Locke, dit-il, est le type qui signe les chèques tirés sur le compte spécial du *Moulin à Poivre*, et que vous encaissez tous les quinze jours.
— Vous êtes un de ces types supérieurement intelligents, hein ?
— Je me débrouille pas mal, convint Mason.
— Eh bien, et après ?
— Locke n'était qu'un homme de paille. C'est un dénommé Belter qui possédait le journal. Locke faisait ce que Belter lui demandait de faire.

Elle étira les bras et se mit à bâiller :
— Et alors, qu'est-ce que ça peut bien me faire ? Vous avez une cigarette ?

Mason lui tendit une cigarette. Elle s'approcha tout près de lui pour l'allumer, puis elle se dirigea vers le lit d'un pas nonchalant et s'y assit en tailleur.

— Continuez, dit-elle, si cela vous plaît. Je suppose que je ne pourrai pas dormir avant votre départ !

— Vous ne dormirez plus aujourd'hui.

— Non ?

— Non. Il y a un journal devant votre porte. Voulez-vous le lire ?

— Pourquoi ?

— Vous y trouverez l'histoire du meurtre de George C. Belter.

— Je déteste les histoires de crimes avant mon petit déjeuner.

— Celui-ci pourrait vous intéresser pourtant.

— Bon, eh bien, allez donc me le chercher.

Il hocha la tête.

— Non, allez le chercher vous-même. Il pourrait m'arriver quelque chose quand j'ouvrirai la porte ; je serais mis dehors, peut-être.

Elle se leva, en fumant tranquillement, se dirigea vers la porte, l'ouvrit, ramassa le journal.

Les titres du journal faisaient état du meurtre de George Belter. Elle retourna à son lit, s'y installa dans la même position qu'auparavant et parcourut le journal d'un bout à l'autre.

— Eh bien, dit-elle, je ne vois toujours pas en quoi ça me regarde. Un type se fait buter. C'est pas de veine, mais ça lui pendait au nez, probablement.

— Certainement.

— Eh bien, pourquoi ça m'empêcherait de dormir ?

— Si vous voulez vous donner la peine de réfléchir, vous vous rendrez compte que Mme Belter se trouve maintenant en mesure de diriger les biens de la succession et je représente justement Mme Belter.

— Et alors ?

— Jusqu'à maintenant, vous avez fait chanter

Frank Locke, et Locke a détourné des fonds dont il avait la garde afin de vous payer. Ce compte spécial du *Moulin à Poivre* lui avait été confié dans le but de rechercher des renseignements. Or c'est à vous qu'il verse l'argent.

– Je n'y suis pour rien. Je ne savais rien de tout ça.

Il lui rit au nez :

– Et le chantage ?

– Je ne sais pas de quoi vous parlez.

– Oh si ! Esther, vous le savez très bien. Vous le faites marcher pour cette histoire qui s'est passée en Georgie.

Cette fois, elle fut impressionnée. Son visage changea de couleur et ses yeux prirent une expression atterrée.

Devant ce succès, Mason continua de plus belle.

– Ça ferait du vilain, dit-il. Vous avez peut-être entendu parler de ce qu'on appelle fermer les yeux sur un crime. C'est un délit dans cet Etat, je vous préviens.

Elle le dévisagea avec attention :

– Vous n'êtes pas un poulet, seulement un avocat ?

– Seulement un avocat.

– Bon. Qu'est-ce que vous voulez ?

– Enfin, vous commencez à parler franchement.

– Je ne parle pas, j'écoute.

– Vous étiez avec Frank Locke, hier soir.

– Qui dit cela ?

– Moi. Vous êtes sortie avec lui, puis vous êtes revenus ici et il est resté jusqu'à une heure avancée de la nuit.

– Je suis libre, majeure et vaccinée, et je suis ici chez moi. Je suppose que j'ai le droit de recevoir des amis si cela me plaît.

— Rien à dire! Toute la question est de savoir si vous avez assez de bon sens pour savoir où est votre avantage.

— Comment ça?

— Qu'avez-vous fait hier soir, après être revenus ici?

— Nous avons parlé de la pluie et du beau temps, naturellement.

— Très bien. Vous avez fait monter à boire et vous êtes restés assis à bavarder. Puis vous avez eu envie de dormir et vous vous êtes couchée.

— Qui a dit ça?

— Moi, je vous le dis et c'est ce que vous allez dire vous aussi. Vous avez eu sommeil tout d'un coup et vous vous êtes endormie.

Ses yeux étaient pensifs :

— Comment ça?

Mason se lança dans de patientes explications de professeur qui donne une leçon à un élève :

— Vous étiez fatiguée et vous aviez bu. Vous avez enfilé votre pyjama et vous vous êtes endormie vers 11 h 40, et vous ne savez rien de ce qui s'est passé ensuite. Vous ne savez pas à quel moment Frank Locke est parti.

— Quel avantage y a-t-il pour moi à prétendre que je me suis endormie?

— Je crois que Mme Belter serait tout à fait disposée à fermer les yeux sur cette question de détournements de fonds si vous vous endormez au bon moment, répliqua Mason, d'un ton désinvolte.

— Eh bien, je ne me suis pas endormie.

— Vous feriez mieux de réfléchir.

Elle le regarda de ses grands yeux attentifs et se tut.

Mason se dirigea vers le téléphone et composa le numéro de l'agence privée de Paul Drake.

– Tu sais qui est à l'appareil, Paul, dit-il en entendant la voix de Drake. As-tu un renseignement quelconque pour moi?

– Oui, dit Drake, j'ai quelque chose au sujet de la donzelle.

– Vas-y.

– Elle a obtenu un prix de beauté à Savannah, alors qu'elle n'était pas encore majeure. Elle habitait avec une autre gamine dans un appartement. Un type a eu une histoire avec cette autre fille et il l'a tuée. Il a essayé de dissimuler le crime, mais s'en est mal tiré comme tout. Il a été arrêté et jugé. L'autre fille a retiré sa déposition au dernier moment et lui a donné une chance. Il n'y a pas eu de décision du jury au premier jugement et il a réussi à s'échapper avant la seconde session. Il est encore recherché par la justice. Son nom est Cecil Dawson. Je suis en train de chercher sa description et ses empreintes digitales et tous les détails possibles. J'ai l'impression que c'est le type que tu cherches.

– Bravo! s'écria Mason, comme s'il s'attendait exactement à un truc de ce genre. Cela vient à point. Continue et je reprendrai contact avec toi un peu plus tard.

Il raccrocha et se tourna vers la fille.

– Eh bien, demanda-t-il, c'est oui ou c'est non?

– C'est non. Je vous l'avais déjà dit et je n'aime pas changer d'avis.

Il la regarda tranquillement.

– Ce qui est drôle là-dedans, fit-il lentement, c'est que cela remonte bien plus loin que cette histoire de chantage. Cela remonte à l'époque où vous avez retiré votre déposition et avez permis à Dawson de bénéficier d'une suspension d'audience. Si on le ramène là-bas et qu'on le juge pour meurtre, votre présence ici avec lui et ces chèques que vous receviez de lui, tout cela vous mettra dans une fichue situation si, par exemple, vous êtes poursuivie pour faux témoignage.

Elle devint livide. Ses grands yeux noirs se dilatèrent, sa bouche s'ouvrit toute grande pour laisser passer un halètement d'effroi.

– Dieu du ciel! s'exclama-t-elle.

– Exactement, dit Mason. Et vous vous êtes endormie hier soir.

Elle demanda, sans le quitter du regard :

– Est-ce que cela arrangerait les choses?

– Je ne sais pas. En ce qui vous concerne, certainement. J'ignore si quelqu'un portera plainte au sujet de l'affaire de Georgie.

– C'est bon. Je dormais.

Mason se leva et se dirigea vers la porte.

– Il y a une chose que vous ne devez pas oublier. Personne ne sait que je suis venu ici, sauf moi. Si vous racontez à Locke que je suis venu ou si vous lui parlez de la proposition que je vous ai faite, je veillerai à ce que vous vous en tiriez avec la peine maximum.

– Ne dites donc pas de bêtises, je sais quand j'ai mon compte.

Il sortit de la chambre et ferma la porte derrière lui.

Quand il fut remonté dans sa voiture, il se dirigea vers la boutique du prêteur Sol Steinburg.

Steinburg était un gros Juif aux yeux brillants d'intelligence, aux lèvres épaisses retroussées en un perpétuel sourire, au crâne coiffé d'une calotte.

Il eut un sourire radieux à l'adresse de Perry Mason et s'écria :

– Eh bien, vrai, cela fait longtemps que je ne vous ai vu, mon ami.

Mason lui serra la main :

– C'est bien vrai, Sol. En ce moment, j'ai des ennuis.

Le prêteur sur gages hocha la tête et se frotta les mains.

– Chaque fois que les gens ont des ennuis, ils viennent voir Sol Steinburg. Qu'est-ce qui vous ennuie, mon ami ?

– Ecoutez, dit Mason. Je voudrais que vous me rendiez un service.

La calotte s'agita avec énergie.

– Je ferais n'importe quoi pour vous, sachez-le. Si vous venez pour affaire, naturellement. Les affaires sont les affaires. Vous traitez affaire avec moi, suivant le tarif affaires. Mais si ce n'est pas pour affaire que vous venez, je ferai n'importe quoi, vous le savez.

Les yeux de Mason étincelèrent de gaieté.

– C'est une affaire pour vous, Sol, car vous allez y gagner cinquante dollars, et sans avancer quoi que ce soit.

Le gros homme éclata de rire.

– Voilà le genre d'affaires que j'aime traiter – ne rien avancer et encaisser un bénéfice de cinquante dollars, ce ne peut être qu'une bonne affaire. Que faut-il que je fasse ?

– Montrez-moi le registre des armes que vous avez vendues.

L'homme fouilla sous un comptoir et en tira un livret usagé, où étaient inscrits la marque et le modèle de chaque arme, son numéro, le nom de la personne à qui elle avait été vendue et la signature de l'acheteur.

Mason feuilleta les pages jusqu'à ce qu'il ait trouvé un Colt 32 automatique.

– Voilà ce que je cherche, dit-il.

Steinburg se pencha sur le livret et regarda avec étonnement l'inscription en question.

— Et alors?

— Je vais revenir dans la journée d'aujourd'hui ou de demain en compagnie d'un homme et aussitôt que vous le verrez, vous hocherez la tête de toutes vos forces et vous direz: « C'est bien lui, oh! c'est bien lui. » Je vous demanderai si vous êtes bien sûr que c'est lui et vous afficherez de plus en plus votre certitude. Il niera, et plus il niera, plus vous serez sûr de ce que vous dites.

Sol Steinburg fit la moue.

— Cela pourrait devenir sérieux.

— Ce serait sérieux si vous le disiez devant le tribunal, d'accord, mais vous ne le direz devant aucun tribunal. Seulement devant cet homme. Vous ne direz même pas ce qu'il a fait. Vous ne ferez que déclarer que c'est bien lui. Puis vous irez dans votre arrière-boutique et vous me laisserez avec le registre des armes à feu. Vous avez bien compris?

— Certainement, certainement, je comprends tout admirablement, sauf une chose.

— Laquelle?

— D'où vont venir ces cinquante dollars.

Mason donna une tape sur la poche de son pantalon.

— D'ici, Sol.

Il sortit une liasse de coupures d'où il tira cinquante dollars qu'il tendit au prêteur.

— La première personne avec qui vous entrerez, demanda Steinburg, c'est bien cela?

— La première personne avec qui je viendrai. Ce sera la bonne, bien sûr! Il faudra que je fasse un peu de bluff, mais dans l'ensemble il faut que vous me suiviez. C'est bien pigé?

Les doigts du prêteur caressaient les cinquante dollars en les pliant.

– Mon ami, tout ce que vous faites, pour moi, c'est toujours très bien. Je dirai ce que je dois dire, et je le dirai très haut, sachez-le.

– Bravo, dit Mason. Ne vous laissez pas intimider pendant la confrontation

Du coup, sa calotte prit un air penché, tandis que l'homme secouait la tête en une protestation énergique.

Perry Mason sortit en sifflotant.

14

Frank Locke était assis dans le bureau de la rédaction et regardait avec étonnement Perry Mason.

– Je croyais qu'on vous recherchait, dit-il.

– Qui me rechercherait ? demanda Perry Mason d'un ton désinvolte.

– Des journalistes, la police, des détectives. Des tas de gens.

– Je les ai tous vus.

– Cet après-midi ?

– Non. Hier soir. Pourquoi ?

– Pour rien. Seulement ils vous recherchent maintenant pour une autre raison, peut-être !

– Je suis seulement venu vous dire en passant qu'Eva Belter a déposé une demande pour obtenir des lettres d'administration des biens de son mari.

– Qu'est-ce que cela peut me faire ?

– Cela signifie qu'Eva Belter a pris les commandes. Vous allez dépendre d'elle maintenant. Et cela veut dire que dans la mesure où je représente Eva Belter vous allez être tenu de suivre mes directives. Par exemple, une des premières choses que vous allez faire, c'est d'étouffer complètement l'affaire de l'auberge de Beechwood.

— Vraiment?

— Vraiment.

— Vous êtes ce qu'on appelle un optimiste.

— Peut-être que oui, peut-être que non. Décrochez le téléphone et appelez Eva Belter.

— Je n'ai pas à téléphoner à Eva Belter, ni à qui que ce soit. C'est moi qui dirige ce journal.

— Ah! c'est comme ça que vous le prenez, hein?

— C'est comme ça.

— Je vous dirais bien certaines choses si j'étais sûr de pouvoir vous parler vraiment en particulier.

— Il faudrait alors que vos propositions soient plus intéressantes. Autrement, ça ne me dit rien de sortir avec vous.

— Eh bien, nous pourrions aller faire un petit tour, Locke, pour essayer de nous entendre.

— Et si nous parlions ici?

— Vous savez quelle impression j'éprouve ici; je me sens mal à l'aise. Et je ne peux pas parler quand je ne suis pas à mon aise.

Locke hésita une minute et finalement déclara :

— Eh bien, je ne vous accorde pas plus d'un quart d'heure. Vous allez parler franchement cette fois.

— Je sais parler franchement.

— Je suis toujours prêt à tenter la chance.

Il prit son chapeau et descendit dans la rue avec Mason.

— Et si nous prenions un taxi jusqu'à ce que nous trouvions un endroit qui nous plaise? proposa Locke.

— Allons donc jusqu'au bout de ce pâté de maisons et tournons le coin. Je veux être sûr de trouver un taxi qui n'attendait pas là exprès.

Locke fit une grimace.

— Oh! assez d'enfantillages, Mason. J'ai en effet un système dans le bureau qui me permet de brancher un témoin sur la conversation quand je le désire, mais ne vous imaginez pas que je me sois donné la peine de préparer toute une mise en scène dehors à seule fin de vous écouter, vous. Vous auriez pu crier tout ce que vous m'avez dit du haut des gratte-ciel, ç'aurait été exactement la même chose.

Mason secoua la tête.

— Non, dit-il. Quand je fais mes affaires, je les fais toujours d'une seule et même façon.

— Je n'aime pas cette façon-là, riposta Locke en fronçant les sourcils.

— Il y a des tas de gens comme vous.

— Cela ne vous mènera à rien, Mason. Je ferais mieux de retourner au bureau.

— Vous le regretteriez.

Locke hésita et finalement haussa les épaules.

— C'est bon, continuons. Je suis venu jusqu'ici, je peux aussi bien aller jusqu'au bout.

Mason le conduisit jusqu'à la boutique de Sol Steinburg.

— Nous allons entrer ici, dit Mason.

Locke lui lança un regard soupçonneux.

— Je ne parlerai pas ici.

— Vous n'aurez pas besoin de parler. Nous allons juste entrer et vous pourrez sortir tout de suite.

— Qu'est-ce que c'est que ce piège-là?

— Oh, entrez donc! Qui est-ce qui est méfiant, maintenant?

Locke entra en regardant avec circonspection autour de lui.

Sol Steinburg sortit de son arrière-boutique tout souriant et en se frottant les mains. Il regarda Mason et dit :

— Bonjour, bonjour, bonjour. Que désirez-vous? Vous êtes donc revenu?

Puis ses yeux se portèrent sur Frank Locke.

Rares sont les Juifs qui ne possèdent un instinct de tragédien et le don de mimer les émotions.

Toute la gamme des expressions passa sur le visage de Sol Steinburg. Le sourire fit place à la stupeur. A la stupeur succéda un air farouchement décidé. Il leva un doigt tremblant dans la direction de Frank Locke et s'écria :

— C'est lui!

— Eh là! Sol, dit Mason d'une voix coupante. Doucement, il faut que nous ayons la certitude absolue que c'est lui.

Le prêteur sur gages se mit à parler avec volubilité.

— La certitude absolue que c'est lui? Comme si je n'étais pas capable de reconnaître un homme. Vous m'avez demandé si je pourrais le reconnaître à première vue et je vous ai dit oui. Maintenant que je le vois, je vous répète oui. C'est lui, c'est bien lui. Quelle autre certitude voulez-vous que celle-là? C'est lui, c'est bien lui. Il n'y a aucun doute là-dessus. Je reconnaîtrais ce visage n'importe où! Je connais ce nez-là et la couleur de ces yeux.

Frank Locke eut un mouvement de recul vers la porte. Ses lèvres se retroussèrent comme les babines d'un chien hargneux.

— Dites-donc, qu'est-ce que c'est que cette entourloupette-là? Vous ne me la ferez pas, vous savez, et ça pourrait vous coûter cher.

— Ne vous emballez pas, intervint Mason en se tournant vers le prêteur sur gages. Sol, êtes-vous certain de ce que vous avancez là, au point de comparaître à la barre des témoins et de résister à tout un interrogatoire sans changer un mot de votre témoignage ?

Sol agita ses paumes de la manière la plus expressive.

– Comment pourrais-je en être plus certain ? Amenez-moi à la barre des témoins. Faites venir une douzaine d'hommes de loi. Faites-en venir une centaine. Je dirai toujours la même chose.

– Je n'ai jamais vu cet homme de ma vie, déclara Frank Locke.

Le rire de Sol Steinburg fut un chef-d'œuvre de gaieté sarcastique. Des gouttelettes de sueur perlaient sur le front de Locke. Il se tourna vers Mason.

– Qu'est-ce que c'est que ce boniment que vous essayez de me faire avaler, hein ?

Mason secoua la tête d'un air grave.

– Cela fait partie de l'affaire, ça concorde bien, c'est tout.

– Ça concorde avec quoi ?

– Avec le fait que vous avez acheté le revolver, dit Mason à voix basse.

– Vous êtes complètement cinglé ! hurla Locke. Je n'ai jamais acheté de revolver ici. Je n'ai jamais mis les pieds dans cette boutique. C'est la première fois que je la vois. Je n'ai pas de revolver.

Mason dit à Steinburg :

– Passez-moi votre registre des armes à feu, Sol, voulez-vous ? Et puis cassez-vous. J'ai besoin de parler à ce monsieur.

Steinburg lui tendit le livre et retourna en se dandinant dans son arrière-boutique.

Mason ouvrit le registre à la page où était inscrit le Colt 32. Il posa la main comme par hasard sur le numéro afin d'en dissimuler une partie. De l'index, il indiqua les mots : Colt automatique 32. Puis il dirigea son doigt vers le nom inscrit dans la marge.

— Je suppose que vous nierez avoir écrit cela.

Locke voulait s'en aller et cependant une curiosité irrésistible paraissait le retenir malgré lui. Il se pencha sur le registre.

— Certainement je le nie. Je ne suis jamais venu ici. Je n'ai jamais vu cet homme. Je n'ai jamais acheté de revolver ici et ceci n'est pas ma signature.

Patiemment Mason répondit :

— Je sais que ce n'est pas votre signature, mais oserez-vous affirmer que ce n'est pas vous qui avez écrit cela ? Vous feriez mieux de réfléchir, parce que cela pourrait bien faire une grosse différence.

— Bien sûr que je n'ai pas écrit ça. Vous n'êtes pas un peu fou ?

— La police ne le sait pas encore, dit Mason. Mais ce revolver est celui avec lequel George Belter a été tué la nuit dernière.

Locke recula comme s'il venait de recevoir un coup. Ses yeux couleur chocolat au lait s'agrandirent d'effroi et la sueur perla à son front.

— Voilà donc le genre de vilain tour que vous voulez me jouer, hein ?

— Doucement, Locke. Ne vous emportez pas. J'aurais pu aller raconter ça à la police, mais je ne l'ai pas fait. Je veux traiter cette affaire à ma façon. Je vais vous donner une chance.

— Il faudrait autre chose que vous et un prêteur juif pour me flanquer un truc comme ça sur le dos, cracha Locke. Vous allez voir maintenant, si je ne vais pas dénoncer le scandale.

Mason resta très calme et très patient.

— Allons dehors causer un peu. Je voudrais vous parler sans témoins.

— Vous m'avez conduit ici pour me tendre un piège. Voilà à quoi cela m'a servi de vous accompagner. Vous pouvez bien aller au diable.

— Je vous ai conduit ici pour que Sol vous voie un bon coup. C'est tout. Il m'a dit qu'il reconnaîtrait l'homme s'il le revoyait. Il fallait bien que je m'en assure.

Locke recula vers la porte.

— C'est un coup monté, dit-il. Si vous aviez été trouver les flics avec une histoire comme ça, ils vous auraient obligé à me placer au milieu d'une rangée de types, pour voir si ce sale youpin m'aurait reconnu entre tous. Mais vous n'avez rien fait de tout ça. Vous m'avez amené ici. Qui me dit d'ailleurs que vous n'avez pas graissé la patte à ce type pour me faire le coup ?

Mason se mit à rire.

— Si vous voulez que nous allions au commissariat et qu'on vous mette dans une rangée de types, je veux bien vous y conduire. Mais je pense que Sol vous y reconnaîtrait sans problème.

— Naturellement, maintenant que vous avez attiré son attention sur moi.

— Tout cela ne vous avance pas à grand-chose. Venez, sortons.

Il prit le bras de Locke et l'emmena dans la rue.

Une fois dehors, Locke se tourna vers lui d'un air furibond :

— C'est fini entre nous. Je n'ajouterai pas un mot de plus et je retourne au bureau. Vous pouvez aller au diable.

— Ça ne serait pas très astucieux de votre part, dit Mason, qui tenait toujours Locke par le bras. Vous comprenez, j'ai le mobile du crime, l'occasion, tout, en fait.

— Vraiment, railla Locke et quel est ce mobile? Ça m'intéresserait de le savoir.

— Vous avez détourné des fonds du compte des dépenses extraordinaires et vous aviez peur d'être découvert. Vous n'osiez pas contrecarrer Belter, car il en savait trop long sur cette affaire de Savannah. Il aurait pu vous renvoyer là-bas vous faire condamner pour meurtre. Alors vous êtes allé chez lui, vous avez eu une discussion avec lui et vous l'avez tué.

Locke regardait Mason fixement. Il s'était arrêté et se tenait immobile, pâle, les lèvres tremblantes. Un coup en plein dans l'estomac ne l'aurait pas saisi davantage. Il essaya de dire quelque chose, mais ne put y parvenir.

Mason prit un ton savamment indifférent.

— Vous savez, je veux être juste. Je crois que le Juif est de bonne foi. Si c'est un coup monté, vous ne serez pas condamné. Il faut qu'un homme soit reconnu définitivement coupable, vous le savez. Et si vous pouvez soulever un doute quelconque, le jury sera obligé de rendre un non-lieu.

Locke retrouva l'usage de la parole:

— Quel est votre rôle dans tout ça?

Mason haussa les épaules.

— Je représente Eva Belter, c'est tout.

Locke essaya de prendre un ton sarcastique, mais il n'y réussit pas très bien.

— Elle est dans le coup elle aussi, alors? Vous faites chorus avec cette sale petite garce?

— Vous voulez sans doute dire que c'est ma cliente?

— Ce n'est pas ce que je veux dire.

La voix de Mason se durcit.

– Vous feriez mieux de la fermer alors. Vous attirez l'attention. Les gens vous regardent.

Locke se domina avec un effort.

– Ecoutez, je ne sais pas quel jeu vous jouez, mais je m'en vais vous damer le pion, vous allez voir. J'ai un alibi absolument irréfutable pour le moment où le crime a eu lieu, et rien que pour vous montrer où vous en êtes, je m'en vais vous en faire la surprise.

– Allez-y de votre surprise, lança Mason en haussant les épaules.

Locke parcourut des yeux la rue tout entière.

– C'est bon, nous allons prendre un taxi.

Au signal de Locke, un taxi vint se ranger le long du trottoir.

– A l'hôtel Wheelright, dit Locke qui monta dans la voiture, et se laissa aller contre les coussins.

Il s'essuya le front avec un mouchoir, alluma une cigarette d'une main tremblante et se tourna vers Mason.

– Ecoutez, vous êtes un homme du monde. Je vais vous mener à la chambre d'une jeune personne. Je ne tiens pas à ce que son nom soit mêlé à cette histoire. J'ignore quel est votre jeu, mais je veux vous montrer tout simplement le peu de chance que vous avez de pouvoir mener à bien ce coup monté.

– Vous n'avez pas besoin de prouver que c'est un coup monté, vous savez, Locke. L'important, c'est de pouvoir soulever un doute plausible. Si vous êtes en mesure de soulever un doute valable, aucun jury ne pourra vous condamner.

Locke jeta sa cigarette d'un geste brusque.

– Pour l'amour du ciel, cessez vos boniments. Je sais ce que vous êtes en train d'essayer de faire, et vous aussi. Vous essayez de m'exaspérer et de me faire perdre mon sang-froid. A quoi bon tourner autour du pot, que diable ? Vous essayez de me coller un crime sur le dos et je n'ai pas l'intention de me laisser faire.

— Si c'est un coup monté, pourquoi vous mettre dans cet état, alors ?

— Parce que j'ai peur de ce que vous pourriez remettre en question.

— Vous voulez parler de cette histoire de Savannah ?

Locke jura et détourna la tête pour que Mason ne voie pas son visage. Mason se cala en arrière sur les coussins, et parut s'absorber dans la contemplation des passants, des maisons et des étalages.

Locke voulut dire quelque chose, puis il changea d'avis et garda le silence. Son visage était comme décoloré par l'émotion.

Le taxi s'arrêta devant l'hôtel Wheelright.

Locke descendit et montra Mason du doigt au chauffeur.

Mason secoua la tête.

— Non, Locke, c'est vous qui avez demandé ce taxi ; c'est à vous de payer.

Locke tira une coupure de sa poche, la tendit au chauffeur, et se dirigea vers l'entrée de l'hôtel. Mason le suivit.

Locke se dirigea immédiatement vers l'ascenseur et dit au liftier :

— Neuvième étage.

Lorsque l'ascenseur s'arrêta, il se dirigea tout droit vers la porte de la chambre d'Esther Linten, sans s'occuper de Mason. Il frappa à la porte en disant :

— C'est moi, mon chou.

Esther Linten ouvrit la porte. Elle portait un

kimono dégrafé sur le devant et qui laissait voir des dessous de soie rose.

En voyant Mason, elle serra brusquement le kimono autour d'elle et recula d'un air effrayé.

– Qu'est-ce que cela veut dire, Frank?

Locke passa devant elle sans cérémonie.

– Je ne peux pas t'expliquer tout, mon chou, mais je voudrais que tu dises à ce type où j'étais hier soir.

Elle baissa modestement les yeux et demanda, moqueuse :

– Que veux-tu dire, Frank?

Locke n'était pas d'humeur à plaisanter :

– Oh, ça va! aboya-t-il. Tu sais très bien ce que je veux dire. Vas-y. J'ai des embêtements et il faut que tu dises la vérité.

Elle regarda Locke, les paupières frémissantes :

– Il faut que je lui dise tout?

– Tout. Ce n'est pas un type des mœurs. C'est un abruti qui se figure qu'il peut manigancer un coup monté contre moi et s'en tirer à bon compte. Je t'en prie, dépêche-toi.

Elle se mit à parler à voix basse :

– Nous sommes sortis et ensuite, tu es monté ici.

– Et ensuite?

– Je me suis déshabillée.

– Continue! Raconte-lui tout en détail. Et parle plus fort, qu'on t'entende.

– Je me suis couchée et j'avais bu pas mal.

– Quelle heure était-il à ce moment-là? demanda Mason.

– Environ 11 h 30, je pense.

Locke la regarda fixement.

– Et ensuite, qu'est-il arrivé?

Elle secoua la tête.

— Je me suis réveillée ce matin avec un mal de tête terrible, Frank. Je sais très bien que tu étais là quand je me suis endormie. Mais je ne sais pas à quelle heure tu es parti ni ce que tu as fait avant. Je ne me souviens de rien à partir du moment où je me suis mise au lit.

Locke bondit en arrière et se réfugia dans un coin comme s'il voulait se protéger contre une attaque possible.

— Espèce de sale menteuse...
— Ce n'est pas ainsi qu'on s'adresse à une jeune fille! intervint Mason.

Locke était furieux.

— Espèce d'imbécile! Vous appelez ça une jeune fille?

Esther Linten lui jeta un regard furibond.

— Ce n'est pas comme ça que tu réussiras, Frank. Si tu ne voulais pas que je dise la vérité, pourquoi diable ne m'as-tu pas dit que tu avais besoin d'un alibi? Si tu voulais que je raconte des bobards, pourquoi ne m'as-tu pas prévenue, j'aurais dit tout ce que tu aurais voulu. Mais tu m'as dit de dire la vérité et c'est ce que j'ai fait.

Locke poussa un nouveau juron.

— Eh bien, dit l'avocat, il est évident que cette jeune fille est en train de s'habiller. Nous ne la retiendrons pas. Je suis pressé, Locke. Venez-vous avec moi, ou voulez-vous rester ici avec elle?

L'œil mauvais, Locke le dévisagea. Puis, d'un ton lourd de menaces, il répliqua :

— Je reste avec elle.
— Parfait, dit Mason. Alors, je vais donner un coup de téléphone d'ici.

Il se dirigea vers l'appareil, décrocha le récepteur et demanda :

— Le commissariat de police.

Locke avait maintenant l'air d'un rat pris au piège.
Au bout d'un instant, Mason dit à l'appareil :
– Passez-moi Sidney Drumm, s'il vous plaît. Il est de la secrète.
La voix de Locke s'éleva, rauque d'angoisse.
– Pour l'amour du ciel, raccrochez, vite!
Mason se retourna et le considéra avec curiosité.
– Raccrochez, je vous dis! hurla Locke. C'est vous qui avez le dessus, bon Dieu! Vous avez manigancé contre moi un coup monté que je ne peux pas flanquer en l'air. Pas formidable d'ailleurs, votre histoire, mais c'est que je n'ose pas vous laisser sortir le mobile. Vous me possédez avec ça. Si vous fournissez des preuves du mobile, un jury n'écoutera pas autre chose.
Mason raccrocha le récepteur et fit face à Locke.
– Enfin! dit-il. On commence à se comprendre.
– Qu'est-ce que vous voulez? demanda Locke.
– Vous savez très bien ce que je veux.
Locke leva les mains d'un geste résigné.
– C'est bon, j'ai compris. Vous désirez autre chose?
Mason hocha la tête.
– Pas pour l'instant. Souvenez-vous qu'Eva Belter est la véritable propriétaire du journal, maintenant. Personnellement, je crois que vous feriez bien de la consulter avant de publier quoi que ce soit qui puisse lui être désagréable. Vous paraissez tous les quinze jours, n'est-ce pas?
– Oui, nous paraîtrons jeudi prochain.
– Il peut arriver n'importe quoi d'ici là, Locke.
Locke ne répondit rien.
Mason se tourna vers la fille.

– Désolé de vous avoir dérangée, mademoiselle, dit-il.

– De rien, dit-elle. Si cet imbécile voulait que je mente, pourquoi ne me l'a-t-il pas dit? En voilà une idée, de vouloir que je dise la vérité!

Locke se retourna d'un bond.

– Tu sais très bien que tu mens en ce moment, Esther. Tu te souviens fichtrement bien que tu ne t'es pas endormie quand tu t'es mise au lit.

Elle haussa les épaules.

– Peut-être que tu as raison, mais je ne me souviens de rien. Ça m'arrive très souvent quand j'ai bu un coup de trop, je ne peux plus me souvenir de ce qui s'est passé la veille.

– Tu ferais bien de perdre cette habitude, répondit Locke, d'un ton fielleux. Ça pourrait te porter malheur.

Elle s'emporta tout d'un coup :

– Tu devrais pourtant en avoir marre des malheurs qui arrivent à tes amies.

Il pâlit :

– La ferme, Esther! Tu n'es donc pas capable de te tenir?

– Ferme-la toi-même alors. Je ne suis pas le genre de fille à qui tu peux te permettre de parler comme ça.

– Ne vous en faites pas, intervint Mason, la question est réglée maintenant. Venez, Locke, allons-nous-en. Je crois que vous feriez mieux de m'accompagner, en somme. J'ai encore des choses à vous dire.

Locke se dirigea vers la porte, s'arrêta pour lancer à Esther un regard venimeux et sortit dans le couloir.

Mason le suivit sans même regarder la fille et

referma la porte. Il prit Locke par le bras et le conduisit jusqu'à l'ascenseur.

— Je voulais simplement vous dire, fit Locke, que votre coup monté est tellement grossier qu'il n'est même pas amusant. C'est cette histoire de Georgie à laquelle vous avez fait allusion qui m'a embêté. Je ne tiens pas à ce qu'on s'en occupe. Je crois que vous avez des idées fausses là-dessus, mais c'est une page de ma vie que j'ai tournée une fois pour toutes.

Mason sourit :

— Oh non ! vous ne l'avez pas tournée une fois pour toutes, Locke. Il n'y a jamais prescription pour un crime, vous savez, et on peut toujours vous ramener là-bas pour un nouveau jugement.

Locke s'écarta brusquement de Mason. Ses lèvres tremblaient et ses yeux étaient remplis de terreur :

— Je peux m'en tirer si on me juge à Savannah. Mais si vous lancez cette histoire ici en même temps qu'un autre procès criminel, mon compte est bon et vous êtes assez malin pour le savoir.

Mason haussa les épaules.

— A propos, dit-il, j'imagine que vous avez dû détourner des fonds pour entretenir la personne en question.

Et il indiqua du pouce la chambre qu'ils venaient de quitter.

— Eh bien, répliqua Locke, vous allez être bien attrapé. Vous ne pouvez rien faire à ce sujet. Personne ne sait ce qui avait été entendu entre George Belter et moi. Il n'y avait rien d'écrit. C'était simplement une chose convenue entre nous.

— Alors, faites bien attention à ce que vous dites, Locke, conseilla Mason, et souvenez-vous que c'est Mme Belter qui dirige le journal, maintenant. Vous feriez bien de vous entendre avec elle avant de détourner quoi que ce soit. Vos comptes seront vérifiés devant le tribunal, vous savez.

Locke jura entre ses dents :

– Ah! c'est comme ça?

– C'est comme ça, répéta Mason. Je vais vous laisser à la porte de l'hôtel. Ne retournez pas flanquer une tournée à cette femme parce que tout ce qu'elle pourra dire ne changera rien à la chose. Je ne sais pas si Sol Steinburg est dans le vrai en vous reconnaissant comme le type qui a acheté l'arme du crime. Mais même s'il a tort, nous n'avons qu'à en aviser les autorités de Georgie et vous aurez droit à un autre procès. Vous vous en tirerez peut-être, mais en tout cas, vous disparaîtrez bel et bien de la circulation, par ici.

– Ecoutez, dit Locke avec curiosité, vous jouez un jeu drôlement compliqué. J'aimerais bien savoir à quoi tout cela rime.

Mason le regarda d'un œil innocent :

– Mais, Locke, je ne fais que représenter une cliente, et je fouine un peu dans les coins, pour trouver quelque chose. J'ai des détectives qui m'ont trouvé la piste du revolver grâce au numéro. Je crois que nous avons pris un peu d'avance sur la police, parce que ces gens-là ont toujours la même routine. Et j'en ai profité pour partir en chasse pour mon propre compte.

Locke se mit à rire :

– Gardez ça pour ceux qui peuvent l'apprécier. Vos boniments à la gomme, ça ne prend plus, avec moi.

Mason haussa les épaules :

– Eh bien, je le regrette. Je vous ferai peut-être signe un de ces jours. En attendant, à votre place, je ferais en sorte de ne parler à personne des affaires de Mme Belter, ou des miennes, et encore moins de tout ce qui peut concerner l'affaire de l'auberge de Beechwood, ou Harisson Burke.

— Oh! ça va, dit Locke. Vous n'avez pas besoin de me le répéter trente-six fois. Finis pour moi, ces trucs-là. Quand c'est foutu, je ne m'obstine pas. Qu'est-ce que vous allez faire au sujet de cette histoire de Georgie?

— Je ne suis ni inspecteur de police ni sergent de ville. Je suis avocat, tout simplement. Et je représente Mme Belter, un point c'est tout.

L'ascenseur les déposa dans le couloir de l'hôtel et, dès qu'il fut dehors, Mason fit signe à un taxi.

— Au revoir, Locke, à bientôt.

Tandis que la voiture s'éloignait, Locke restait sur le pas de la porte, appuyé contre le mur. Son visage était pâle et ses lèvres tordues par un sourire crispé.

15

Perry Mason était assis dans sa chambre d'hôtel. Ses yeux étaient cernés et son visage exténué de fatigue. Mais son regard marquait toujours la même tranquille assurance et la même expression réfléchie.

Le soleil matinal entrait à flots par les fenêtres. Le lit était jonché de journaux qui ne parlaient que du meurtre de Belter — qui avait mis à jour des détails intéressants et en quantité suffisante pour révéler aux journalistes expérimentés qu'un coup de théâtre se préparait.

L'*Examiner* titrait sur huit colonnes :

LE CRIME FAIT DÉCOUVRIR UNE IDYLLE

Et au-dessous, en majuscules un peu plus petites :

LA POLICE DÉCOUVRE UNE IDYLLE SECRÈTE
LE NEVEU DE LA VICTIME EST FIANCÉ À LA FILLE
DE LA FEMME DE CHARGE
LA VEUVE DÉSHÉRITÉE S'INSCRIT EN FAUX
CONTRE LE TESTAMENT
LA POLICE CONNAÎT LE PROPRIÉTAIRE DU REVOLVER
MAIS IL A DISPARU
UNE RÉFLEXION DE LA VEUVE LANCE LA POLICE
À LA RECHERCHE DE L'AVOCAT

Ces titres de différents articles remplissaient la première page. La seconde page montrait des photos d'Eva Belter assise les jambes croisées, un mouchoir sur les yeux. Un célèbre spécialiste du style larmoyant avait écrit un article intitulé :

LA VEUVE ÉPLORÉE SUBIT L'INTERROGATOIRE
DE LA POLICE

En lisant les journaux, Mason s'était tenu au courant de la situation. Il avait appris que la police avait découvert qui était le propriétaire du revolver, un certain Pete Mitchell. Celui-ci avait mystérieusement disparu aussitôt après le crime, mais il possédait un alibi solide pour le moment où le meurtre avait eu lieu. Selon la police, Mitchell cherchait à couvrir la personne à qui il avait donné le revolver.

On ne citait aucun nom, mais Mason comprit que la police était sur les talons de Harisson Burke. Il avait lu aussi, avec un intérêt croissant, comment une remarque fortuite d'Eva Belter avait lancé la police à la recherche d'un avocat mystérieusement disparu de son étude. La police annonçait avec assurance que les prochaines vingt-quatre heures verraient l'énigme résolue et l'assassin sous les verrous.

Quelqu'un frappa à la porte.

Perry Mason lâcha le journal qu'il était en train de lire, pencha la tête de côté et écouta avec attention.

On frappa à nouveau.

Mason haussa les épaules, se dirigea vers la porte, tourna la clef et ouvrit.

Della Street était dans le couloir.

Elle se précipita dans la chambre, claqua la porte derrière elle et la ferma à clef.

– Je vous avais demandé de ne pas courir de nouveaux risques, la gronda Mason.

Elle se retourna et le considéra. Elle avait les yeux cernés, injectés de sang, et le visage décomposé.

– Je m'en fiche, dit-elle. Ça s'est très bien passé. J'ai réussi à les semer. Ça fait une heure que je joue au chat et à la souris avec eux.

– On ne peut jamais savoir avec eux, Della. Ce sont des types astucieux. Ils vous laissent croire quelquefois que vous leur avez échappé afin de découvrir où vous allez.

– Ils ne m'ont pas eue, je vous assure, déclara-t-elle d'un ton exaspéré qui révélait des nerfs à bout. Ils ne savent pas où je suis.

Il sentit une note excédée dans sa voix :

– Je suis bien content que vous soyez ici, quand même. Je me demandais qui contacter pour me prendre quelque chose en sténo.

– Quoi donc ?

– Quelque chose qui va se passer tout à l'heure.

Elle fit un geste en direction du lit jonché de journaux.

– Patron, dit-elle, je vous avais prévenu qu'elle vous ferait des histoires. Elle est venue à l'étude signer ces papiers. Il y avait là tout un groupe de reporters, naturellement, et ils se sont jetés sur elle. Puis les types de la police l'ont emmenée au commissariat central pour continuer l'interrogatoire. Vous avez lu le gâchis qu'elle a fait.

– Allons, allons, ne vous emballez pas, Della.

– Ne pas m'emballer? Mais savez-vous ce qu'elle a fait? Elle a déclaré qu'elle avait reconnu votre voix. Que vous étiez l'homme qui se trouvait dans la chambre avec Belter lorsque le coup de feu a été tiré. Et puis elle a fait semblant de s'évanouir et de piquer une crise de nerfs, enfin tout le saint-frusquin.

– Ça n'a pas d'importance, Della, dit-il d'un ton plein de douceur. Je savais qu'elle allait le faire.

Della fixa sur lui de grands yeux étonnés.

– Vous, vous le saviez? Je croyais que c'était moi.

– Bien sûr que vous le saviez. Mais moi aussi.

– C'est une menteuse, une garce...

Mason haussa les épaules et se dirigea vers le téléphone. Il donna le numéro de l'agence Drake et réussit à avoir Paul Drake au bout du fil.

– Ecoute, Paul, dit-il. Fais attention qu'on ne te file pas et amène-toi en douce à la chambre 518 de l'hôtel Ripley. Apporte deux ou trois blocs de sténo et des crayons, veux-tu?

– Tout de suite?

– Tout de suite. Il est 8 h 45 et je m'attends à un coup de théâtre à 9 heures.

Il raccrocha.

Della Street demanda avec curiosité :

— Qu'est-ce que c'est, patron ?
— J'attends Eva Belter à 9 heures.
— Je ne veux pas être là quand cette femme arrivera, je ne sais pas si je pourrais me retenir. Elle vous a tiré dans le dos depuis le début. J'ai envie de la tuer. C'est une sordide petite punaise...

Il lui posa la main sur l'épaule :
— Asseyez-vous et ne prenez pas les choses tellement au tragique, Della. Il va y avoir un beau coup de théâtre.

On entendit du bruit derrière la porte. La poignée tourna, la porte s'ouvrit et Eva Belter entra.

Elle regarda Della Street et dit :
— Oh ! vous êtes tous les deux.
— Il paraît, dit Mason, que vous avez eu la langue un peu trop longue.

Et, tout en parlant, il montrait la pile de journaux sur le lit.

Elle s'approcha de lui, sans prêter aucune attention à la secrétaire, et lui posa les mains sur les épaules, en levant les yeux vers lui.

— Perry, je n'ai jamais eu aussi honte de ma vie. Je ne sais pas comment j'ai pu le dire. Ils m'ont emmenée au commissariat central et ils m'ont abrutie de questions. Tout le monde hurlait après moi. Je n'ai jamais vu ça. Je ne m'imaginais pas que cela se passerait ainsi. J'ai essayé de vous couvrir, mais je n'ai pas pu. C'est sorti tout seul, et dès que j'ai eu laissé échapper un mot à ce sujet, ils se sont acharnés tous après moi. Ils m'ont menacée, et m'ont affirmé qu'ils me condamneraient comme complice.

— Que leur avez-vous dit ?

Elle le regarda dans les yeux, puis elle alla s'asseoir sur le lit, sortit son mouchoir de son sac, et se mit à pleurer.

Della Street fit deux pas vers elle, mais Mason lui saisit le bras et la força à reculer.

– C'est moi qui m'occupe de ça, dit-il.

Eva Belter continuait à sangloter dans son mouchoir.

– Allez-y, fit Mason. Que leur avez-vous dit?

Elle secoua la tête.

– Laissez tomber le coup de la veuve éplorée, ça ne prend pas en la circonstance. Nous sommes dans le pétrin et vous feriez mieux de me répéter ce que vous leur avez dit.

Elle sanglota :

– Je leur ai di...it que j'avais en...tendu cette voix.

– Avez-vous dit que c'était ma voix ou que c'était quelqu'un qui avait la même voix que moi?

– Je leur ai tout di...it. Que c'était votre voix.

– Vous saviez pourtant bien que ce n'était pas ma voix, trancha-t-il d'un ton sec.

– Je ne voulais pas le leur dire, gémit-elle. Mais c'est la vérité, c'était votre voix.

– Bon. Admettons!

Della Street voulut dire quelque chose, mais le regard de Mason la fit changer d'avis.

Le silence s'installa dans la pièce, interrompu seulement par les faibles bruits venus de la rue et les sanglots d'Eva Belter.

Puis tout à coup la porte s'ouvrit et Paul Drake entra.

– Bonjour tout le monde, lança-t-il avec entrain. Je me suis drôlement grouillé, hein? J'ai eu de la chance. Personne ne semblait prêter la moindre attention à mes allées et venues ni à mes gestes.

– As-tu vu quelqu'un devant l'hôtel? demanda Mason. Je ne suis pas absolument sûr qu'ils n'aient pas filé Della jusqu'ici.

— Je n'ai remarqué personne.

Mason fit un geste en direction de la femme assise sur le lit, les jambes croisées.

— Voici Eva Belter, annonça-t-il.

Drake grimaça un sourire et contempla les jambes de la jeune femme.

— Oui, dit-il, je l'ai bien reconnue d'après la photo du journal.

Eva Belter retira le mouchoir de devant ses yeux et regarda Paul Drake dans les yeux. Son sourire était plutôt engageant.

Della Street lança d'un ton sec :

— Même vos larmes ne sont pas sincères.

Eva Belter se retourna et lui lança un regard dur.

Perry Mason bondit vers Della :

— Ecoutez, Della, c'est moi qui dirige les opérations.

Puis il s'adressa à Paul Drake :

— Tu m'as apporté les blocs et les crayons ?

Le détective acquiesça.

Mason tendit les blocs de sténo et les crayons à Della Street.

— Croyez-vous que vous pourrez déplacer cette table et prendre ce qui va se dire ?

— Je vais essayer, dit-elle d'une voix étranglée.

— Bien. Faites attention à prendre très exactement ce qu'elle dira, elle.

Et il montra du doigt Eva Belter.

Eva Belter les regarda l'un après l'autre.

— Qu'est-ce qu'il y a ? demanda-t-elle. Que voulez-vous faire ?

— Je veux savoir la vérité, dit Mason.

— Tu as besoin de moi ? demanda Drake.

— Et comment ! répondit Mason. Tu vas servir de témoin.

– Vous me faites peur, dit Eva Belter. C'est comme cela qu'ils s'y sont pris hier soir. Ils m'ont fait asseoir dans le bureau du procureur général où des gens tenaient des blocs et des crayons. Cela m'intimide de voir des gens noter ce que je dis.

Mason eut un sourire :

– Cela ne m'étonne pas. Vous ont-ils interrogée au sujet du revolver ?

Eva Belter écarquilla ses grands yeux bleus de cet air ingénu qui la faisait paraître si jeune et si désarmée.

– Que voulez-vous dire ? demanda-t-elle.

– Vous savez très bien ce que je veux dire, insista Mason. Vous ont-ils demandé comment il se faisait que vous soyez en possession de ce revolver ?

– Comment il se faisait que je sois en possession du revolver ?

– Oui, dit Mason. Harisson Burke vous l'a donné, vous savez bien, et c'est pour cela que vous lui avez téléphoné, pour lui dire que c'était avec son revolver qu'on avait tiré sur votre mari.

Le crayon de Della glissait à toute allure sur la page.

– Je vous jure que je ne comprends pas du tout ce que vous voulez dire, déclara Eva Belter avec dignité.

– Oh si ! vous le savez, dit Mason. Vous avez téléphoné à Burke qu'il y avait eu un accident ou quelque chose comme ça, et que son revolver était mêlé à l'affaire. C'est un de ses amis nommé Pete Mitchell qui le lui avait donné. Il s'est immédiatement rendu chez ce dernier et tous deux se sont mis à couvert.

– Mais je n'ai jamais entendu parler d'une chose pareille !

– Cette attitude ne vous mènera à rien, Eva. J'ai

rencontré Harisson Burke et j'ai une déclaration signée de lui.

Elle se raidit, consternée.

– Vous avez une déclaration signée de lui?

– Oui.

– Je croyais que c'était moi que vous représentiez?

– Pourquoi le fait de vous représenter m'empêcherait-il d'avoir une déclaration signée de Burke?

– Pour rien, mais il ment s'il prétend m'avoir donné ce revolver. Je ne l'avais jamais vu auparavant.

– Cela simplifie les choses.

– Qu'est-ce qui les simplifie?

– Vous verrez. Maintenant j'aimerais que nous éclaircissions un point ou deux. Lorsque vous avez retrouvé votre sac, il était dans le bureau de votre mari. Vous vous rappelez?

– Que voulez-vous dire? demanda-t-elle à voix basse et avec circonspection.

– Lorsque j'étais là-bas avec vous et que vous avez récupéré votre sac.

– Oh oui! je me souviens. Je l'avais laissé dans le bureau au début de la soirée.

– Bravo, dit Mason. Eh bien, entre nous, qui croyez-vous, se trouvait dans la pièce avec votre mari lorsque le coup a été tiré?

– Vous, répondit-elle simplement.

– Parfait, dit Mason sans aucun enthousiasme. Passons à autre chose. Votre mari prenait un bain juste avant le coup de feu.

Pour la première fois depuis le début, elle sembla mal à l'aise:

– Je n'en sais rien. C'est vous qui étiez là; pas moi.

— Si, vous le savez; il était dans son bain, il en est sorti sans même prendre le temps de s'essuyer, et a enfilé une robe de chambre.
— Vraiment?
— Vous le savez très bien; d'ailleurs, l'enquête l'a prouvé. Alors, selon vous, comment ai-je pu entrer dans l'appartement alors qu'il était dans son bain?
— Eh bien, je suppose que le domestique vous a fait entrer, non?
Mason sourit :
— Le domestique n'est pas de cet avis.
— Oh! je ne sais pas. Tout ce que je sais, c'est que j'ai entendu votre voix.
— Vous étiez sortie avec Burke, dit lentement Mason, et vous êtes rentrée. Vous n'avez pas l'habitude d'emporter votre sac à main lorsque vous allez en soirée, si?
— Non, je ne l'avais pas sur moi à ce moment-là.
Aussitôt, elle se mordit les lèvres.
Mason lui rit au nez :
— Alors comment expliquez-vous sa présence dans le bureau de votre mari?
— Je ne sais pas.
— Vous vous rappelez les reçus que je vous ai donnés pour les avances que vous m'avez faites sur mes honoraires?
Elle hocha la tête.
— Où sont-ils?
Elle haussa les épaules.
— Je ne sais pas. Je les ai perdus.
— Ça, c'est la preuve irréfutable.
— La preuve de quoi?
— La preuve que vous avez tué votre mari. Vous ne voulez pas me dire ce qui est arrivé, alors, c'est moi qui vais vous le dire.

» Vous étiez sortie avec Burke. Vous êtes rentrée, et Burke vous a laissée à la porte. Vous êtes montée, et votre mari vous a entendue. Il se trouvait dans son bain à ce moment-là et dans une rage épouvantable. Il est sorti de la baignoire, a passé rapidement une robe de chambre et vous a ordonné de venir chez lui. Vous y êtes allée et il vous a montré les deux reçus qu'il avait trouvés dans votre sac pendant votre absence. J'étais déjà venu le voir et je lui avais expliqué que j'essayais d'empêcher la publication de certains faits dans le *Moulin à Poivre*. Il a rapproché les faits et il en a conclu que c'était vous que je représentais.

– Mais c'est parfaitement ridicule!

Il lui rit au nez une fois de plus :

– Oh! mais non. Vous saviez très bien que vous étiez démasquée cette fois-ci, et vous lui avez tiré dessus. Il est tombé et vous vous êtes enfuie, mais vous n'avez pas oublié d'être astucieuse. Vous avez laissé tomber le revolver sur le plancher, sachant très bien que les recherches aboutiraient à son propriétaire, Harisson Burke, et n'iraient pas plus loin. Vous vouliez mêler Harisson Burke à l'affaire, pour l'obliger à vous sortir du pétrin. Et vous avez voulu m'y mêler pour la même raison. Vous avez téléphoné à Burke qu'il était arrivé quelque chose, qu'on allait retrouver son revolver et qu'il ferait mieux de disparaître pendant quelque temps, et que son seul espoir était de m'envoyer régulièrement beaucoup d'argent pour que je continue à travailler pour vous.

» Ensuite, vous m'avez téléphoné pour que je vienne vous retrouver. Vous m'avez dit que vous aviez reconnu ma voix comme étant celle de l'homme qui se trouvait dans la pièce avec votre mari, car vous vouliez que je vous aide, et m'empêcher d'avoir un alibi, au cas où vous révéleriez que vous aviez reconnu ma voix dans la pièce.

» Vous comptiez aussi me flanquer toute l'affaire sur le dos si la police vous serrait de trop près, et vous nous auriez laissé nous débattre tout seuls, Burke et moi.

Elle fixait sur lui maintenant des yeux terrifiés dans un visage blanc comme un linge.

– Vous n'avez pas le droit de dire des choses pareilles.

– Je vais me gêner, peut-être! répliqua-t-il. J'ai des preuves.

– Quel genre de preuves?

Il ricana :

– Que croyez-vous donc que je faisais pendant qu'on vous questionnait hier au soir? J'ai pris contact avec Harisson Burke et nous avons interrogé la femme de charge. Elle essayait de vous couvrir, mais elle sait que vous êtes rentrée avec Burke et que votre mari vous a appelée lorsque vous êtes montée au premier. Elle sait que votre mari vous cherchait depuis le début de la soirée, qu'il avait votre sac et y avait trouvé les deux reçus avec ma signature.

» En faisant rédiger les reçus sous un faux nom, vous avez cru que cela irait comme ça. Mais vous avez oublié que mon nom à moi y figurait et que votre mari, sachant à quelle affaire je travaillais, comprendrait immédiatement, en trouvant les reçus dans votre sac, qui était la femme impliquée dans l'affaire.

Le visage d'Eva Belter était à présent agité de tremblements convulsifs.

– Vous êtes mon avocat. Vous ne pouvez pas vous servir de ce que je vous ai dit pour établir une accusation contre moi. Vous devez rester fidèle à mes intérêts.

Il eut un rire amer :

– Je devrais sans doute attendre bien tranquillement que vous m'ayez impliqué dans le crime pour vous permettre de vous en sortir, hein ?

– Je n'ai pas dit cela. Je voudrais seulement que vous soyez loyal envers moi.

– Vous êtes bien la dernière personne qui puisse se permettre de parler de loyauté.

Elle essaya un autre système de défense :

– Tout ceci est un tissu de mensonges et vous ne pouvez rien prouver.

Perry Mason tendit la main vers son chapeau.

– Je ne peux peut-être pas le prouver, mais vous avez passé la nuit à faire des déclarations insensées au procureur général. Je vais à présent faire ma propre déposition. Lorsque j'aurai fini, ils auront une assez nette idée de ce qui s'est passé en réalité. Entre le coup de téléphone à Harisson Burke au sujet du revolver où vous lui avez conseillé de mettre les voiles, et le motif sérieux que vous aviez d'empêcher votre mari d'apprendre votre liaison avec Burke, la police aura de quoi bâtir une solide accusation.

– Mais sa mort ne me rapporte rien.

– C'est bien ça qui est le plus fort dans l'histoire, reconnut-il froidement. C'est tout à fait dans votre style. C'est assez habile pour faire impression, mais pas assez pour réussir au bout du compte, surtout avec cette contrefaçon du testament ! Du beau travail, ça !

– Que voulez-vous dire ?

– Exactement ce que je viens de dire, lança-t-il d'un ton sec. Votre mari vous avait annoncé que vous étiez déshéritée ou peut-être avez-vous trouvé le testament dans le coffre-fort. En tout cas, vous connaissiez les clauses du testament et saviez où il se trouvait. Vous avez essayé de trouver un moyen de tourner la difficulté. Détruire le testament ne vous rendait aucun service puisque Carl Griffin et Arthur Atwood, son avocat, avaient vu le testament et que votre mari leur en avait communiqué le contenu. S'il avait disparu, on vous aurait soupçonnée.

» Mais vous vous êtes dit qu'en amenant Griffin à faire valoir ses droits à l'héritage et en prouvant ensuite que le testament était un faux, vous réussiriez à mettre Griffin dans une situation équivoque. Alors vous vous êtes mise à la besogne et vous avez copié le testament que votre mari avait fait, en contrefaisant grossièrement l'écriture afin qu'on s'aperçoive de la supercherie, mais en recopiant le texte mot pour mot. Ensuite vous avez planqué votre faux testament dans un endroit où vous pourriez le retrouver facilement.

» Lorsque vous m'avez fait venir chez vous, pendant que j'examinais le corps, vous avez fait semblant d'être paralysée par l'émotion. Vous ne vouliez pas approcher du corps. Mais tandis que j'étais occupé à examiner les alentours immédiats du cadavre, vous vous êtes emparée du testament authentique, vous l'avez détruit et remplacé par votre copie. Naturellement, Griffin et son avoué sont tombés dans le piège et ont soutenu que ce testament était l'original olographe de George Belter parce qu'ils connaissaient les clauses du testament authentique.

» En fait, c'est un faux tellement grossier qu'ils ne peuvent même pas trouver un expert en écritures pour attester qu'il s'agit là du testament authentique. Ils se rendent compte maintenant de la situation dans laquelle ils se trouvent, mais ils ont déjà déposé le testament et certifié sous serment qu'il était authentique. Ils n'osent pas se dédire. C'est drôlement bien combiné.

Elle se leva lentement.

– Il vous faut des preuves, dit-elle, la voix tremblante.

Mason hocha la tête dans la direction de Drake.

– Va dans la pièce à côté, Drake. Tu y trouveras Mme Veitch. Amène-la ici pour qu'elle confirme ce que je viens de dire.

Le visage de Drake était impénétrable. Il se leva et se dirigea vers la porte de communication.

Il l'ouvrit et appela :

– Madame Veitch!

On entendit des pas et un froissement de jupe. Mme Veitch, grande, osseuse, toute vêtue de noir, entra dans la pièce en regardant droit devant elle de ses yeux ternes.

– Bonjour, madame, dit-elle à Eva Belter.

Perry Mason déclara soudain :

– Un moment s'il vous plaît, madame Veitch. Je voudrais éclaircir encore un point, avant de vous demander de faire votre déclaration devant Mme Belter. Voudriez-vous avoir l'obligeance de retourner un petit instant dans la pièce à côté?

Mme Veitch fit demi-tour et retourna dans l'autre pièce.

Paul Drake lança à Perry Mason un regard amusé et referma la porte.

Eva Belter fit deux pas dans la direction de la porte et soudain chancela. Perry Mason la soutint au moment où elle allait s'affaisser.

Drake s'avança et la souleva par les jambes. A eux deux ils la portèrent sur le lit et l'y étendirent.

Della Street posa son crayon, eut une légère exclamation et repoussa sa chaise en arrière.

Mason se retourna vers elle d'un geste brusque.

– Restez où vous êtes, dit-il. Prenez note de tout ce qui va se dire maintenant. Ne perdez pas un seul mot.

Il se dirigea vers le lavabo, trempa une serviette dans l'eau froide et en gifla le visage d'Eva Belter. Ils dégrafèrent le devant de sa robe et lui donnèrent des tapes sur la poitrine avec la serviette mouillée.

Elle suffoqua légèrement, reprit connaissance et regarda Mason :

– Je vous en prie, Perry, aidez-moi.

Il hocha la tête :

– Je ne peux pas vous aider tant que vous essaierez de me tromper.

– Je dirai la vérité, gémit-elle.

– Bon. Qu'est-ce qui s'est passé ?

– Exactement ce que vous avez dit, seulement j'ignorais que Mme Veitch était au courant. Je croyais que personne n'avait entendu l'appel de George et le coup de revolver.

– A quelle distance vous trouviez-vous lorsque vous avez tiré ?

– A l'autre extrémité de la pièce. Franchement, je n'avais pas l'intention de le tuer. J'ai tiré sous l'impulsion du moment. J'avais pris le revolver pour me défendre au cas où il m'attaquerait. Je craignais qu'il n'essaie de me tuer. Il avait un caractère terriblement emporté et je savais que s'il venait à découvrir mon histoire avec Harisson Burke il ferait un malheur. Dès que j'ai compris qu'il nous avait découverts, j'ai saisi le revolver. Quand je l'ai vu se précipiter vers moi, j'ai crié et j'ai tiré. Je suppose que j'ai dû laisser tomber le revolver sur le plancher. Je n'ai pas fait attention sur le moment. Franchement, je n'ai pas du tout pensé à ce moment-là à mêler Burke à l'affaire. J'étais beaucoup trop émue pour imaginer quoi que ce soit. Je me suis enfuie dans la nuit, c'est tout.

» Je ne suis pas idiote, et je comprenais tout de même à quel point ça se présentait mal pour moi, surtout après mon histoire avec Burke et le meurtre de l'auberge de Beechwood.

» Je me suis mise à courir sous la pluie et je ne me rendais pas très bien compte de ce que je faisais. Je me souviens d'avoir pris un manteau en passant dans le vestibule. Mais j'étais si affolée que j'ai pris un vieux pardessus de Carl Griffin. Je l'ai jeté sur mes épaules et me suis remise à courir. Au bout d'un moment, j'ai retrouvé mes esprits et j'ai pensé que je ferais mieux de vous téléphoner. Je ne savais pas à ce moment-là s'il était mort ou pas. Mais je savais que si je devais l'affronter à nouveau, mieux valait vous avoir à mon côté.

» Il ne s'est pas lancé à ma poursuite, aussi j'ai pensé que je l'avais tué. Ce n'était pas un meurtre prémédité. J'ai tiré sous l'impulsion du moment. Il avait trouvé mon sac et avait fouillé dedans. C'est une habitude qu'il avait de chercher des lettres. Je n'étais pas assez bête pour y laisser des lettres, mais les reçus étaient restés dedans et il en a tiré les conclusions qui s'imposaient.

» Il était en train de prendre un bain lorsque je suis rentrée. Il m'a entendue, je pense. Il est sorti de sa baignoire, il a enfilé le peignoir et s'est mis à hurler après moi. Je suis montée et j'ai vu qu'il avait les reçus. Il m'a accusée d'être la femme qui accompagnait Harisson Burke ainsi que d'un tas d'autres choses, puis il a dit qu'il allait me jeter à la porte sans un sou. J'ai perdu la tête, j'ai saisi le revolver et j'ai tiré. Lorsque je me suis trouvée devant l'appareil téléphonique au drugstore, au moment de vous appeler, j'ai compris que j'allais avoir besoin de quelqu'un pour m'aider. Je n'avais pas d'argent à moi, je vous l'ai déjà dit. Mon mari gardait tout l'argent par-devers lui et m'en donnait très peu à la fois. Son testament était en faveur de Carl Griffin et je craignais de ne pouvoir retirer aucun argent de l'héritage pendant qu'il serait en cours d'homologation. Je savais qu'Harisson Burke ne voudrait pas que son nom soit mêlé à l'affaire et qu'il me laisserait tomber. Et moi j'avais besoin d'argent; il me fallait quelqu'un pour m'épauler. Alors j'ai téléphoné à Harisson Burke et je l'ai mêlé délibérément à l'affaire. Je lui ai dit qu'il était arrivé un malheur et que son revolver y avait joué un rôle. Que j'ignorais qui était l'assassin, mais que c'était son revolver que j'avais vu sur le plancher.

» C'est un piège qui n'aurait pas réussi avec vous, mais avec Burke ça a très bien marché. Il était complètement affolé.

» Je lui ai expliqué qu'il ne lui restait qu'une seule chose à faire, c'était de se mettre à couvert et de se débrouiller pour qu'on ne sache pas que le revolver lui appartenait. De vous envoyer aussi beaucoup d'argent pour vous permettre de continuer votre travail et de faire tout ce qui était en votre pouvoir. Ensuite je vous ai téléphoné et je vous ai demandé de venir me retrouver.

» En vous attendant, j'ai réfléchi que ce serait encore mieux si je pouvais vous obliger d'une façon quelconque à me sortir du pétrin afin de vous en sortir vous-même et ainsi posséder une sorte d'échappatoire si la police commençait à me soupçonner.

– Pour ça, c'était bien trouvé.

– Je savais qu'ils ne pourraient jamais vous condamner, parce que vous êtes beaucoup trop intelligent et habile. Vous, vous étiez sûr de vous en sortir. Ainsi, s'ils s'acharnaient trop après moi, je pourrais leur donner l'indication en question : ils se rabattraient sur vous et je serais disculpée. S'ils essayaient de s'en reprendre à moi après vous avoir mis sur la sellette, je savais que ce serait facile d'obtenir l'acquittement.

Mason leva les yeux vers Drake et secoua la tête.

– Elle est charmante, tu ne trouves pas?

On frappa à la porte.

Mason regarda les occupants de la pièce. Puis il se dirigea vers la porte sur la pointe des pieds et l'ouvrit.

Sidney Drumm était sur le seuil. Derrière lui se tenait un autre policier.

– Salut, Perry, dit-il. Nous avons eu un mal de chien à vous trouver. Nous avons filé Della Street jusqu'à cet hôtel, mais il nous a fallu pas mal de temps pour découvrir sous quel nom vous vous étiez fait inscrire. Je suis désolé de vous déranger, mais il faut que vous veniez faire un petit tour avec moi. Le procureur général voudrait vous poser un certain nombre de questions.

– Entrez donc, dit Mason.

Eva Belter poussa un petit cri.

– Perry, vous devez me protéger. J'ai dit la vérité. Vous devez me soutenir.

Perry la regarda, puis se tourna brusquement vers Sidney Drumm.

– Voilà une chance pour vous, Sidney, dit-il. Vous allez pouvoir opérer vous-même l'arrestation. Je vous présente Eva Belter qui vient d'avouer à l'instant qu'elle avait tué son mari.

Eva Belter poussa un hurlement, se leva et vacilla sur ses jambes.

Drumm les regarda l'un après l'autre.

– C'est exact, confirma Paul Drake.

Mason fit un geste en direction de Della Street.

– C'est écrit ici d'un bout à l'autre, noir sur blanc. Nous avons des témoins et nous avons pris son témoignage en sténo.

Sidney Drumm siffla en sourdine.

– Bon Dieu, Perry, vous avez de la veine. Vous allez être vous-même accusé du meurtre.

La voix de Mason retentit sauvagement.

– Ce n'est pas une question de veine. J'étais tout prêt à la protéger tant qu'elle jouerait franc jeu avec moi. Mais quand j'ai lu dans le journal qu'elle m'avait délibérément mêlé à l'affaire, j'ai décidé de casser les vitres.

– Tu sais vraiment où se trouve Harisson Burke? demanda Paul Drake.

– Fichtre non, dit Perry Mason. Je ne suis même pas sorti de cette chambre hier soir. Je suis resté tout simplement ici à réfléchir. J'ai en effet pris contact avec Mme Veitch, mais par téléphone, et je lui ai demandé de venir ce matin ici même, où Eva Belter avait rendez-vous, afin de corroborer une déclaration qu'elle allait faire à la presse. J'ai envoyé un taxi à Mme Veitch et je l'ai introduite ici.

– Elle ne t'aurait pas donné raison?

– Je ne sais pas. Je ne crois pas. Je ne lui ai pas parlé. Elle n'a jamais voulu causer avec moi. Je crois qu'elle cache quelque chose cependant. Cela me suffit pour l'instant. Je voulais simplement que tu ouvres la porte afin qu'Eva Belter la voie, et soit impressionnée.

Eva Belter, livide, fixait Perry Mason.

— Vous m'avez eue, espèce de salaud !

Ce fut Sidney Drumm qui donna la dernière touche ironique à la situation.

— Mince alors, c'est Eva Belter elle-même qui nous a révélé où vous étiez, Perry. Elle a dit qu'elle devait vous rencontrer ce matin et que nous n'aurions qu'à attendre la venue d'une autre personne et prétendre que nous avions filé cette personne-là. Ainsi vous auriez cru que nous avions suivi Della Street ou quelqu'un d'autre.

Mason ne fit aucun commentaire, mais son visage parut soudain très las.

16

Perry Mason était assis à son bureau.

Della Street, assise en face de lui, s'efforçait d'éviter son regard.

— Je croyais que vous ne l'aimiez pas, fit Mason.

Elle continua à regarder ailleurs.

— Je ne l'aimais pas, concéda-t-elle, mais je regrette que ce soit vous qui l'ayez dénoncée. Elle comptait sur vous pour la sortir du pétrin. Vous l'avez livrée à la police.

— Absolument pas, protesta-t-il, j'ai simplement refusé de servir de bouc émissaire.

Elle haussa les épaules.

— Depuis cinq ans que je vous connais, les clients ont passé les premiers, toujours. Vous ne choisissiez ni les affaires ni les clients. Vous les preniez comme ils venaient. Certains d'entre eux ont été pendus, d'autres libérés. Mais pendant tout le temps que

vous les représentiez, jamais vous ne les avez laissé tomber.
– C'est un sermon ? demanda-t-il.
– Oui, dit-elle d'un ton sec.
– Alors, continuez.
Elle secoua la tête.
– C'est fini.
Il se leva et s'approcha d'elle. Il lui mit la main sur l'épaule.
– Della, dit-il, je voudrais vous demander quelque chose.
– Quoi donc ?
– Je vous en prie, ayez confiance en moi, dit-il humblement.
Elle leva les yeux et cette fois chercha son regard.
– Vous voulez dire que...
Il hocha la tête.
– Elle n'est pas encore condamnée pour quoi que ce soit, tant qu'un jury n'aura pas rendu un verdict de culpabilité.
– Mais elle ne voudra plus traiter avec vous. Elle va prendre un autre avocat maintenant et elle a avoué ! Comment allez-vous faire pour revenir sur ses déclarations ? Elle les a répétées à la police et a signé la déposition.
– Je n'ai pas besoin de la contredire. Il faut qu'il n'y ait aucun doute possible pour condamner quelqu'un. Si le jury conserve le moindre doute, il ne peut pas la condamner. Je peux encore la tirer de là.
Elle fronça les sourcils.
– Pourquoi ne pas avoir demandé à Paul Drake de la faire interroger par la police ? demanda-t-elle. Pourquoi a-t-il fallu que ce soit vous qui leur appreniez la vérité ?

— Parce que, si la police l'avait interrogée, elle aurait menti sur toute la ligne. Elle n'est pas bête, cette femme. Elle voulait que je l'aide, mais elle comptait bien me livrer à l'ennemi s'il approchait trop près.

— Alors, vous l'avez livrée, elle?

— Si vous tenez à présenter les choses ainsi, oui!

Il retira la main de son épaule.

Elle se leva et se dirigea vers la porte de l'étude.

— Carl Griffin est là, dit-elle, en compagnie de son avocat, Arthur Atwood.

— Faites-les entrer, dit Mason d'un ton las et découragé.

Elle ouvrit la porte de l'étude et fit signe aux deux hommes en leur maintenant la porte ouverte.

Le visage de Carl Griffin portait les traces de sa vie dissipée, mais il avait de la prestance, un air affable et toute l'allure d'un galant homme.

Il salua bien bas Della Street en s'excusant de passer devant elle, et adressa un sourire courtois à Perry Mason en disant :

— Bonjour!

Arthur Atwood approchait de la cinquantaine. Son visage était anémique, ses yeux étincelants mais fuyants. Sur son crâne chauve, une couronne de cheveux formait comme une auréole frisée. Ses lèvres étaient perpétuellement contractées en un sourire parfaitement artificiel. Son visage s'était ridé suivant les lignes de ce sourire, qui avait creusé comme un compas entre sa bouche et son nez, avec des pattes d'oie au coin des yeux. Bref, un homme difficile à juger, sauf sur un point : c'était un adversaire dangereux.

Perry Mason leur indiqua des sièges et Della Street referma la porte.

Carl Griffin engagea la conversation.

– Je vous prie de m'excuser, monsieur Mason, si j'ai paru me méprendre sur vos intentions au début de cette affaire. J'ai cru comprendre que les aveux de Mme Belter étaient dus en grande partie à votre habileté de détective.

Arthur Atwood intervint d'un ton aimable.

– Laissez-moi discuter cette affaire, voulez-vous, Carl.

Griffin eut un sourire affable et s'inclina dans la direction de son avocat.

Arthur Atwood approcha brusquement sa chaise du bureau, s'assit et regarda Perry Mason.

– Nous nous comprenons très bien, n'est-ce pas, maître ?

– Je n'en suis pas certain, répliqua Mason.

Les lèvres d'Atwood portaient toujours un sourire professionnel, mais ses yeux brillants étaient sans aménité.

– Vous êtes l'avocat d'Eva Belter, quant à la contestation de l'authenticité du testament et pour sa demande de lettres d'administration spéciales. Cela simplifierait beaucoup les choses si vous renonciez à la fois à attaquer le testament et à demander ces lettres – réservation faite de tous ses droits, évidemment.

– Pour qui cela simplifierait-il les choses ? demanda Mason.

Atwood agita la main en direction de son client.

– Pour M. Griffin, naturellement.

– Je ne représente pas M. Griffin.

Les yeux d'Atwood sourirent cette fois en même temps que ses lèvres.

– Bien sûr, pas pour le moment. Cependant je

puis vous avouer que mon client a été extrêmement impressionné par l'habileté consommée que vous avez déployée dans cette affaire et par l'esprit de justice dont vous ne vous êtes jamais départi. Pour mon client, cet ensemble de circonstances s'est révélé pénible et embarrassant. Cela a été un vrai choc pour lui. Cependant on ne peut rien contre les faits et mon client, pour diriger les affaires de la succession, aura besoin de conseils nombreux et compétents, si vous comprenez ce que je veux dire.

– Que voulez-vous dire exactement ? demanda Mason.

Atwood soupira.

– Eh bien! dit-il. Puisque vous voulez que je parle franchement, je peux même dire crûment, et que nous sommes réunis ici tous les trois, il est fort possible que mon client trouve la direction du journal *Le Moulin à Poivre* assez ardue. Personnellement, j'aurai fort à faire avec le bilan de la succession, et il m'a laissé entendre qu'il aimerait faire appel aux services d'un avocat compétent pour le conseiller, en particulier au sujet du journal. En un mot pour prendre la direction dudit journal pendant toute la durée de l'homologation du testament.

Atwood s'arrêta et lança un regard significatif à Perry Mason. Comme celui-ci demeurait silencieux, il poursuivit :

– Cela demanderait une dépense de temps assez considérable pour laquelle vous seriez dédommagé largement, très largement même.

Mason ne mit pas de gants pour lui répondre.

– C'est bon, dit-il. Inutile de tourner autour du pot. Ce que vous voulez, c'est que je demande une ordonnance de non-lieu pour ma requête et que je laisse Griffin prendre la conduite des opérations. Le même Griffin veillera à ce que je n'y perde pas. C'est bien ça?

Atwood fit la moue.

– Vraiment, maître, j'hésiterais moi-même à employer langage aussi brutal pour m'exprimer, mais si vous voulez réfléchir à ma proposition, je crois que vous vous apercevrez qu'elle reste dans les limites de la conscience professionnelle, et tient compte de toute l'affaire.

– Ça va, pas de boniments, coupa Perry Mason. Je veux que les choses soient claires. Puisque vous ne voulez pas parler carrément, moi, je vais le faire. Vous et moi sommes chacun d'un côté de la barrière. Vous représentez Griffin et vous essayez de vous emparer des commandes dans la succession et de les garder. Moi, je représente Mme Belter, mon but est de faire éliminer ce testament. C'est un faux et vous le savez très bien.

Les lèvres d'Atwood gardèrent leur sourire, mais ses yeux devinrent froids et durs.

– Vous n'y arriverez pas comme ça, dit-il. Que le testament soit un faux ou non, cela ne fait aucune différence. Elle a détruit l'original. Elle en convient dans ses aveux. Nous pouvons prouver le contenu du testament détruit et nous plaiderons d'après cela.

– D'accord, admit Mason. Vous croyez que vous gagnerez le procès, pas moi.

– De plus, reprit Atwood, elle ne peut prétendre à l'héritage, car elle l'a assassiné. La loi interdit qu'une personne hérite des biens de celui ou de celle qu'elle a tué, ceci en dépit de tout testament ou autre disposition.

Mason ne répondit rien.

Atwood lança un coup d'œil à son client.

— Vous contestez ce fait? demanda-t-il à Mason.
— Et comment! s'exclama Mason. Mais je n'ai pas l'intention de discuter de cette question ici avec vous. J'exposerai mon argument devant un jury. Je ne suis pas né d'hier, vous savez, je sais très bien ce que vous voulez. Vous voulez vous assurer d'une condamnation pour homicide volontaire. Vous vous imaginez que je peux vous aider à prouver la préméditation d'Eva Belter en fournissant la preuve d'un mobile. Si vous réussissez à la faire déclarer coupable d'assassinat, elle ne pourra prétendre à la succession. C'est la loi: un assassin n'hérite pas. Mais si elle n'est pas reconnue coupable de meurtre, même si elle est accusée d'*homicide par imprudence*, elle peut encore hériter. Vous voulez l'héritage et vous essayez de me graisser la patte. Ça ne marche pas.
— Si vous persistez dans cette voie, maître, vous pourriez vous retrouver vous-même un jour devant un jury.
— Bravo! lança Mason. Ça se traduit comment en langage clair? Une menace?
— Vous ne pouvez pas nous empêcher de prendre les commandes et lorsque nous les aurons, nous prendrons plusieurs décisions importantes dont certaines pourraient concerner vos activités.

Perry Mason se leva.

— Je n'aime pas cette façon détournée de présenter les choses, dit-il. Moi, je dis carrément ce que j'ai à dire.
— Eh bien! dit Atwood, qui gardait son ton suave. Qu'avez-vous donc à dire?
— Je dis non, lança Mason d'une voix tonnante.

Carl Griffin toussota d'un air gêné.

— Messieurs, dit-il, je pourrais peut-être dire quelque chose qui simplifierait la question.

— Non! intervint Atwood, c'est moi qui traite l'affaire.

Griffin sourit à Mason.

— Sans rancune, maître, dit-il, ce sont les affaires.

— Je vous en prie! fit Atwood en regardant fixement son client.

— Oh bon! dit Griffin.

— Eh bien, messieurs, je crois que l'entretien est terminé, déclara Mason en désignant la porte.

Atwood revint à la charge.

— Si seulement vous pouviez comprendre qu'il vous faut retirer vos demandes, maître, cela nous ferait gagner du temps. Le fait est que cette cause serait gagnée d'avance, vous le savez très bien, si nous avions voulu y mettre le temps et le prix avant de la présenter.

Mason le regarda avec froideur :

— Ecoutez, vous pouvez toujours vous imaginer que votre cause est gagnée d'avance, mais pour l'instant, c'est moi qui dirige les opérations et je continuerai à le faire.

Atwood perdit son sang-froid :

— Mais vous ne tiendrez pas plus de vingt-quatre heures!

— Vous croyez?

— Permettez-moi de vous rappeler, maître, fit remarquer Atwood, que vous pourriez être considéré comme complice dans ce meurtre. La police tiendra certainement compte de nos désirs à ce sujet-là, puisque mon client est maintenant l'héritier légitime.

Mason fit un pas vers lui.

— Lorsque j'aurai besoin de vous pour me rappeler la position dans laquelle je me trouve, Atwood, je vous le demanderai moi-même.

– Bon, décida Atwood, puisque vous voulez absolument le prendre mal, nous jouerons ce jeu-là.

– C'est parfait, dit Mason. Je tiens à le prendre mal.

Atwood fit un signe à son client et tous deux se dirigèrent vers la porte.

Atwood passa la porte à grandes enjambées, mais Carl Griffin s'attarda sur le seuil, la main sur la poignée de la porte, comme s'il voulait ajouter quelque chose. Mais l'attitude de Mason ne dut pas l'encourager. Il haussa les épaules et rejoignit son avocat dans l'étude.

Après leur départ, Della Street revint dans le cabinet.

– Avez-vous pu vous entendre avec eux? demanda-t-elle.

Il hocha la tête.

– N'ont-ils pas des chances de gagner? demanda-t-elle, en évitant son regard.

Il paraissait vieilli de dix ans.

– Ecoutez, Della, j'essaie de gagner du temps. Si seulement ils m'avaient laissé un peu de temps et d'espace pour me retourner, j'aurais déjà réglé la situation. Mais il a fallu que cette femme aille me dénoncer pour se tirer d'affaire. Je n'avais plus qu'une solution : la flanquer à l'eau pour rester moi-même les pieds au sec et pouvoir travailler.

– Vous n'avez pas besoin de vous justifier, patron, dit-elle. Je regrette d'avoir paru vous critiquer. Votre geste a été si soudain et si peu dans vos habitudes que cela m'a surprise. C'est tout. Oubliez ce que je vous ai dit, je vous en prie.

Mais elle continuait à éviter son regard.

– Bien sûr, dit-il. Je vais descendre chez Paul Drake. Vous pourrez me téléphoner à son bureau s'il y a quelque chose d'important, mais ne dites à personne où je suis.

17

Paul Drake était installé devant un bureau tout délabré dans un cabinet qui ressemblait à un placard, et il souriait à Perry Mason assis devant lui.
– Joli travail! dit-il. Gardais-tu ça dans ton sac depuis le début ou y as-tu été au bluff quand ça a commencé à chauffer?

Mason avait les yeux battus.
– J'ai idée de ce qui a dû se passer en réalité, mais de là à en avoir la preuve, il y a une marge. Maintenant il va falloir que je la tire de là.
– Ne t'en fais donc pas pour ça. D'abord elle n'en vaut pas la peine, et ensuite tu n'y arriveras pas. Sa seule chance serait de plaider la légitime défense et elle a avoué qu'il était à l'autre extrémité de la pièce quand elle a tiré.
– Non. C'est une cliente. Je ne laisse pas tomber mes clients. Elle m'a forcé la main et j'ai dû jouer cette comédie, autrement nous aurions été tous les deux dans le pétrin.
– A ta place, je ne m'occuperais pas d'elle. C'est une sale petite garce qui a trouvé une occasion de se faire épouser par un type riche, qui en a profité, et qui, depuis, a tiré dans le dos de tout le monde. Tu peux toujours parler de fidélité envers tes clients, mais quand la cliente te met un crime sur le dos, c'est différent.

Mason regarda le détective de ses yeux fatigués.

— C'est très joli, tout ça, mais je vais la sauver tout de même.

— Comment t'y prendras-tu?

— Mets-toi bien dans la tête qu'elle n'est coupable de rien, tant qu'elle n'aura pas été condamnée.

— Elle a fait des aveux.

— Aucune importance. Les aveux ne sont que des arguments qui pourront servir à l'accusation, c'est tout.

— Que veux-tu qu'un jury fasse? Pour la sauver, il faudrait prétexter la folie ou la légitime défense. Or elle ne peut plus te voir en peinture et va prendre un autre défenseur.

— C'est bien ça. Il y a peut-être plusieurs façons d'essayer de l'en tirer, mais je ne parle pas des méthodes à employer. Je parle des résultats. Je veux que tu me cherches tous les détails possibles sur la famille Veitch, depuis A jusqu'à Z.

— Tu veux parler de la femme de charge?

— Exactement. La femme de charge, sa fille et toute la famille.

— Tu persistes à croire que cette femme dissimule quelque chose?

— J'en suis sûr.

— Bon. Est-ce que l'histoire de Georgie t'a rendu service?

— Et comment!

— Qu'est-ce que tu veux que je cherche dans la vie de la femme de charge?

— Tout ce que tu pourras. Et sur la fille aussi. Ne laisse passer aucun détail.

— A mon avis, tu as encore quelque chose dans ton sac, Perry!

— Je te dis que je vais la sortir de là.

— Tu sais comment tu vas t'y prendre?

— J'ai une idée. Si je n'avais pas une idée derrière

la tête, je ne me serais pas aventuré à la mettre dans le bain.

— Même après qu'elle a essayé de te flanquer une accusation de meurtre sur le dos?

— Même après ça, dit Mason avec entêtement.

— Sapristi, on ne peut pas dire que tu ne prends pas la défense de tes clients, toi!

— Je voudrais bien convaincre de cela certaines personnes, dit l'avocat d'un ton las.

Drake lui lança un coup d'œil pénétrant. Perry Mason continua :

— Vois-tu, Paul, je crois à mon métier d'avocat. Il représente toute ma vie. Des gens qui ont des ennuis s'adressent à moi et je m'efforce de les tirer d'affaire. Je ne représente pas la cause du peuple, mais celle de l'accusé. Le procureur de la République représente le peuple en tant qu'accusateur public, et il y va tant qu'il peut. Mon devoir consiste à mettre au point la défense la plus solide, et ensuite c'est au jury de décider. Si le procureur de la République était juste, moi aussi je serais juste. Mais il met tout en œuvre pour obtenir une condamnation. Moi, je mets tout en œuvre pour obtenir un acquittement. Nous sommes comme deux équipes de football qui essayent de toutes leurs forces, d'atteindre chacune un but différent.

» C'est une véritable obsession chez moi de faire le maximum possible pour mes clients. Ils ne sont pas tous irréprochables. Beaucoup sont des escrocs. Il est probable qu'un grand nombre d'entre eux sont coupables. Ce n'est pas à moi d'en juger, mais au jury.

— Vas-tu donc essayer de prouver que cette femme est folle? demanda le détective.

Mason haussa les épaules.

— Je vais essayer d'empêcher un jury de la condamner.

— Il n'empêche qu'elle a fait des aveux, dit Drake. Le meurtre est évident.

— Aveux ou pas, ils ne peuvent pas prouver qu'elle est coupable tant que le jury n'aura pas déclaré qu'elle l'est.

Drake eut un geste résigné et dit :

— Oh! et puis c'est bien inutile de discuter là-dessus. Je vais lâcher mes limiers sur la piste des Veitch et tâcher de te trouver tous les renseignements possibles.

— Je n'ai pas besoin de te rappeler que les minutes sont précieuses. Le plus ardu dans cette affaire aura été de trouver le temps de faire des recherches. Il faut que tu travailles très vite. C'est uniquement une question de temps.

Perry Mason retourna dans son bureau. Les poches sous ses yeux s'étaient encore accentuées. Mais son regard n'avait rien perdu de son assurance.

Il ouvrit la porte de l'étude. Della Street était assise à sa machine à écrire. Elle leva les yeux et les rabaissa aussitôt sur son travail. Mason claqua la porte derrière lui et s'approcha de sa secrétaire.

— Pour l'amour du ciel, Della, supplia-t-il, ne voulez-vous pas avoir confiance en moi?

Elle lui lança un rapide coup d'œil.

— Mais bien sûr que j'ai confiance en vous.

— Non.

— Je suis surprise et un peu déconcertée, c'est tout.

Il la dévisagea un instant, d'un air chagrin et désespéré.

— C'est bon, dit-il enfin. Demandez le service de l'état civil et ne raccrochez pas avant d'avoir obtenu le renseignement que vous désirez. Tâchez d'avoir un chef de service quelconque au bout du fil. Mettez-y le prix. Il nous faut le renseignement tout de suite. Nous voulons savoir si Norma Veitch a déjà été mariée, ce dont je suis presque sûr, et s'il y a eu un divorce.

Della Street le regarda d'un air ahuri.

— Quel rapport cela peut-il bien avoir avec le crime ?

— Ne vous préoccupez pas de cela, dit-il. Veitch n'est probablement pas son vrai nom. Je veux dire, c'est le nom de sa mère et c'est celui-là qu'on devrait trouver sur la demande de dispense de bans. Naturellement, elle n'a peut-être jamais été mariée ou elle a pu se marier dans un autre Etat. Mais quelque chose me paraît bizarre dans tout ce micmac. Et il y a quelque chose dans son passé qu'elle veut cacher. Je veux savoir ce que c'est.

— Vous ne croyez tout de même pas que Norma Veitch est mêlée à ce crime ?

Les yeux de Mason étaient froids et son visage résolu.

— Mon seul but est de soulever un doute dans l'esprit des jurés. Ne l'oubliez pas. Décrochez le téléphone et demandez-moi ce renseignement.

Il revint dans son cabinet et ferma la porte. Puis il se mit à marcher de long en large, les pouces enfoncés dans les emmanchures de son gilet, la tête penchée en avant, plongé dans ses réflexions.

Une demi-heure plus tard, quand Della Street ouvrit la porte, il arpentait toujours son bureau.

— Vous aviez raison, annonça-t-elle.

— A quel sujet ?

— Elle est mariée. J'ai obtenu le renseignement à l'état civil. Elle a épousé il y a six mois un homme du nom d'Harry Loring. On ne signale pas de divorce.

Perry Mason atteignit la porte en trois enjambées, traversa l'étude à grands pas, et se précipita dans l'escalier.

Arrivé à l'étage où se trouvait le bureau de Paul Drake, il se mit à taper à coups redoublés sur la porte.

Paul Drake ouvrit.

– Encore toi! Mais nom d'une pipe, tu ne restes donc jamais dans ton cabinet à recevoir tes clients?

– Ecoute, j'ai une veine de pendu. Norma Veitch est mariée!

– Et alors?

– Elle est fiancée à Carl Griffin.

– Eh bien, elle est peut-être divorcée?

– Non. Aucune trace de divorce. Le mariage a eu lieu il y a six mois. Le temps est trop court pour un divorce.

– Bon, dit Drake. Qu'est-ce que tu veux?

– Je veux que tu me trouves son mari, un dénommé Harry Loring. Il faut que tu trouves la date à laquelle ils se sont séparés, et pourquoi. Je suis aussi particulièrement désireux de savoir si elle connaissait Carl Griffin avant de venir, cette fois-ci, en visite chez les Belter. En d'autres termes, je veux savoir si avant cette dernière visite elle était déjà venue voir sa mère du temps que celle-ci travaillait chez les Belter.

Le détective siffla entre ses dents.

– Bon Dieu! dit-il. Tu es bien parti pour un drame passionnel et pour défendre Eva Belter à coups de droit moral!

– Voudrais-tu t'occuper de cette affaire tout de suite?

– Si ce type est quelque part en ville, je le saurai d'ici une demi-heure.

– Le plus tôt sera le mieux. Je vais attendre à l'étude.

Il revint dans son bureau et se dirigeait vers son cabinet, sans dire un mot à Della Street au passage, quand celle-ci l'arrêta.

– Harisson Burke a téléphoné.

Mason leva les sourcils.

– Où est-il?

– Il n'a pas voulu me le dire. Il rappellera un peu plus tard. Il n'a même pas voulu me laisser un numéro de téléphone.

– J'imagine qu'il a lu les dernières nouvelles sur le crime dans les éditions spéciales.

– Il ne m'a rien dit à ce sujet. Simplement qu'il rappellerait.

La sonnerie du téléphone retentit.

Elle fit un geste dans la direction du cabinet :

– C'est lui, probablement.

Mason entra dans son cabinet.

Il entendit Della Street répondre : « Un instant, monsieur Burke! », et lorsqu'il empoigna l'appareil il entendit la voix de Burke au bout du fil.

– Bonjour, Burke, dit-il.

La voix de Burke était toujours aussi solennelle, mais on pouvait y discerner une note de terreur. De temps en temps, on avait l'impression qu'elle allait monter tout en haut du diapason et se briser, mais elle réussissait toujours à revenir à la normale.

– Ecoutez, dit-il, c'est horrible. Je viens de lire les journaux.

– Ça ne va pas si mal que ça, répondit Mason. Vous n'êtes pas impliqué directement dans le crime. Vous n'avez qu'à vous poser en tant qu'ami de la famille ou quelque chose comme ça. Ce ne sera pas très amusant, mais ça vaut mieux que d'être inculpé dans une histoire de meurtre.

– Mais on s'en servira contre moi pendant ma campagne électorale.

– De quoi se servira-t-on?

– De mes relations avec cette femme.

– Je n'y peux rien, répliqua Mason, mais j'essaie d'arranger ça pour vous. Le procureur ne mêlera pas votre nom à l'affaire, à moins qu'il ne soit dans l'obligation de prouver le mobile du crime au cours du procès.

La voix de Burke résonna avec plus d'emphase que jamais :

– C'est ce dont je voulais discuter avec vous. Le procureur est un homme d'une parfaite équité. S'il n'y a pas de procès, mon nom ne sera pas mêlé à l'affaire. Alors vous pourriez peut-être vous débrouiller pour qu'il n'y ait pas de procès.

– Et comment cela?

– En la persuadant de plaider coupable pour le meurtre. Vous êtes encore son avocat. Le procureur vous permettrait de la voir à cette condition. Je lui ai parlé.

La réponse de Mason fut aussi rapide que catégorique :

– Je ne marche pas! J'essaie de protéger vos intérêts, mais je veux le faire à ma façon. Restez caché encore pendant quelque temps.

– Cela vous ferait de gentils honoraires, suggéra Harisson Burke d'une voix suave et onctueuse. Cinq mille dollars. Peut-être même davantage...

Perry Mason raccrocha avec violence.

Il reprit sa marche de long en large. Quinze ou vingt minutes plus tard, le téléphone sonna.

Mason décrocha le récepteur et la voix de Paul Drake annonça :

— Je crois que j'ai déniché ton type. Il y a un dénommé Harry Loring aux appartements du Belvédère. Sa femme l'a quitté il y a environ une semaine et est soi-disant partie chez sa mère. Avons-nous besoin de lui?

— Je te crois que nous avons besoin de lui et en vitesse encore! Peux-tu m'accompagner là-bas? Je vais probablement avoir besoin d'un témoin.

— D'accord, fit Drake. J'ai une voiture si tu n'as pas la tienne.

— Prenons les deux. Nous pourrions en avoir besoin.

18

Harry Loring était un individu maigre, nerveux, qui avait la manie de cligner des paupières et de s'humecter les lèvres du bout de la langue. Assis sur une malle fermée avec des courroies, il secouait la tête en direction de Paul Drake.

— Non, dit-il, vous vous trompez d'adresse. Je ne suis pas marié.

Drake regarda Perry Mason. Mason esquissa un haussement d'épaules que Drake interpréta comme un signal pour interroger lui-même le type.

— Connaissez-vous une certaine Norma Veitch? demanda-t-il.

Non, répondit Loring en se passant la langue sur les lèvres.

— Vous changez de résidence?
— Oui. Je trouve le loyer trop cher ici.
— Vous ne vous êtes jamais marié?
— Non, je suis célibataire.

— Où allez-vous?
— Ça, je n'en sais rien encore.
Loring les dévisagea l'un après l'autre en clignotant des paupières.
— Ces messieurs sont peut-être de la police? demanda-t-il.
— Ne vous en faites pas pour ça, répliqua Drake. C'est de vous qu'il s'agit.
— Oui, monsieur, dit Loring, et il se tut.
Drake lança un coup d'œil en direction de Mason.
— Vous partez bien soudainement, il me semble? continua-t-il.
Loring haussa les épaules :
— Pas du tout. Ce n'est pas comme si j'avais beaucoup de choses à emballer.
— Ecoutez, dit Drake. Cela ne vous servira à rien de nous faire marcher. Nous pouvons contrôler tout ce que vous dites et savoir la vérité. Vous affirmez que vous n'avez jamais été marié. Est-ce la vérité?
— Oui, monsieur, je suis célibataire, comme je vous l'ai déjà dit.
— Bon. Mais les voisins disent que vous êtes marié. Une femme vivait avec vous maritalement, dans cet appartement, jusqu'à la semaine dernière.
Loring cligna des yeux rapidement et changea de position sur sa malle, d'un geste nerveux.
— Je n'étais pas marié avec elle.
— Depuis combien de temps la connaissiez-vous?
— Deux semaines environ. Elle était serveuse dans un restaurant.
— Quel restaurant?
— J'ai oublié le nom.
— Comment s'appelait-elle?

— Elle se faisait appeler Mme Loring.
— Je sais. Quel était son vrai nom?

Loring resta silencieux un moment et se passa la langue sur les lèvres. Son regard se portait dans tous les coins de la pièce, avec incertitude.

— Jones, répondit-il, Mary Jones.

Drake eut un ricanement.

Loring se tut.

— Où est-elle maintenant? demanda soudain Drake.

— Je ne sais pas. Elle m'a quitté. Je pense qu'elle est partie avec un autre type. Nous nous sommes disputés.

— A propos de quoi?

— Oh! rien de spécial! Une dispute quelconque.

Drake regarda Mason une fois de plus.

Mason s'avança et prit la parole à son tour:

— Vous lisez les journaux?

— De temps en temps, pas très souvent. Quelquefois je regarde les titres. Je ne m'intéresse pas beaucoup aux journaux.

Mason fouilla dans la poche intérieure de son veston et en tira quelques coupures d'un journal du matin. Il désigna à l'homme une photo de Norma Veitch.

— Est-ce que cette femme est celle qui vivait ici avec vous? demanda-t-il.

Loring jeta à peine un coup d'œil sur la photographie et secoua la tête énergiquement.

— Vous n'avez même pas regardé la photo. Vous feriez mieux de le faire, avant d'être aussi affirmatif.

Il fourra la coupure de journal sous les yeux de Loring. Celui-ci la prit et l'examina pendant dix ou quinze secondes.

— Non, dit-il, ce n'est pas cette femme-là.

— Vous avez mis du temps à vous décider, cette fois, fit remarquer Mason.

Loring ne répondit rien.

Mason se tourna soudain vers Drake et lui fit un signe de tête.

— C'est bon, dit-il à Loring, si vous voulez prendre cette attitude, vous en supporterez les conséquences. Ne vous attendez pas à ce que nous vous aidions, si vous ne voulez pas nous dire la vérité.

— Je dis la vérité.

— Viens, Drake. Allons-nous-en.

Les deux hommes sortirent de l'appartement et refermèrent la porte derrière eux. Dans le corridor, Drake demanda :

— Qu'est-ce que tu penses de lui?

— C'est un faux jeton, autrement il aurait au moins fait semblant d'être indigné et il nous aurait demandé pourquoi diable nous nous mêlions de ses affaires. J'ai l'impression qu'il a mené une vie pas trop honnête à un moment donné, et il craint la police. Il paraît habitué aux interrogatoires des détectives.

— C'est bien l'impression qu'il m'a faite à moi aussi, approuva Drake. Qu'allons-nous faire?

— Eh bien, nous pouvons essayer de trouver un voisin de garni qui identifierait cette photo.

— La photo du journal n'est pas fameuse. Si seulement nous pouvions nous procurer une vraie photo d'elle...

— Nous n'avons pas le temps. Il peut arriver quelque chose d'un moment à l'autre et je ne veux pas perdre de temps.

— Nous n'y avons pas été assez fort avec ce type. C'est le genre d'individu qui calerait tout de suite si nous nous mettions après lui un bon coup.

— Bien sûr. C'est ce que nous ferons lorsque nous

reviendrons. Je voudrais avoir quelques renseignements supplémentaires sur lui, si possible. Selon moi, il se dégonflera dès que nous ferons un peu pression sur lui.

On entendit des pas dans l'escalier.

– Attends un peu, dit Drake. On dirait qu'il vient quelqu'un.

Un homme trapu et aux épaules carrées montait l'escalier d'un pas lourd. Ses vêtements étaient luisants et les poignets de son veston étaient effrangés. Cependant il montrait une certaine force tranquille.

– Un huissier, murmura Mason à Drake.

L'homme s'avança vers eux. Il avait l'assurance d'un ancien agent de la Sûreté et il en avait gardé la démarche.

Il regarda les deux hommes et demanda :

– L'un de vous serait-il Harry Loring ?

Mason fit un pas en avant.

– Oui, dit-il, c'est moi.

L'homme fouilla dans sa poche :

– Je suppose que vous savez de quoi il s'agit. J'ai ici pour vous un mandat de comparution et la copie d'une plainte en justice ainsi que la copie du mandat de comparution pour le procès de Norma Loring contre Harry Loring. Voici l'original du mandat et je vous remets copie du mandat et de la plainte.

Il eut un pâle sourire :

– Je suppose que vous êtes au courant. J'ai cru comprendre que c'était une affaire qui ne serait pas contestée et que vous m'attendiez.

Mason prit les papiers.

– Bien sûr, dit-il, cela va très bien comme ça.

– Sans rancune ? dit l'huissier.

– Sans rancune.

L'huissier tourna les talons, fit une marque au crayon au dos de l'original et redescendit lentement et posément l'escalier.

– Tu parles d'une veine! dit Mason en souriant à Drake.

Les deux hommes déplièrent la copie de la plainte.

– C'est une demande d'annulation et non de divorce, dit Mason.

Ils lurent toutes les allégations de la plainte.

– C'est bien la même date de mariage. Retournons, décida Mason.

Ils frappèrent énergiquement à la porte de l'appartement.

La voix de Loring retentit à l'intérieur :
– Qui est là?
– Nous avons des papiers à vous remettre.

Loring ouvrit la porte et eut un mouvement de recul en voyant les deux hommes sur le seuil.

– Encore vous! s'écria-t-il. Je vous croyais partis.

Mason donna un coup d'épaule dans la porte et s'introduisit dans la pièce. Drake le suivit.

Mason brandit les papiers qu'il venait de recevoir de l'huissier.

– Ecoutez, dit-il, il y a quelque chose de drôle là-dedans! Nous devions vous remettre ces papiers et nous savions que vous étiez au courant. Mais avant de vous les remettre, nous devions nous assurer que vous étiez bien la personne à qui ils étaient destinés. C'est pourquoi nous vous avons posé ces questions sur votre mariage et...

– Oh! c'est donc ça? répondit vivement Loring. Pourquoi ne l'avez-vous pas dit plus tôt? Bien sûr, c'est ce que j'attendais. Ils m'avaient demandé de rester ici jusqu'à l'arrivée des papiers et ensuite de m'en aller aussitôt.

Mason poussa une exclamation d'indignation :

— Enfin, pourquoi diable ne pas nous l'avoir dit tout de suite? Vous vous appelez Harry Loring et vous avez épousé Norma Veitch à la date mentionnée sur cette plainte, c'est bien ça?

Loring se pencha pour vérifier la date inscrite sur le papier et que Mason lui indiquait du doigt.

— C'est exact, acquiesça Loring.
— Et vous vous êtes séparés à cette date?
— C'est ça.
— Bon. Cette plainte indique qu'à l'époque de votre mariage vous aviez une autre femme vivante dont vous n'étiez pas divorcé, et que dans ces conditions le mariage était illégal. En conséquence, la plaignante demande l'annulation du mariage.

Loring acquiesça de nouveau.

— Maintenant, écoutez-moi bien, dit Mason. Ce dernier fait n'est pas fondé n'est-ce pas?

Loring hocha la tête :

— Si, monsieur, c'est pour ce motif qu'elle demande l'annulation. C'est exact.
— Vous êtes sûr? demanda Mason.
— Absolument.
— Alors, il est de mon devoir de vous arrêter pour bigamie.

Loring pâlit :

— Il a dit qu'il n'y aurait pas d'histoire.
— Qui a dit cela?

L'avocat qui est venu me voir. L'avocat de Norma.

— Il vous a mené en bateau, afin de pouvoir dissoudre le mariage et de permettre à Norma d'épouser ce type qui est héritier de deux ou trois millions de dollars.

— C'est bien ce qu'ils m'ont dit, mais ils m'ont assuré qu'il n'y aurait aucune histoire, que ce serait une simple formalité.

— Une formalité, nom d'un chien! Mais vous ne savez donc pas qu'il y a une loi contre la bigamie?

— Mais je ne suis pas coupable de bigamie!

— Mais si! c'est écrit en toutes lettres sur ce papier au-dessus de la signature de l'avocat et du serment de Norma. Il est écrit ici que vous aviez une autre femme en vie au moment du mariage et que vous n'étiez pas divorcé. Dans ces conditions nous allons vous demander de nous accompagner au commissariat de police. Je crains que vous n'ayez de sérieux ennuis à cause de cette histoire.

Loring montra des signes de nervosité.

— Ce n'est pas vrai, dit-il enfin.

— Qu'est-ce qui n'est pas vrai?

— Je veux dire que ce n'est pas vrai que j'étais marié avant. Norma le sait bien! Et l'avocat aussi. Nous avons eu un entretien et ils m'ont expliqué qu'ils ne pouvaient pas attendre que la procédure de divorce soit terminée, que cela prendrait trop de temps, que Norma avait la chance de pouvoir épouser ce type et que je n'y perdrais pas si je laissais Norma déposer cette plainte. Je devais à mon tour déposer une réponse dans laquelle j'aurais admis que j'avais une autre femme vivante, mais que je croyais être divorcé d'avec elle au moment de mon second mariage. Ils m'ont affirmé que cela me mettrait à couvert et permettrait à Norma de faire annuler le mariage. L'homme de loi avait déjà préparé la réponse et je l'ai signée. Il doit la faire enregistrer demain.

— Et ensuite précipiter la procédure d'annulation, hein?

Loring acquiesça.

– Vous voyez, reprit Mason, cela ne rapporte jamais d'essayer de mentir aux gens. Pourquoi ne me l'avez-vous pas dit tout de suite, cela nous aurait évité toute cette discussion?

– L'homme de loi m'a demandé de ne rien dire.

– Eh bien, il est fou; il faut que nous fassions un rapport là-dessus. Aussi, vous feriez mieux de nous donner un exposé écrit des faits afin que nous puissions le présenter en faisant notre rapport.

Loring hésita.

– Ou bien, proposa Mason, vous pouvez nous accompagner au commissariat central et leur expliquer là-bas.

– Non, non! s'écria Loring, je vais vous faire une déclaration.

– Très bien, dit Mason en tirant un bloc et un stylo de sa poche. Asseyez-vous là sur la malle et rédigez-moi ça. Que ce soit un exposé très complet. Dites que vous n'avez jamais eu d'autre femme, que l'avocat vous a expliqué qu'il voulait que Norma obtienne une annulation rapide du mariage et qu'il vous a conseillé de prétendre que vous aviez une autre femme, afin que Norma puisse épouser ce type qui va hériter.

– Comme cela je n'aurai pas d'embêtements?

– C'est la seule façon de vous en tirer sans en avoir. Ce n'est pas la peine que je vous explique pourquoi, mais vous avez bien failli vous mettre dans un fichu pétrin. C'est une bonne chose que vous nous ayez dit la vérité, sinon nous vous emmenions au commissariat.

– Très bien, soupira Loring.

Il prit le stylo, s'assit et griffonna laborieusement pendant que Mason l'observait, les pieds bien écartés, le regard tranquille et patient. Drake, souriant, s'était allumé une cigarette.

Loring mit cinq minutes à écrire sa déposition, puis il la tendit à Mason.

— Est-ce que cela ira comme ça? demanda-t-il. Je ne suis pas très doué pour les écritures.

Mason lut la déposition.

— C'est très bien, dit-il, et maintenant, signez!

Loring signa.

— Bon, dit Mason. L'avocat ne vous a-t-il pas demandé de vous en aller d'ici?

— Si. Il m'a donné de l'argent et m'a expliqué qu'il ne fallait pas que je reste ici, pour qu'on ne puisse pas me trouver si on voulait m'interroger.

— Très bien. Savez-vous où aller?

— Dans un hôtel quelconque, cela n'a pas d'importance.

— Bon, dit Drake. Vous allez venir avec nous, nous vous trouverons une chambre. Vous feriez mieux de vous faire inscrire sous un faux nom, afin de ne pas avoir d'ennuis si on vous recherche. Mais il faudra que vous restiez en contact avec nous. Autrement, il pourrait y avoir du pétard. Nous pouvons avoir besoin de vous pour vous demander de confirmer votre déclaration devant témoins.

Loring hocha la tête.

— L'avocat aurait mieux fait de me prévenir à votre sujet, remarqua-t-il. Il aurait pu me mettre dans un drôle de bain.

— Et comment! A l'heure qu'il est vous seriez en route pour le commissariat et, une fois là-bas, vous n'en auriez pas mené large.

— Est-ce que Norma est venue ici avec l'avocat? demanda Drake.

— Non, dit Loring. Sa mère est venue d'abord. Et l'avocat ensuite.

— Vous n'avez pas vu Norma?
— Non, seulement sa mère.
— C'est bon, dit Mason. Vous allez venir avec nous à l'hôtel où nous voulons que vous demeuriez. Vous vous y inscrirez sous le nom de Harry Legrande.
— Et mes bagages?
— Nous nous occupons des bagages. Nous enverrons le déménageur les chercher. Le garçon s'occupera de tout. La seule chose que vous ayez à faire, c'est d'aller à l'hôtel. Nous avons une voiture en bas et vous feriez mieux de nous accompagner tout de suite.

Loring s'humecta les lèvres :
— Croyez bien, messieurs, que c'est un soulagement pour moi. Je me faisais du souci, en attendant le type avec les papiers. Je me suis demandé si cet avoué savait vraiment ce qu'il faisait.
— Il le savait, répliqua Mason, seulement il a oublié de vous dire deux ou trois petites choses. Il était probablement pressé ou énervé.
— Pour ça, oui, il était énervé.

Ils descendirent avec lui jusqu'à la voiture et Mason annonça :
— Nous allons le loger à l'hôtel Ripley, Drake. Il est bien situé.
— Je comprends, dit Drake.

Ils roulèrent en silence jusqu'à l'hôtel Ripley où Mason était inscrit sous le nom de Johnson. Il s'approcha de l'employé et dit :
— Voici M. Legrande, de Detroit, comme moi. Il voudrait avoir une chambre ici pour quelques jours. Pourriez-vous lui en donner une à mon étage?

L'employé consulta un tableau :
— Voyons. Vous avez le 518, monsieur Johnson?
— C'est cela.

— Je peux lui donner le 522.

— Ce sera parfait. Je vais m'arranger avec le garçon pour ses bagages.

Ils montèrent avec Loring dans sa chambre.

— C'est très bien, dit Mason à Loring. Maintenant vous allez rester ici et ne pas sortir. Il faut que vous puissiez répondre au téléphone si nous vous appelons. Nous allons faire notre rapport au service central. Ils voudront peut-être vous poser d'autres questions. Mais de toute façon, il n'y aura pas de complications maintenant que nous avons votre déposition écrite. Vous pouvez être tranquille.

— Tant mieux, dit Loring. Je vais faire ce que vous me dites. L'avocat m'a demandé de me mettre en communication avec lui dès que j'aurais un nouveau domicile. Faut-il que je le fasse?

— Non, dit Mason. Ce n'est pas la peine, puisque vous nous avez vus. Ne communiquez avec personne. Restez ici et attendez que nous vous fassions signe. Vous êtes bloqué ici tant que nous n'aurons pas fait notre rapport au service central.

— Bon, dit Loring, je ferai comme vous voudrez.

Ils sortirent de la pièce et refermèrent la porte. Drake se tourna vers Mason en riant :

— Crois-tu, mon vieux, quelle veine! Qu'allons-nous faire, maintenant?

Mason se dirigea à grands pas vers l'ascenseur.

— C'est le moment de frapper le grand coup, dit-il.

— Vas-y, lança Drake.

Mason avisa une cabine dans le couloir de l'hôtel et appela le commissariat de police. Il demanda Sidney Drumm de la brigade secrète. Au bout d'une minute ou deux, il entendit la voix de Drumm au bout du fil.

— Drumm, ici Mason. J'ai un fait nouveau dans

l'affaire Belter, mais il faut que vous m'aidiez un peu. Je vous ai permis d'arrêter la femme et je voudrais que vous me rendiez un service en échange.

Drumm se mit à rire :

– Je ne sais pas si c'est tellement grâce à vous que j'ai pu l'arrêter. Je suis arrivé au bon moment et vous avez lâché le morceau pour sauver votre peau.

– Bah! ce n'est pas la peine de discuter là-dessus, dit Mason. Je vous ai refilé le tuyau et c'est vous qui en avez eu tout le mérite.

– D'accord. Qu'est-ce que vous voulez?

– Tâchez de me mettre la main sur l'inspecteur Hoffman et retrouvez-moi tous les deux à l'entrée de l'avenue Elmwood. Je voudrais aller chez Belter avec vous. Je crois que je peux vous montrer quelque chose là-bas.

– Je ne sais pas si je pourrai trouver l'inspecteur, il est peut-être déjà parti, protesta Drumm. Il est tard!

– S'il est parti, tâchez de le trouver quand même. Et puis je voudrais que vous m'ameniez Eva Belter là-bas.

– Nom d'un chien! Vous n'y allez pas de main morte! Si nous la sortons maintenant, cela va attirer l'attention.

– Pas si vous la faites sortir en douce. Amenez autant d'hommes que vous voudrez, mais pas de publicité.

– Je ne sais pas comment l'inspecteur va prendre ça, mais à mon avis, vous n'avez pas une chance sur un million.

– Tant pis, faites de votre mieux. S'il ne veut pas amener Eva Belter, qu'il vienne lui-même. J'aurais aimé qu'Eva Belter soit présente, mais en tout cas, il faut absolument que vous y soyez tous les deux.

— D'accord. Je serai en bas du tertre, à moins d'un embêtement quelconque. Je peux le décider à venir, s'il est là.

— Non, ça ne marche pas comme ça. Voyez d'abord si vous pouvez arranger la chose et ensuite, attendez. Je vous rappellerai dans cinq minutes. Si vous pouvez venir, je vous rejoindrai en bas du tertre. Sinon, ce n'est pas la peine de faire cette promenade pour rien.

— D'accord, dans cinq minutes alors.

Drake regarda Mason :

— Dis donc, tu t'attaques à un gros morceau, non ?

— Ne t'en fais pas, je m'en tirerai.

— Tu sais ce que tu fais ?

— Je crois que oui.

— Si tu essaies d'établir une ligne de défense pour cette bonne femme, tu ferais mieux de travailler sans la police. Tu leur en ferais la surprise.

— Ce n'est pas ce genre de défense-là. Je veux que la police y soit.

— Ça te regarde, dit Drake en haussant les épaules.

Mason se dirigea vers le comptoir des cigarettes et en acheta un paquet. Il attendit cinq minutes, puis rappela Drumm.

Drumm répondit :

— J'ai décidé Bill Hoffman à venir, mais il ne veut pas emmener Eva Belter là-bas. Il a peur que vous lui tendiez un piège. Deux douzaines de reporters rôdent autour de la prison et à peine dehors nous aurions toute la bande à nos trousses. Hoffman craint que vous ne le fassiez venir là-bas pour lui jouer un tour dont les journaux se gargariseraient, et il serait drôlement embêté. Mais il accepte de venir quand même.

– D'accord, dit Mason, ça marchera peut-être aussi bien comme ça. Rendez-vous au bas de l'avenue Elmwood. Nous serons là à vous attendre dans une Buick.

– D'accord, dit Drumm. Nous partons dans cinq minutes.

– A tout à l'heure, dit Mason.

19

Les quatre hommes montaient les marches de la maison Belter.

L'inspecteur Hoffman fronça les sourcils en se tournant vers Mason :

– Pas d'entourloupettes, hein! J'ai confiance en vous.

– Ouvrez simplement vos yeux et vos oreilles et si vous voyez que je découvre quelque chose de nouveau, profitez-en. Si vous estimez que je vous joue un tour de cochon, vous n'aurez qu'à vous en aller.

– D'accord, répondit Hoffman.

– Avant de commencer, il serait bon de nous rappeler une ou deux choses. J'ai rencontré Mme Belter au drugstore au pied du tertre. Nous sommes remontés ensemble. Elle n'avait pas ses clefs sur elle, ni son sac. En sortant, elle avait laissé la porte sans la verrouiller afin de pouvoir rentrer. Elle m'a dit que la porte était ouverte. Lorsque j'ai voulu l'ouvrir, elle était fermée. Le verrou de sûreté était mis.

– Elle ment à jet continu, remarqua Drumm. A tel point que, si elle me déclarait qu'une porte est ouverte, je serais sûr qu'elle est fermée.

– C'est vrai, renchérit Mason. Mais souvenez-vous qu'elle n'avait pas ses clefs sur elle et était partie sous la pluie. Elle avait bien l'intention de rentrer d'une façon ou d'une autre.

– Elle était peut-être trop émotionnée, fit remarquer Hoffman.

– Ce n'est pas son genre!

– D'accord, continuez, reprit Hoffman, l'air intéressé.

– Lorsque je suis entré, il y avait un parapluie mouillé dans le porte-parapluies, et une flaque d'eau avait coulé en dessous. Vous l'avez peut-être remarqué en entrant.

L'inspecteur Hoffman plissa les paupières :

– Oui, maintenant que j'y pense. Je l'ai remarqué et même très bien. Et alors?

– Rien, dit Mason. Pour le moment, tout au moins.

Il appuya le doigt sur la sonnette.

Au bout de quelques minutes, le maître d'hôtel ouvrit la porte et les regarda avec ahurissement.

– Est-ce que Carl Griffin est à la maison? demanda Mason.

Le maître d'hôtel secoua la tête :

– Non, monsieur, il est sorti. Il avait un rendez-vous d'affaires, monsieur.

– Mme Veitch, la femme de charge, est-elle ici?

– Oh oui! monsieur, bien sûr.

– Et sa fille Norma?

– Oui, monsieur.

– Bon. Nous allons monter dans le bureau de M. Belter. Ne dites à personne que nous sommes ici. Vous avez compris?

– Oui, monsieur.

Hoffman s'avança dans le couloir et observa avec insistance le porte-parapluies, là où ce parapluie mouillé se trouvait le soir du crime. Son regard était songeur.

Drumm sifflotait nerveusement, si bas qu'on l'entendait à peine.

Ils montèrent l'escalier et pénétrèrent dans les appartements où l'on avait découvert le cadavre de Belter. Mason tourna les commutateurs électriques et se mit à examiner les murs centimètre par centimètre.

– Je voudrais que vous regardiez bien, vous autres, conseilla-t-il.

– Qu'est-ce que vous cherchez? demanda Drumm.

– Un trou de balle, répondit Mason.

– Vous perdez votre temps, grogna l'inspecteur. Nous avons inspecté chaque pouce de ces pièces, nous les avons photographiées et en avons dressé la carte. Si une balle s'était logée dans un mur, elle aurait laissé un trou qui ne nous aurait pas échappé et de toute façon elle aurait éraillé le plâtre.

– Je sais, dit Mason. J'ai déjà cherché avant votre arrivée et je n'ai rien trouvé. Mais je voudrais faire encore une tentative. Je sais ce qui a dû se passer, mais je ne peux pas encore le prouver.

L'inspecteur Hoffman, pris soudain de soupçons, s'écria :

– Dites donc, Mason, est-ce que vous chercheriez à innocenter cette femme, par hasard?

Mason se retourna et le regarda bien en face.

– Je veux vous montrer ce qui est arrivé en réalité, dit-il.

Hoffman fronça les sourcils :

— Vous n'avez pas répondu à ma question. Essayez-vous de faire acquitter cette femme?
— Oui.
— Vous voulez me couper l'herbe sous les pieds.
— Mais non. Je vais vous donner la chance d'avoir votre photo en première page des journaux.
— C'est bien ce que je crains. Vous êtes malin, Mason. Je me suis renseigné sur vous.
— Bon, eh bien, puisque vous vous êtes renseigné sur moi, vous devez savoir que je ne tire jamais dans le dos de mes amis. Sidney Drumm est un ami à moi. Je l'ai fait venir ici. Si c'était un piège, j'aurais fait venir quelqu'un que je ne connaissais pas.

L'inspecteur Hoffman acquiesça de mauvaise grâce :

— Je veux bien rester encore un peu, mais n'essayez pas de me rouler. Je voudrais savoir où vous voulez en venir.

Mason regardait dans la direction de la salle de bains. Sur le plancher, des marques à la craie dessinaient l'emplacement du cadavre de Belter tel qu'on l'avait trouvé.

Soudain Mason éclata de rire :
— Ça, c'est un peu fort!
— Qu'est-ce qui se passe? fit Drumm.
Mason se tourna vers l'inspecteur Hoffman.
— Eh bien, inspecteur, je suis en mesure de vous montrer quelque chose. Voudriez-vous faire venir Mme Veitch et sa fille?
L'inspecteur haussa les épaules :
— Qu'est-ce que vous leur voulez?
— Leur poser quelques questions.
— Je veux d'abord savoir ce que vous mijotez.
— Je suis régulier, inspecteur, je vous assure. Restez pour écouter l'interrogatoire. Chaque fois que vous estimerez que j'exagère, vous pourrez m'ar-

rêter. Mais enfin, bon sang! si je voulais vous jouer un sale tour, je vous sortirais mon baratin devant un jury, histoire d'obtenir un effet de surprise. Je n'irais certainement pas chercher la police pour lui assurer la primeur de ma défense.

L'inspecteur Hoffman réfléchit un instant.

– C'est logique, dit-il. (Il se tourna vers Drumm.) Descendez me chercher les deux femmes et faites-les monter ici.

Drumm fit un signe d'assentiment et quitta la pièce.

Paul Drake regardait Mason avec curiosité. Le visage de celui-ci était absolument impénétrable, et il n'ouvrit pas la bouche pendant l'absence de Drumm. Enfin la porte s'ouvrit et Drumm fit entrer les deux femmes en s'inclinant devant elles.

Mme Veitch avait l'air plus sombre que jamais. Ses yeux, d'un noir terne, regardèrent les occupants de la pièce avec indifférence. Elle avançait de sa démarche dandinante, particulière aux gens qui ont les pieds plats.

Norma Veitch portait une robe collante qui accentuait la rondeur de ses formes. Elle paraissait très fière de son sex-appeal et dévisagea les hommes, un léger sourire aux lèvres.

– Nous voudrions vous poser quelques questions, dit Mason.

– Encore? fit Norma Veitch.

– Madame Veitch, savez-vous que votre fille est fiancée avec Carl Griffin? demanda Mason sans s'occuper de la remarque de Norma.

– Oui.

– Etiez-vous au courant de l'idylle qui existait entre eux?

– Quand les gens se fiancent, c'est généralement qu'il y a une idylle entre eux!

— Je ne parle pas de ça. Je vous prie de répondre à ma question, madame Veitch. Avez-vous jamais eu connaissance d'une idylle entre les deux jeunes gens avant l'arrivée de Norma dans cette maison?

Les yeux caves et sombres se portèrent un instant sur Norma, puis revinrent à Mason.

— Non. Ils se sont connus ici.

— Saviez-vous que votre fille était mariée?

Elle le regarda dans les yeux sans sourciller.

— Non, elle n'est pas mariée, dit-elle d'un ton las.

Mason se tourna brusquement vers Norma :

— Et vous, miss Veitch, qu'avez-vous à dire? Avez-vous jamais été mariée?

— Pas encore, mais je vais l'être. Et je ne vois pas quel rapport cela peut bien avoir avec le meurtre de George Belter. Si vous voulez nous poser des questions à ce sujet-là, je suppose que nous devons y répondre, mais je ne vois pas pourquoi j'irais vous raconter ma vie privée.

— Comment pouvez-vous épouser Carl Griffin, puisque vous êtes déjà mariée?

— Je ne suis pas mariée, et je ne supporterai pas plus longtemps vos insultes.

— Ce n'est pas l'avis de Loring.

La fille demeura impassible.

— Loring? dit-elle avec calme. Je n'ai jamais connu de Loring. Et toi, maman?

Mme Veitch fronça les sourcils :

— Pas autant que je me souvienne, Norma. Je n'ai pas la mémoire des noms, mais je ne connais pas de Loring.

— Je puis peut-être vous rafraîchir la mémoire. Ce Loring habitait au 312, dans le lotissement du Belvédère.

Norma Veitch secoua la tête :

— Je suis sûre qu'il doit y avoir une erreur.

Perry Mason sortit de sa poche la copie du mandat et de la demande d'annulation.

— Alors peut-être pourrez-vous m'expliquer comment il se fait que vous ayez confirmé cette plainte en justice, dans laquelle vous déclarez sous la foi du serment avoir contracté mariage avec Harry Loring.

Après avoir lu le papier, Norma Veitch lança un bref regard à sa mère. Le visage de Mme Veitch était absolument inexpressif.

Norma se mit à parler rapidement :

— Je regrette que vous ayez trouvé cela, mais puisque c'est fait, autant vous raconter toute l'histoire. Je ne voulais pas que Carl le sache. J'étais effectivement mariée. Mais j'ai eu des ennuis avec mon mari et je l'ai quitté. En arrivant ici, j'ai repris mon nom de jeune fille. Entre Carl et moi ce fut le coup de foudre. Nous n'osions pas annoncer nos fiançailles car nous savions que M. Belter serait furieux. Mais après sa mort, il n'y avait plus de raison de se cacher.

» J'avais découvert que mon mari avait une autre femme. C'est une des raisons pour lesquelles nous nous sommes séparés. J'ai contacté un avocat qui m'a expliqué que notre mariage n'était pas valable et que je pouvais obtenir son annulation. Je me préparais à le faire en secret. Je ne m'imaginais pas que quelqu'un s'en occuperait ou établirait un rapport entre le nom de Loring et celui de Veitch.

— Ce n'est pas ce que dit Griffin.

— Bien sûr ! Il n'est pas au courant.

— Voyez-vous, Griffin a fait des aveux. Nous sommes en train de vérifier ses dires, afin d'établir si vous êtes complice ou simplement victime des circonstances.

L'inspecteur Hoffman s'avança.

— Je crois, dit-il, que cette fois-ci je vais arrêter la comédie, Mason.

Mason se tourna vers lui :

— Encore une minute, inspecteur, ensuite vous pourrez mettre fin à cette scène.

Norma Veitch les regarda l'un après l'autre avec anxiété. Le visage de Mme Veitch ne reflétait que lassitude et résignation.

— La vérité, reprit Mason, c'est que Mme Belter s'est disputée avec son mari et a tiré sur lui. Puis elle s'est enfuie sans regarder en arrière, persuadée qu'elle avait tué son mari. En fait, à la distance où elle se trouvait et énervée comme elle l'était, elle avait très peu de chances de l'atteindre.

» Elle s'est donc enfuie, a descendu en courant l'escalier, s'est emparée d'un manteau au passage et s'est sauvée sous la pluie. Vous, miss Veitch, vous avez entendu le coup de feu. Vous vous êtes levée, habillée et vous êtes venue voir ce qui se passait. Pendant ce temps-là, Carl Griffin était revenu en voiture à la maison, et après avoir déposé son parapluie dans le couloir, il était monté dans le bureau de son oncle.

» Vous avez entendu les voix de Griffin et de Belter et vous avez écouté. Belter racontait à Griffin que sa femme avait tiré sur lui et qu'il avait découvert des preuves de son infidélité. Il a mentionné le nom de l'homme et a demandé à son neveu ce qu'il fallait faire.

» Griffin a voulu savoir comment le coup de feu avait été tiré. Pour ce faire, Belter est revenu à l'entrée de la salle de bains, exactement dans la position où il se trouvait au moment du coup de feu de Mme Belter. Cela fait, Griffin a levé le revolver et a tiré sur Belter en plein cœur. Ensuite, il a jeté le revolver à terre, a descendu l'escalier en courant et sauté dans sa voiture.

» Il est parti se saouler un bon coup, afin de pouvoir mieux bluffer. Puis il a dégonflé un de ses pneus pour justifier son retard, et il est revenu lorsqu'il a su que la police était arrivée. Il a prétendu que c'était la première fois qu'il revenait depuis l'après-midi. Mais il avait oublié que son parapluie était resté dans le couloir et qu'il avait poussé le verrou de la porte d'entrée, alors qu'il l'avait trouvée ouverte à son arrivée.

» Il a tiré sur son oncle car il savait, d'après le testament, qu'il hériterait, et il s'était rendu compte qu'Eva Belter *croyait* l'avoir tué. Il savait que le revolver était en sa possession auparavant, qu'on saurait le découvrir, et que toutes les preuves seraient contre elle. Le sac dans lequel Belter avait trouvé les pièces à conviction se trouvait dans le bureau de Belter. En outre ces pièces à conviction établissaient le lien entre Mme Belter et l'homme qui essayait d'empêcher que son nom paraisse dans la chronique scandaleuse.

» Vous vous êtes concertée avec votre mère, puis avez décidé de profiter de cette excellente occasion et de faire payer un bon prix à Griffin pour votre silence. Vous lui avez donc proposé l'alternative suivante : être condamné pour assassinat ou vous épouser, ce qui était très avantageux pour vous.

L'inspecteur Hoffman, fort intrigué, se grattait la tête.

Norma Veitch lança un regard rapide à sa mère.

Mason reprit :

– C'est votre dernière chance de vous en tirer. En fait, vous êtes toutes deux complices et susceptibles d'être condamnées exactement comme si vous étiez coupables du crime. Griffin a fait sa déposition et nous n'avons pas besoin de votre témoignage. Si vous voulez continuer à jouer la comédie, c'est votre affaire. Mais si vous voulez coopérer avec la police, c'est le moment ou jamais.

L'inspecteur Hoffman l'interrompit alors :

— Pour ma part, je ne vous poserai qu'une question et ce sera tout. Reconnaissez-vous oui ou non les faits établis par Mason ?

— Oui, dit Norma Veitch à voix basse.

Mme Veitch sortit enfin de son apathie et se rua vers sa fille, les yeux étincelants de fureur :

— Norma ! hurla-t-elle. Te tairas-tu, petite imbécile ! Tu ne comprends donc pas que c'est du bluff.

L'inspecteur Hoffman s'avança vers elle.

— C'est peut-être du bluff, madame Veitch, dit-il lentement. Mais sa déclaration et votre remarque ont éventé la mèche. Allez, dites-nous la vérité. C'est tout ce qui vous reste à faire. Autrement, je vous fais juger comme complices.

Mme Veitch se passa la langue sur les lèvres et s'écria avec colère :

— Je n'aurais pas dû avoir confiance en cette petite oie. Elle ne savait absolument rien. Elle dormait à poings fermés. C'est moi qui ai entendu le coup de feu et qui suis montée. J'aurais dû me faire épouser, moi, et ne pas me confier à ma fille. Mais je pensais que c'était une chance pour elle et j'ai voulu qu'elle en profite. C'est toute la reconnaissance que j'en ai !

L'inspecteur Hoffman se tourna vers Mason et le regarda avec stupeur :

— Vous parlez d'une histoire ! Mais qu'est devenue la balle qui a manqué Belter ?

Mason se mit à rire.

– Inspecteur, c'est cela qui m'a mystifié jusqu'à présent. Ce parapluie dans le porte-parapluies et cette porte verrouillée m'ont intrigué depuis le début. Je passais mon temps à me demander comment cela s'était passé, en me doutant bien de ce qui avait dû se produire. J'ai soigneusement examiné cette pièce, à la recherche d'une trace de balle. Et puis je me suis dit que Carl Griffin était assez sensé pour comprendre qu'il ne pourrait jamais s'en tirer si ce trou avait existé. Donc une seule chose pouvait être arrivée à cette balle. Vous comprenez?

» Belter venait de prendre un bain. C'est une énorme baignoire qui mesure plus de soixante centimètres de profondeur. Il était furieux après sa femme et il attendait son retour. Il l'a entendue rentrer alors qu'il était dans sa baignoire. Il en est sorti d'un bond et a enfilé en toute hâte une robe de chambre en l'appelant à grands cris.

» Ils se sont disputés et elle a tiré sur lui. Il se tenait à l'entrée de la salle de bains à peu près à l'endroit où nous avons trouvé son cadavre. Mettez-vous ici près de la porte du bureau et imaginez la ligne de tir en tendant le doigt. Lorsque la balle a manqué son but, elle a filé dans la baignoire où l'eau a arrêté sa trajectoire.

» Sur ces entrefaites, Carl Griffin arrive et Belter lui raconte ce qui s'était passé. Il signait ainsi sans le savoir son arrêt de mort. Griffin a compris la chance qui s'offrait à lui. Il a fait replacer Belter exactement dans la position qu'il occupait lorsque sa femme a tiré sur lui. Puis il a ramassé le revolver de sa main gantée, il a visé et envoyé à Belter une balle en plein cœur. Ensuite il a ramassé la douille éjectée, l'a mise dans sa poche, a laissé tomber le revolver et est sorti. Ce n'est pas plus compliqué que cela.

20

Le soleil matinal entrait à flots par les fenêtres du cabinet de Perry Mason. Ce dernier était installé à son bureau, les yeux rougis par le manque de sommeil, et il regardait Paul Drake assis en face de lui.

— Eh bien, dit Paul Drake, j'ai pu avoir les renseignements.

— Vas-y.

— Il a avoué ce matin vers 6 heures. Ils ont été toute la nuit après lui. Norma Veitch a essayé de se dédire quand elle a vu qu'il ne voulait pas caler. C'est la femme de charge qui s'est occupée de le faire céder. Elle est vraiment singulière, cette femme! Elle aurait tenu le coup jusqu'à la fin des temps, si sa fille n'avait pas vendu la mèche.

— Alors elle a finalement témoigné contre Griffin, hein?

— Oui, c'est ça qui est marrant. Elle adore sa fille. Elle avait trouvé l'occasion de faire faire à sa fille un beau mariage et elle a sauté dessus. Puis, quand elle a compris que Griffin était coincé et qu'il n'y avait rien à gagner en prenant son parti, que sa fille risquait de faire de la prison en tant que complice si elle persistait à mentir, elle s'est retournée contre Griffin. Après tout, c'est elle qui connaissait la vérité.

— Et Eva Belter? J'ai dressé une ordonnance d'*habeas corpus* pour elle.

- Ce ne sera pas nécessaire. Je crois qu'ils l'ont relâchée vers 7 heures ce matin. Crois-tu qu'elle va venir ici ?

Mason haussa les épaules.

- Elle sera peut-être reconnaissante, mais je n'en suis pas sûr. La dernière fois que je l'ai vue, elle me maudissait.

La porte extérieure de l'étude s'ouvrit et se referma.

- Je croyais que cette porte était fermée à clef, s'étonna Paul Drake.

- C'est peut-être le concierge, dit Mason.

Drake se leva, gagna la porte du cabinet en trois enjambées, l'ouvrit, regarda dans l'étude, et fit un grand sourire.

- Bonjour, miss Street !

La voix de Della Street se fit entendre dans l'étude.

- Bonjour, monsieur Drake. Est-ce que M. Mason est là ?

- Oui, dit Drake et il referma la porte.

Il regarda son bracelet-montre, puis l'avoué.

- Ta secrétaire commence de bonne heure, dit-il.

- Quelle heure est-il ?

- A peine 8 heures.

- Elle ne devait pas venir avant 9 heures. Je ne voulais pas la déranger. Elle a eu tellement de travail pour cette affaire. Aussi j'ai moi-même tapé à la machine la demande d'ordonnance d'*habeas corpus*. J'ai pu la faire signer par un juge vers minuit et je l'ai fait enregistrer.

- Ils l'ont relâchée, tu n'aurais pas eu besoin de cette ordonnance.

- Il vaut mieux avoir les choses quand on n'en a

pas besoin que de ne pas les avoir quand on en a besoin.

La porte extérieure une fois de plus s'ouvrit et se referma. L'immeuble était encore si calme que le bruit parvint jusqu'au cabinet particulier. On entendit une voix masculine; puis le téléphone sonna sur le bureau de Mason. Mason approcha le récepteur de son oreille et la voix de Della Street lui annonça :

— M. Harisson Burke est ici et désire vous voir immédiatement. Il dit que c'est important.

La rue commerçante sur laquelle donnait le cabinet n'avait pas encore repris son animation coutumière et le détective entendit distinctement le message. Il se leva :

— Je m'en vais, Perry. J'étais juste venu t'annoncer que Griffin a fait des aveux et qu'ils ont relâché ta cliente.

— Merci pour le tuyau, Paul, dit l'avocat.

Il lui montra une porte qui menait directement au corridor.

— Tu peux sortir par ici.

Le détective sortit pendant que Perry Mason disait au téléphone :

— Faites-le entrer, Della. Drake s'en va.

Un instant après, Harisson Burke pénétra dans le cabinet, la bouche en cœur.

— Quel merveilleux travail de détective, monsieur Mason! Absolument merveilleux. Les journaux ne parlent que de ça. Ils disent que Griffin fera des aveux avant midi.

— Il a fait des aveux ce matin de bonne heure, répondit Mason. Asseyez-vous.

Harisson Burke se trémoussa, prit une chaise et finit par s'asseoir.

— Le procureur s'est montré très aimable envers

moi. Mon nom n'a pas été mentionné dans les journaux. Le seul journal qui soit au courant est cette feuille à scandales.

– Vous voulez dire le *Moulin à Poivre*?
– Oui.
– Et alors?
– Je voudrais être sûr que mon nom ne paraîtra pas dans ce journal.
– Eh bien, adressez-vous à Eva Belter. C'est elle qui va s'occuper des biens de l'héritage.
– Mais le testament?
– Le testament ne fait rien à la chose. D'après les lois de cet Etat, un assassin ne peut hériter de la personne qu'il a tuée, ni par testament ni autrement. Eva Belter n'aurait peut-être pas pu soutenir ses droits à l'héritage, puisqu'elle était déshéritée par le testament de George Belter. Mais vu que Griffin ne peut pas hériter, tous les biens reviennent à la succession et Eva Belter hérite. Cette fois-ci, non plus d'après le testament, mais à titre d'épouse, puisqu'elle est la seule héritière survivante d'après la loi.
– Alors c'est elle qui dirigera le journal?
– Oui.
– Je comprends, dit Harisson Burke en joignant les extrémités de ses doigts. Savez-vous ce que la police va faire d'elle? J'ai cru comprendre qu'elle était en détention préventive.
– Elle a été relâchée il y a près d'une heure, déclara l'avocat.

Harisson Burke jeta un coup d'œil vers le téléphone.

– Pourrais-je me servir de votre appareil, maître?

Mason lui tendit le récepteur.

— Demandez simplement votre numéro à ma secrétaire.

Harisson Burke hocha la tête et s'empara de l'appareil avec dignité. Il donna un numéro à Della Street, puis attendit patiemment. Peu de temps après, des sons rauques crépitèrent au bout du fil et Harisson Burke demanda :

— Mme Belter est-elle là ?

Le récepteur produisit une nouvelle série de sons rauques.

Harisson Burke déclara d'une voix onctueuse :

— Voudriez-vous avoir l'obligeance de lui dire dès son retour que la personne qui devait lui faire savoir quand arriveraient les souliers qu'elle a commandés a téléphoné. Les chaussures sont maintenant en magasin et elle peut venir les chercher quand elle voudra.

Il sourit dans l'appareil, hocha la tête une ou deux fois comme s'il s'adressait à un public invisible, raccrocha le récepteur avec un soin méticuleux et reposa l'appareil sur le bureau.

— Merci, maître, dit-il. Je vous suis reconnaissant plus que je ne saurais le dire. Ma carrière tout entière était menacée, et c'est grâce à vos efforts qu'un très grand préjudice m'a été épargné.

Perry Mason poussa un grognement. Puis Harisson Burke se redressa de toute sa hauteur, tapota son petit gilet et avança le menton.

— Lorsqu'on a consacré comme moi sa vie à l'intérêt public, déclara-t-il de sa voix tonnante, on se fait inévitablement des ennemis politiques qui s'abaissent à n'importe quelle fourberie pour arriver à leurs fins. Ainsi la moindre petite indiscrétion est grossie et mise en lumière en même temps que déformée dans la presse. J'ai servi la cause publique de mon mieux et avec fidélité...

Perry Mason se leva si brusquement que son fauteuil tournant heurta le mur.

– Vous pouvez garder ça pour les gens que cela intéresse. En ce qui me concerne, Eva Belter va me donner cinq mille dollars et je lui conseillerai de s'en faire rembourser la moitié par vous.

Harisson Burke eut un mouvement de recul devant le ton farouche de l'avocat.

– Mais, mon cher monsieur, mon *cher* monsieur, ce n'est pas moi que vous représentiez. Vous la représentiez, elle, pour une accusation de meurtre qui aurait pu avoir pour elle les plus graves conséquences. Je n'y ai été mêlé qu'incidemment et en tant qu'ami...

– Je vous dis simplement ce que je vais conseiller à ma cliente. Elle est maintenant, si vous voulez bien vous en souvenir, la propriétaire du *Moulin à Poivre*. Ce que le *Moulin à Poivre* publiera ou ne publiera pas à partir de maintenant dépendra uniquement d'elle. Je ne veux pas vous retenir davantage, monsieur Burke.

Harisson Burke avala sa salive d'un air gêné et voulut dire quelque chose. Puis il se ravisa. Il allait tendre la main, mais il aperçut une étincelle dans les yeux de Perry Mason; il ramena son bras et dit :

– Oh! oui, bien sûr. Merci, maître. J'étais venu vous faire une petite visite pour vous présenter mes compliments.

– Il n'y a pas de quoi, répliqua Perry Mason. Vous pouvez sortir dans le corridor par cette porte.

Il resta debout derrière son bureau, à regarder le dos du politicien, tandis que celui-ci passait dans le couloir. Puis, quand la porte se referma, son regard prit une expression sévère, froidement hostile.

La porte de l'étude s'ouvrit doucement. Della

Street s'arrêta sur le seuil, puis, comme il ne la voyait pas et ne l'avait même pas entendue entrer, elle s'approcha silencieusement. Des larmes brillaient dans ses yeux, tandis qu'elle posait ses mains sur les épaules de Perry Mason.

— Je vous en prie, dit-elle, j'ai tellement de regrets!

Il sursauta au son de sa voix, se retourna et plongea son regard dans les yeux humides qui l'imploraient. Pendant quelques secondes, ils se regardèrent sans rien dire. Elle s'accrochait à son épaule comme pour retenir quelque chose qui lui échappait.

— J'aurais dû deviner, patron. J'ai lu les journaux ce matin, et je me suis sentie tellement indigne...

Il lui enserra les épaules de son bras et l'attira contre lui, en appuyant ses lèvres sur les siennes.

— N'y pensez plus, mon petit, fit-il avec une tendresse bourrue.

— Pourquoi ne m'avez-vous pas expliqué? demanda-t-elle dans un sanglot.

— Ce n'est pas ça, dit-il lentement en pesant ses mots. Ce qui m'a peiné, c'est que vous ayez eu besoin d'une explication.

— Jamais plus je ne douterai de vous, jamais plus, de toute mon existence.

Il y eut un toussotement sur le seuil de la porte. Eva Belter s'était faufilée jusque dans le cabinet.

— Je m'excuse de vous déranger, lança-t-elle d'un ton glacial, mais je tiens absolument à voir M. Mason.

Della Street s'écarta vivement de Perry Mason, les joues écarlates, et dévisagea Eva Belter avec des yeux qui avaient perdu toute leur tendresse et qui étincelaient de rage.

Perry Mason regarda la femme droit dans les

yeux. Il n'avait pas l'air troublé le moins du monde.

— C'est bon, dit-il. Entrez et venez vous asseoir.

— Vous pourriez essuyer le rouge à lèvres de votre bouche, dit-elle d'un ton acide.

Perry Mason continua à la regarder bien en face.

— Ce rouge à lèvres est très bien où il est. Que voulez-vous ?

Ses yeux s'adoucirent et elle fit un pas vers lui.

— Je voulais vous dire que je suis désolée de vous avoir mal compris...

Perry Mason se tourna vers Della Street.

— Della, ouvrez-moi les tiroirs de ces classeurs.

La secrétaire le regarda sans comprendre. Perry Mason lui désigna les classeurs métalliques.

— Tirez-moi deux ou trois tiroirs, ordonna-t-il.

La jeune fille ouvrit les tiroirs remplis de chemises en carton et de paperasses.

— Vous voyez ces chemises ? dit-il à Eva Belter.

Eva Belter le regarda, fronça les sourcils et hocha la tête.

— Bon, dit Mason. Ce sont des affaires. Dans chaque chemise il y a une affaire et tous les autres tiroirs sont remplis exactement de la même façon. Ce sont les affaires dont je me suis occupé. La plupart sont des affaires criminelles.

» Lorsque j'aurai fini de travailler sur votre affaire, celle-ci sera rangée dans une chemise en carton exactement de la même taille que les autres et qui sera exactement de la même importance. Miss Street va vous donner un numéro. Puis, s'il survient quelque chose et que j'aie besoin de consulter votre dossier, je donnerai ce numéro à ma secrétaire et elle m'apportera la chemise correspondante.

Eva Belter fronça les sourcils.

– Que vous arrive-t-il? demanda-t-elle. Vous ne vous sentez pas bien? Qu'essayez-vous de faire? Qu'essayez-vous de me dire?

Della Street se dirigea silencieusement vers la porte de l'étude et la referma. Perry Mason regarda fixement Eva Belter et lui dit :

– Je suis tout simplement en train de vous expliquer la place que vous occupez dans cette étude. Vous êtes un dossier, rien de plus. Il y a des centaines de dossiers dans ce classeur et il y en aura un jour des centaines de plus. Vous m'avez déjà versé un peu d'argent, mais vous me devez encore cinq mille dollars. Si vous voulez un conseil, vous en demanderez deux mille cinq cents à Harisson Burke.

Les lèvres d'Eva Belter se mirent à trembler.

– Je voulais vous remercier, dit-elle. Croyez-moi, je suis sincère. Je vous parle du fond du cœur. J'ai joué la comédie avec vous jusqu'à maintenant, mais cette fois-ci je suis sincère. Je vous suis tellement reconnaissante que je ferais n'importe quoi pour vous. Vous êtes absolument merveilleux. Je suis venue vous le dire et vous me parlez comme si j'étais un spécimen de laboratoire.

Il y avait de vraies larmes dans ses yeux cette fois, et elle le regardait avec tristesse.

– Il reste beaucoup à faire, reprit Mason. En premier lieu, s'assurer que Griffin est condamné pour meurtre prémédité, afin d'éliminer le testament. Vous devez rester en coulisse, mais mener la bataille tout de même. Le seul argent dont Griffin puisse s'emparer est celui qui se trouve dans le coffre-fort de George Belter. Vous devez l'en empêcher. Tout cela reste à faire et je vous le dis pour que vous compreniez bien que vous ne pouvez pas vous passer de moi.

– Ce n'est pas ce que je disais, ce n'est pas ce que je voulais dire. Ce n'est pas ce que je pensais, dit-elle, très vite.

– Non, reprit-il, j'aime mieux vous avertir, tout simplement. Maintenant, si vous voulez bien me laisser, j'ai une journée assez chargée devant moi.

Achevé d'imprimer sur les presses de l'imprimerie Brodard et Taupin
7, Bd Romain-Rolland, Montrouge. Usine de La Flèche,
le 11 juillet 1983
6780-5 Dépôt Légal juillet 1983. ISBN : 2 - 277 - 21502 - 3
Imprimé en France

Editions J'ai Lu
31, rue de Tournon, 75006 Paris
diffusion France et étranger : Flammarion